1732 TAIWAN

SHAN RISE

SUN SET

——

敦 仔 腳 下

——

大肚山夕暮

徐毅振 著

天才作家台灣文學之福：
平埔族最佳代言人

錢鴻鈞／真理大學台文系主任

　　五年前參加吳智慶老師的社大走讀班，漸漸的發現，他原來是平埔族專家，可以藉由他的豐厚有趣的介紹，給我的終身志業，寫出自己竹塹社族人的故事。

　　只是，談何容易，在創作的壓力之下，終究沒寫成平埔小說，而是自己的自傳小說三本。頗堪安慰，但是又感慨何時才能夠寫出來。那需要多少的田野，閱讀，加上從吳老師那邊來的學習。

　　沒想到兩年前，吳老師介紹一位氣象局的年輕人，演講康熙台北湖，旁及周邊的凱達格蘭族各社。神奇的是，他很快地寫這個火山造成的台北盆地陷落的歷史背景，把大台北的平埔人如何與大基隆地區的平埔人合作生存，或者向漢人學習農耕，也從荷蘭時期寫起。然後到宜蘭淘金的事情都寫進來。並擴及賴科與關渡宮的事情。

　　我真是羨慕又嫉妒，又非常的佩服。感受到這位天生作家的威力。大概在這種微妙的心情之下，我說何不以您家鄉清水為核心，寫相關的平埔族的故事呢？如此一來，我想毅振要消化那些文獻，恐怕又是一個大工程吧。

　　這中間沒想到他又寫一部小說，關於氣象局的現代故事。而我也多少知道他的家庭生活上的困惱。且之後他居然大膽離職，回到故鄉開咖啡店。就在這時候，他把第三本小說，交給我看，要我寫序。我是多麼的榮幸，又驚奇，又感到慚愧。雖然我也是寫了三本小說了。中間同樣的有疫情造成的生活上的改變的因素。

　　他倒底怎麼辦到的呢？我很快地閱讀下去，發現有勇有謀，故事非常流暢吸引我。越看越驚奇，除了吞霄事件，還聯繫了台北平埔社的頭人冰冷。原來他們彼此兩地有貿易的關係啊，所以彼此才有友誼存在。

　　然後作者安排了主角的學習歷程，以便面對未來變局，思考平埔族的未來。這段歷程居然寫到南洋，又進入我所居住的埔里一地，真令人稱奇稱快了。而在

中間穿插著平埔族受到奴役與剝削，看得讓人悲哀又大快人心，這指出了漢人與各朝政權的罪惡。也有安排是否接受同化的可能。

最妙的是設計大甲西社反抗事件，為高潮之處，細數周邊哪一社參加了。而又哪些社，哪些族參與清廷的圍剿。而似乎反抗方知道事情不可為，但是可藉此讓歷史留下紀錄，平埔族的悲劇的命運，一如霧社事件那般。而剛剛說到妙的是，這些反抗番居然是有意識地讓那些協助清廷的平埔族，取得清廷的信任，如此可以提高自己的地位，拉長自己存活的時間。

真的是作者悲憫，似乎帶點樂觀的一種文學思索啊。希望以此帶來平埔族的希望與表現堅韌的精神。

在文體表現上，作者用獨特的類似童話的語言說故事，更是一種獨創，令人激賞。或許也與他創作初步的動機，是念給小孩聽，做為小孩成長的印記有關係。因此增加了大眾的欣賞趣味，老少咸宜，情節明快，一小段一小段的故事表現，然後加以串連，非常適合現代人閱讀。

而且，事實上也不乏有細節，例如精準的說出，通霄到後龍這一段道路的難通。這也是我近來想到的問題，為何通霄的生活圈與大甲反而近，跟後龍相對的疏遠。另外連跟關渡媽祖廟相關的周鍾瑄的下場他也知道。其如何獲得資金的過程，多少也不免因為功勞大而遭人嫉妒。這就是清朝等封建王朝整體腐敗難以施展的困境。

而這個官員事實上，是否真的來到了關渡還待考證，不過小說中如此呈現是合理的。至於張達京治療瘟疫的方式，類似注射疫苗，似乎是不符合科學的。不過小說重複了傳說的一種說法，則是另外一層的意義了。

故事精彩高潮迭起，最後來到中部平埔大叛變，客家也幫助清廷爭討。平埔的反抗，終究是無奈的，難以抵抗清廷的。但是，如同霧社事件或者其他的台灣漢人亂事，人爭一口氣，被逼迫到極點，反抗是存有人性尊嚴者必然的走向，義無反顧。這都在作者筆下，開闊流暢精彩的詳述與故事鋪陳展開一幕幕如電影般的呈現了。

本文作者作為一個漢人，卻富有良心的反省，給予現代平地人一個閱讀故事之下，又可以得到某種歷史正義的反思。以上，在在令筆者佩服，也是創作學習的對象。

一本值得研讀的平埔小說

白俊忠／猫霧捒社後裔

與毅振老師的相遇是在 2021 年 10 月 23 日的下午。

那一天正與陳美老師在春社公園準備著下午的活動「春社公園照壁勘誤及南大肚山原民文化體驗活動」。

在每回舉 活動時，陳老師都會與我在活動前敬祀祖靈，祈求活動順利圓滿，這是自 2019 年返回南屯尋根一在春社里番仔井進行猫霧捒社祭祀祖靈以來，與陳老師一直相信的，相信有猫霧捒社祖靈幫助，才能順利的完成。

很湊巧的那天，剛好毅振老師自清水開車來南屯尋找開店的店面，會堪完畢，開車從春社公園經過，看著一群人身著紅背心，好奇的來看看是什麼活動。

在短暫聊天下，原來也與清水吳長錕理事長相識，老師想開一間有關平埔族故事的店面，而且是有關我們中部平埔族群的店面，讓我霎時覺得他也是祖靈派來的。因這陣子因疫情影響，在餐飲業或其他業界，受影響的不在少數，想開間咖啡店面已是很有勇氣，而開的是相關平埔店面的更是勇氣可嘉，頓時欽佩老師行動力十足。

目前中部拍瀑拉族中，在清水有牛罵頭文化協進會吳長錕理事長的努力、在沙轆社也有沙轆社文化促進會潘明燈理事長的深耕，他們都是很好的前輩，也期望自己能為猫霧捒社盡心力，持續文化復振及推廣。

與毅振老師一見如故，原來在此之前，他已出版了 2 本小說：2019 年的《康熙台北湖》講述歷史及地震學的小說，隔一年又出版一長篇科技推理小說《風臨火山》，將他本身所學地震學及曾在中央氣象局地震測報中心任職過，完整在書中發揮。

此回，他的第 3 本小說已經完稿，很榮幸地能早先欣賞到這部以中部平埔族主角所寫的小說，並能寫此書之序，感謝老師的賞識，大家有志一同，都在為在地文化努力，期望有朝一日，能拍出一部屬於中部像斯卡羅般的戲劇。

　　此本小說以平埔族群為主，搭配著史實的人物及故事內容的發展，內容可説是精采可期，姑且不論真實性，在考究當時的歷史及題材的選擇上相信是花很多時間來處理，包含大肚王國、北部及南部平埔族群，以及清代官吏等人物登場，可説是一本值得研讀的平埔小説，內容豐富及體材創新。對於現代人來說，可以藉由閱讀小説之間，又可輕易地多認識在地的平埔族群，進一步地瞭解在地文化及歷史，也是兩全其美之事。

以創新視角演譯大肚山近代史

黃豐隆／聯合大學資工系副教授，臺中市鄉土文化學會創會理事長

一般常見文學的創作形式，包含散文、小說，新詩、兒童文學與報導文學等。對許多喜歡閱讀的讀者而言，小說擁有無限寬廣的題材與變化萬端的表現方式，可以記錄大時代可歌可泣故事與族群之間生命的悲喜，能喚起讀者對歷史的反思，情節裡劇情高潮起伏、鉅力萬鈞，往往帶給讀者無限的想像，這些都是小說迷人的魅力吧！

歷史小說（Historical novels），與一般的小說不同，須以歷史場景作為小說骨架，發展成為有血有肉、引人入勝且感動人心的詩篇題材。對書寫歷史小說的作者而言，須具備嚴謹的態度、寬厚史觀與思辨能力，還有對史料與古圖資料的靈活運用，並且必須是會說故事的高手，很幸運的，毅振匯集這些優點於一身。

毅振有地球科學的背景，很長時間從事氣象與地質相關工作，對於近代歷史研究的濃厚興趣，對歷史事件與人物如數家珍，他書寫小說的功力深厚，歷史中事件與人物在中說中交錯演譯，每一個小單元充滿歷史的想像畫面。閱讀這本小說，有如在翻閱臺灣的近代歷史，看完一個單元情節之後，一定會期待想了解下一個單元的劇情發展。

這本小說是 2019 年 10 月開始發想，至 2021 年 5 月開始下筆，醞釀約 1 年 7 個月。開始動筆至 10 月下旬完成這部文稿，前後約 5 個月完成書寫的。

本書以創新視角演譯中部大肚山的近代史，歷史場景是作者出生的故鄉「大肚山」，全書的契子「火山」，話說大肚山腳下曾經出現的一個結盟組織「大肚王國」，故事從現在臺中海線的拍拉族平埔族拉開序幕，大肚山的子民有大肚社、貓霧拺社、水裡社、沙轆社與牛罵社，長期以來世世代代生於斯長於斯，這裡就是他們的一切。小說故事的背景與年代，起自 1699 年吞霄社事件，結束於 1732 年大甲西社事件。書中第 0 話「火山」，以臺灣府志紀載 1686 年地震為背景改寫，

但該話並不強調確定年份，不過地震震央位置與火山意象，目前學術上尚缺乏進一步資料可供確認，作者藉此引出岸裡社和猫霧揀社的關係。

　　由小說書名《敦仔腳下大肚山夕暮》，就可看出作者的用心。仔細觀察書名，有一語雙關之意，一方面是指小說中的主角、史實人物：巴宰平埔族岸裡社的「敦仔」；另一方面則暗喻著，兩百年後發生於昭和 10 年（1935）的中部大震「墩仔腳大地震」，中部的后里、神岡、豐原與清水等地災情十分慘重。因這場不幸的重大地震導致「岸裡大社文書」公開出來，提供我們另一個機會認識當年的岸裡社發生的許多史實。

　　恭喜毅振，完成這本全新的歷史小說－《敦仔腳下大肚山夕暮》，這是繼《康熙臺北湖》與《風臨火山》兩本歷史小說之後，以中部大肚山為主要場景的文學力作，這本新書是關於平埔族之間大規模的抗戰，相信讀者可以認識 17 ～ 18 世紀間臺灣近代史上，中部平埔族與漢人族群之間激烈競存的變遷。閱讀這本書，在 21 世紀的此時，可以回溯省思近幾百年來，原住民、外來移墾族群以及統治階層間的三角關係。

　　本書最後，作者很用心把小說內容的史實事件與臺灣中部的大事記整理出年代對照表，時間起點從明永曆 24 年（1670）東寧王國劉國軒屯田半線社、屠沙轆社。時間軸的落幕點是在日治昭和 10 年（1935）的墩仔腳大地震，前後有 2 百多年，方便讀者閱讀之餘，比對虛實之間的關係，這對認識近代史而言應是很有幫助的。

　　現代人熟悉網路平台環境，也習慣手機的運用，這本書付梓同時也完成線上電子書，這是十分重要的媒體形式，作者與出版社的用心很值得肯定。

大肚王國榮耀再現，需要一起努力

吳長錕

清水散步執行長、牛罵頭文化協進會 常務監事

　　儘管我跟徐毅振先生有著姻親的關係，直到 2019 年的秋天，他的新書《康熙台北湖》要在我的獨立書店——清水散步舉行分享會，我才真正認識清水這一位對歷史文化與文學充滿熱情執著的年輕人。《康熙台北湖》一書是徐毅振先生藉由他的地球科學專長學識，巧妙結合平埔族的歷史文化與村社變遷，帶領讀者走入北台灣的平埔族的歷史世界、讚嘆之餘，期勉他也能夠為家鄉的大肚山拍瀑拉族撰寫一部文學小說，沒想到他真的做到了！

　　筆者所屬的「牛罵頭文化協進會」在 2016 年起負責清水「牛罵頭遺址文化園區」的經營管理，展開大肚山拍瀑拉族及中部巴宰、道卡斯族等平埔族文化的研究與推廣，徐毅振先生的《敦仔腳下、大肚山夕暮》出版，對我們在史前文化的教育推廣助益良多。

　　《敦仔腳下大肚山夕暮》，是一部結合自然環境、歷史文化及文學報導的好書，非常值得跟大家推薦。本書深刻描述著平埔族人如何在「政權」強力介入、「漢人墾戶」及其他平埔族的利益糾葛之下，如何尋找自我族群生存與自救之道。作者以拍瀑拉族及中部平埔族為主角、村社的結盟互助與貿易發展為主軸，精彩訴說荷蘭東印度公司、明鄭及清廷政權進入台灣以來，發生在台灣大大小小的歷史事件及平埔族各村社奮力守護族群的生存與安危所做的許多努力，甚至前往南洋進行貿易之旅，尋找族人更多的未來，劇情高潮迭起、絕無冷場，令人拍案叫絕，讓讀者有如回到當年的歷史場景。故事從大雞籠社漢人通事賴科及岸裡社土官阿莫開始，展開如史詩般的中台灣平埔族歷史變動與悲壯故事，最後平埔族人只能走上無奈的遷徙及族群文化消失的悲路。

感謝作者讓牛罵社後裔蒲氏悅及他的長子阿舉成為故事的主角，經過一連串努力與溝通協調，為拍瀑拉族人開創貿易與付出無比的心力，雖然最後仍然無力回天拯救族人，如此無私的情操，讓讀者留下深刻的印象。最後還特別增列中文與英文發音的註解與索引，更方便讀者閱讀與理解。

五福圳溝旁　大肚山下序

2019 年 10 月，作者受到在家鄉耕耘 30 年的文史老師邀請，跟在地文史同好、家鄉親友分享以《康熙台北湖》為主題的各種故事。作者秉持著一向的老習慣，總會為特別安排聽眾感興趣的話題。因此，在那場講座中，作者特別把《裨海紀遊》中郁永河沿著台灣西部北上、在牛罵社（現今台中市清水區）因大雨被困 10 天、意外成為有史以來第一位從牛罵社登上大肚山（當地人現稱為鰲峰山）的登山客的小插曲，跟家鄉親友們分享。之後的交流時間，不少人詢問作者，下一部作品，是否也來創作家鄉的故事？

這就是這部小說的最初啟發。

2020 年 12 月，作者再次受邀回到家鄉，以「大肚山的地震與地質」為主題，分享作者結合地球科學、考古遺址分布與文史發展的獨特觀點。同時，這個主題也讓作者進一步把新創作的視野，從家鄉台中清水，擴大到整個大肚山。

但靜下心來想，作者自認為下一部作品還需花上至少數年時間，本業工作之餘多方收集、閱讀台灣中部平埔族相關研究論文及史料，才有構思並下筆的動力。同時，作者也開始冒出以身在中央氣象局工作經歷、以及地球科學專業背景的新創作構思；但作者同樣認為這個主題具有敏感性，甚至一度認為大概要等到作者 65 歲從中央氣象局退休後才得以發表。

然而計畫總是趕不上變化，超過作者的想像。2020 年 6 月，作者從中央氣象局離職。毫無疑問的，以地球科學專業背景、兼具中央氣象局地震測報中心職場的獨特科技驚悚小說，正是下筆的好時機。於是，《風臨火山》意外插隊，成為作者創作的第二部小說，並於 2020 年 11 月正式出版。

接連兩年竭力構思考究、撰寫了兩部長篇小說，說真的有點疲憊。作者原以為接下來會專心投入職場新工作中，心底那份以台灣中部平埔族為主題的小說構

想，預想也是幾年後比較有餘裕心力再來創作。沒想到，又一次，時局再度發生劇烈變化。

2021 年 5 月，全台疫情意外急速飆升。

作者離開台北的職場，返回台中清水老家。在全台灣快速陷入天翻地覆的恐慌緊繃氛圍中，在又一次長期無法見到孩子的悲傷困頓當下，作者靜靜的，一個人沉思。

不知疫情何時才能平息的紛亂時刻，心底的那份創作構想，終於浮上心頭。作者心想，不如善用這場不得不與外界盡可能隔離的時間點，開始構思、下筆吧。

作者的第三部作品、以台灣中部平埔族為主體的長篇小說，在這一連串意外時局變動中，以《敦仔腳下大肚山夕暮》為名，正式問世。

大肚山下，是培育作者成長的肥沃土壤。每日走出家門，向東仰望所見總是那座時而翠綠、時而焚燒火紅的大肚山。大肚山上，清明時節與親戚們揮汗如雨的割草，秋收時節在紅土台地上挖地瓜。清晨的健行運動總是從山下走到山上；傍晚遠眺高美濕地及台中港、賞完夕陽西下後再從山上回到山下。這，是大肚山的日常。

而作者在經歷過地球科學專業訓練後，體認到大肚山作為台灣西部受到板塊碰撞擠壓後的變形前緣、沿著彰化斷層隆起而抬升至今；而醸成台灣有史以來傷亡最慘重的 1935 年新竹台中大地震，墩仔腳斷層錯動的西端也正好切穿大肚山；沿著大肚山腳下，多處豐沛的甘甜湧泉不僅是在地人維生的重要來源，也見證著地質活動的前線。

地球數百萬年來的持續活動，形塑成千百年來先民選擇大肚山周圍定居的優越條件，進而發展成豐富的族群互動與人文薈萃。自然與人文，在此美麗交會。

但這一部作品的資料收集、閱讀與考證，比起《康熙台北湖》、《風臨火山》又更加困難許多。不只是因為台灣中部平埔族的族群分布與彼此之間的互動更為複雜，康熙雍正年間快速增加的入墾漢人也開始產生族群衝突，派任官僚間意見不合、互相參摘……大時代下每個人各懷心思，碰撞出一連串剪不斷、理還亂的大小事件；在這大航海時代，世界各地的族群衝突也一再上演，構築在類似背景下的人文互動，歷史總是驚人的相似。

於是作者試著把視野從大肚山環境突然拉到世界經貿體系，再回到大肚山周邊的社群。從在地原住民、外來移墾群、以及統治階層間的三角關係（同時還有兼具多重身分的角色），重新審視這個劇烈變動時代下，競逐生存優勢本能慾望與理性衡量的兩難，導致一波又一波的族群衝突越演越烈。而在地原始產業受到外來高經濟價值產業入侵的衝擊，土地的爭奪、鹿群的消失，更進一步強化推升了難以化解的對立。這一連串的故事，由此環環相扣，緊密的難分難捨。

作者嘗試在這部作品中描繪不同立場的強烈對立觀點，並挑戰在段落間突兀的切換。雖然有點挑動敏感，但仍維持作者小說的一貫調性：瞎子摸象，只摸到一部份難免有見樹不見林的遺憾，不如沉穩、耐心地摸出理解全貌的完整真相。

苦思寫作期間，每當作者沿著五福圳旁的小路慢跑，不遠處的大肚山總是綿延伴隨，令作者振奮精神。跨越 300 年的史詩場景，肚山依舊在，幾度夕陽紅。

▌致謝

感謝「牛罵頭文化協進會」、在地經營超過 30 年的吳長錕老師，您的開放鼓勵、支持與建議，以及「清水散步」這麼好的交流場域，是《墩仔腳下大肚山夕暮》產生的源頭。而「牛罵頭文化協進會」創立之初所發揚的地方文史題材，引領當時還年幼（XD）的作者懵懵懂懂建立起對文史的興趣與愛好，此生難忘。

也很感謝「山水人文學會」文史學養深厚、諸多討論總是讓作者感到收穫豐富、一直以來大力支持作者發揮所長的吳智慶老師，在您的用心提攜與推薦下，無論是以「康熙台北湖」為主題的走讀之旅、還是 2021 年共同舉辦「台北盆地的前世今生：文史與科學的交會」特展，都令作者得以更具信心的繼續投入文史領域。

致力推動噶哈巫文化復振的潘寶鳳老師向作者推薦柯志明老師的經典著作《番頭家》，以及平埔文史方面的討論，令作者收穫良多，更進一步充實了這部作品的深刻意涵。十分感謝！

對於 20 多年來栽培作者深入地球科學專業學術研究領域的各位師長及同儕們，以及曾在中央氣象局一起共事多年的老同事們，表達真誠感謝。作者嘗試走入一條從地球科學、自然環境變遷視角來重新詮釋台灣在地文史的幽靜小徑，試圖開拓出嶄新的視野。

感謝識途教育、樂橙人文咖啡館提供的獨特環境與機會，給予作者一段人生中特別的複合式教育工作體驗。感謝曾經的可愛學生們，讓老師得以在推行新課綱的這個新世代，與你們一起學習成長、共同編織學習歷程。

另外，也非常感謝這幾年來，持續支持著作者用心創作、說故事的每一位讀者和聽眾。網路上常看到許多網友說台灣缺乏如同國外影劇或 ACGN 的好題材，那麼，就由作者拋磚引玉，繼續為大家挖掘、整理、探究並分享更多古往今來的精采故事。

收集資料過程中，感謝博碩士論文資訊網、臺灣文獻季刊、中央研究院台灣史研究季刊、台大文史哲學報、台大歷史學報、興大歷史學報等諸多學術研究期

刊提供豐富的研究辯證資訊，以及故宮博物院清代宮中檔及軍機處檔摺件、維基文庫電子化史料文獻、鯤鯓工作室提供豐富圖文參考資料。作者每一部作品都立足在眾多前人的研究成果上思維辯證、發展創作，對眾多研究學者及資料來源深表感謝。數量繁多不及備載，作者將會在「山腳下通事屋的說書人」FB 粉專彙整完整參考資料。

2021 年 11 月小說文本完稿後，感謝貓霧捒社後裔白俊忠老師引介，作者參加了「台中市鄉土文化學會」發起的「貓霧捒社遷徙入埔路線探訪團」，得以更深入的實地訪查地方耆老、自然地景，對小說中描述的大肚溪兩岸村社，收穫了更豐盛的體會。

無比感謝作者的父母，一直以來始終給予的充分支持，令作者在各方面低潮之時仍得以無後顧之憂的安心發展創作，並提供接下來開創新事業的堅實支援。之後，朋友們將能在聆聽眾多講者分享故事的氛圍中，同時享用真材實料的美好品味體驗。

最後，感謝親愛的孩子，自從成為妳的父親之後，雖然遭逢一連串的人生重挫，卻也逐漸轉化成把拔說故事與創作的原動力。身為一位平凡的把拔，會繼續抱持著陪伴照顧孩子的真心，透過與妳的牽絆、說故事、玩樂互動，一同逐漸成長。

目　錄

第一章 ｜吞霄日先落／海賊稱王後／肚山腳下事／鴨母王興落

第二章 ｜ 英揚日不落／紅毛勢漸弱／商貿匯南洋／沉思己認同

第三章｜新政引漣漪／漢民再進擊／村社各求生／肚山風雲起

第四章 | 大甲西引爆／南北紛響應／血染大肚山／敦仔腳下平

▌附錄

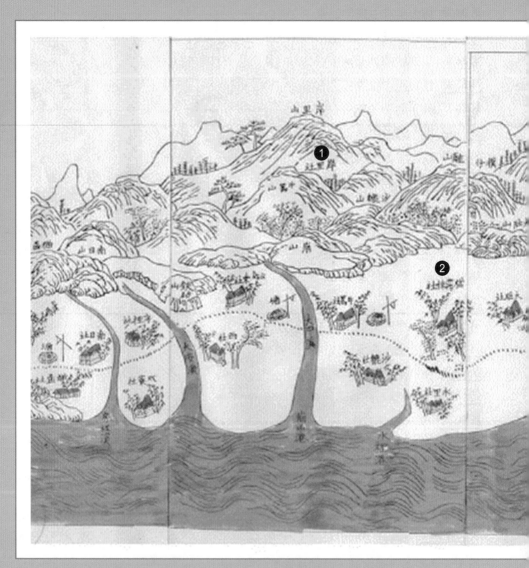

圖 1 序幕之「火山下的開端」（改繪自維基百科《諸羅縣志》山川總圖）

"火山：在諸羅縣羅霧大山東野番界內。山上日則有烟，夜則有光，但人跡鮮到，亦止傳如此。"《臺灣府志》

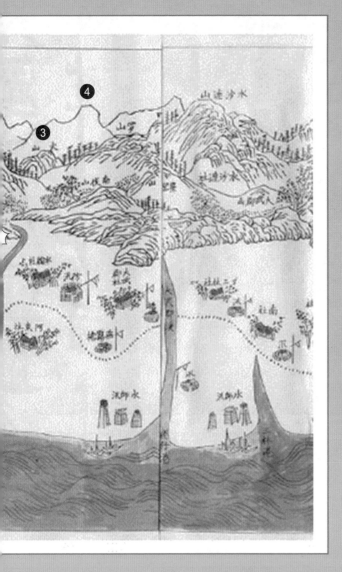

1 岸裡社
2 猫霧捒社
3 火山
4 紅衣番

圖 **2** 第一章之「吞霄日先落」康熙 38 年（西元 1699 年）吞霄社事件及里族社冰冷事件（改繪自文化部國家文化記憶庫《康熙臺灣輿圖》摹本）

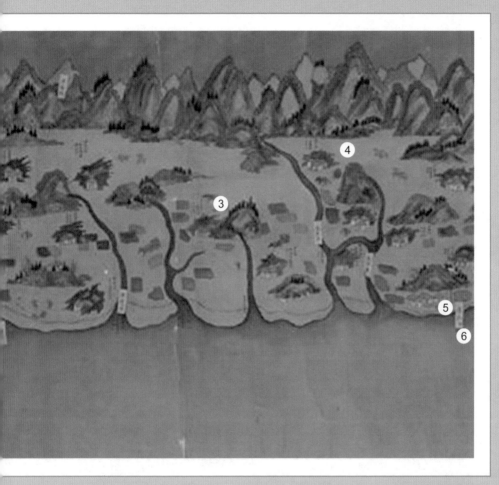

① 大雞籠社
② 里族社
③ 吞霄社
④ 岸裡社
⑤ 牛罵社
⑥ 五汊港

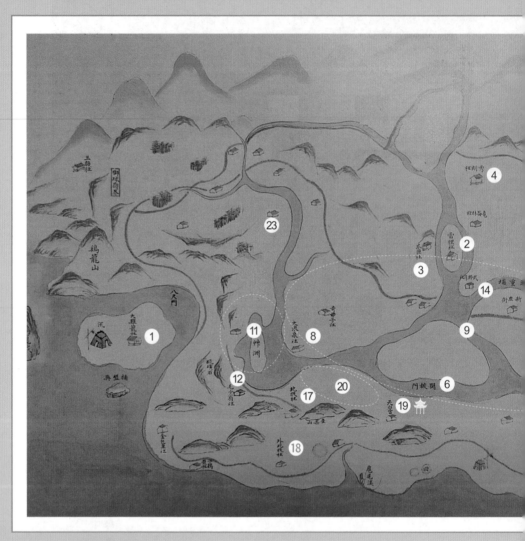

圖 3　第一章之北台灣「墾號、海盜、天妃廟」康熙 48 年至 58 年

（改繪自《乾隆土牛民番界址紅藍線臺灣輿圖》）

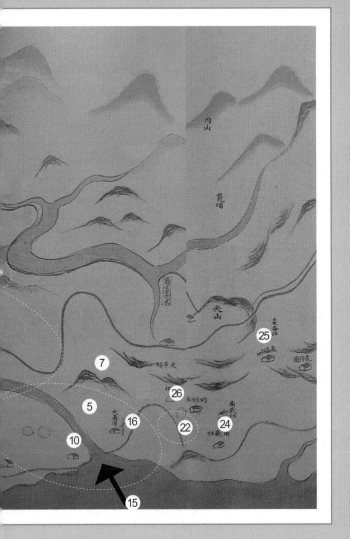

圖3中標示地點或事件

❶ 大雞籠社
❷ 雷里社
❸ 龍匣口社
❹ 秀朗社
❺ 八里坌
❻ 干豆門
❼ 興直山
❽ 大浪泵社
❾ 陳賴章墾號
❿ 陳國起墾號
⓫ 戴天樞墾號
⓬ 麻少翁社
⓭ 擺接社
⓮ 武勝灣社
⓯ 海盜鄭盡心入侵淡水
⓰ 官軍營盤淡水營
⓱ 內北投社
⓲ 外北投社
⓳ 干豆門天妃廟
⓴ 陳和議墾號─內北投
㉑ 陳和議墾號─海山
㉒ 陳和議墾號─坑子口

圖3同時代的相關地點標示

㉓ 里族社
㉔ 南崁社
㉕ 龜崙社
㉖ 坑仔社

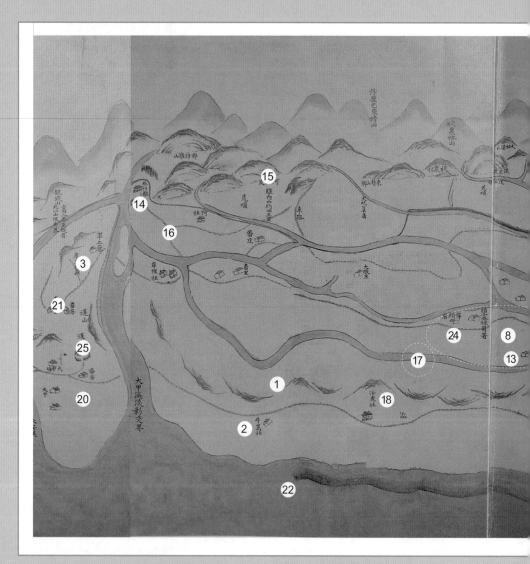

圖 4 第一章之中台灣「漢民入墾張鎮庄，大肚山下猫霧揀」：康熙 49 年至 58 年
（改繪自《乾隆土牛民番界址紅藍線臺灣輿圖》）

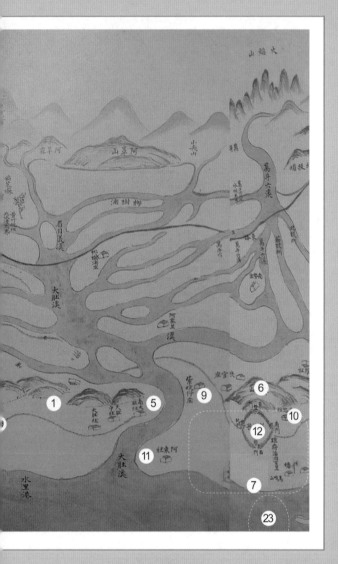

圖 **4** 中標示地點或事件
（以小說內出現順序排列）

❶ 大肚山
❷ 牛罵社
❸ 岸裡社
❹ 猫霧揀社
❺ 大肚南社
❻ 寮望山
❼ 施長齡墾號
❽ 張鎮庄
❾ 柴坑仔社
❿ 半線社
⓫ 阿束社
⓬ 半線庄
⓭ 水碓聚落
⓮ 樸仔籬社
⓯ 阿里史社
⓰ 烏牛欄社
⓱ 馬龍潭陂

圖 **4** 同時代的相關地點標示

⓲ 沙轆社
⓳ 水裡社
⓴ 大甲西社
㉑ 大甲東社
㉒ 五汊港
㉓ 鹿仔港
㉔ 犁頭店
㉕ 官軍大甲營盤

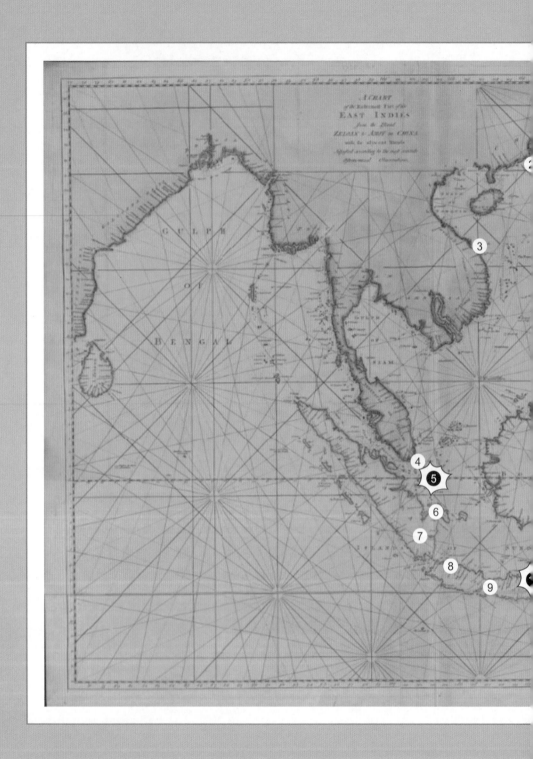

圖5中標示地點或事件
（以小說內出現順序排列）

❶ 五汊港
❷ 澳門
❸ 廣南國會安
❹ 淡馬錫獅城
❺ 武吉士海盜前哨戰
❻ 大邦加島的文島港
❼ 巨港蘇丹國
❽ 巴達維亞
❾ 馬塔蘭蘇丹國
❿ 泗水之戰
⓫ 峇里島
⓬ 武吉士海盜大本營望加錫
⓭ 香料之城安汶
⓮ 摩鹿加群島
⓯ 宿霧
⓰ 馬尼拉
⓱ 卡加延人
⓲ 斯卡羅、沙馬磯頭
⓳ 臺灣府城

圖5 第二章之阿舉與伊排一行人的「南
洋貿易旅行」（改繪自《東印度東部海
圖 - 錫蘭島至中國廈門（Achart of the
eastermost part of the East Indies from
the island Zeloan to Amoy in China》）

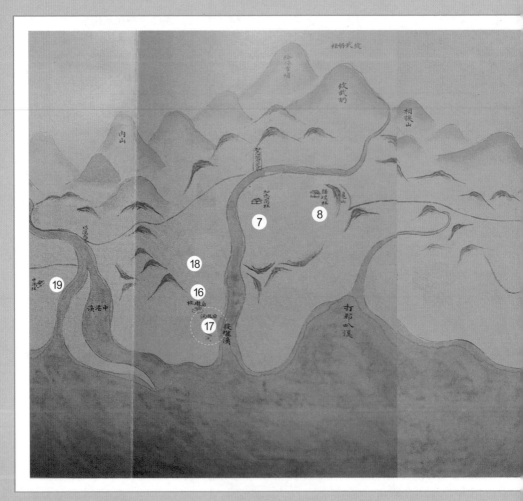

圖 6 第三章之阿舉與伊排的「台灣中部內陸貿易旅行」北段：中港溪至大甲溪之間
（改繪自《乾隆土牛民番界址紅藍線台灣輿圖》）

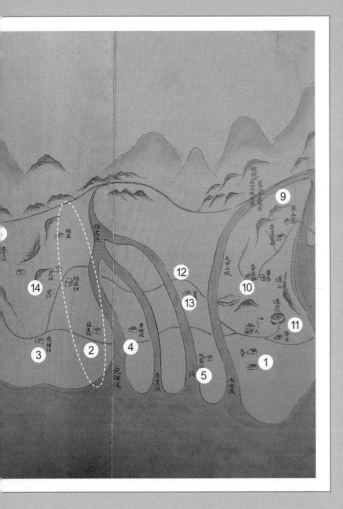

圖 6 中標示地點或事件
（以小說內出現順序排列）

❶ 大甲西社
❷ 貓盂社（註：貓盂社村社範圍較廣，故以較大圖案呈現）
❸ 苑裡社
❹ 房裡社
❺ 雙寮社
❻ 吞霄社
❼ 嘉志閣社
❽ 貓裏社
❾ 岸裡舊社

圖 6 同時代的相關地點標示

❿ 大甲東社
⓫ 營盤（大甲東社、大甲西社之間）
⓬ 營盤（南日南社旁）
⓭ 南日南社
⓮ 南日北社
⓯ 營盤（吞霄社附近）
⓰ 後壠社
⓱ 官軍營盤（後壠社旁）
⓲ 新港社
⓳ 中港社

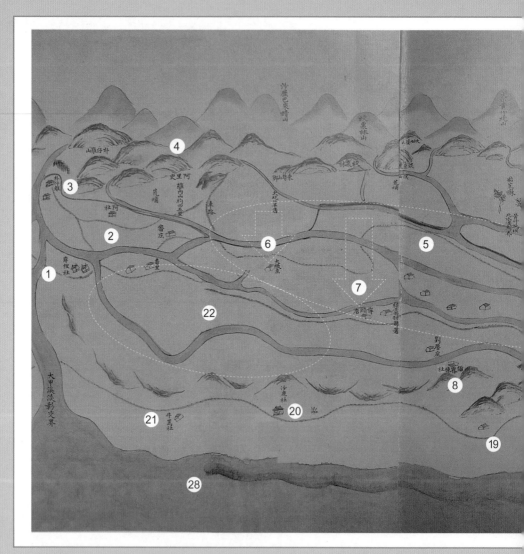

圖 7 第三章之阿舉與伊排「台灣中部內陸貿易旅行」中段：大甲溪至萬斗六溪之間
（改繪自《乾隆土牛民番界址紅藍線臺灣輿圖》）

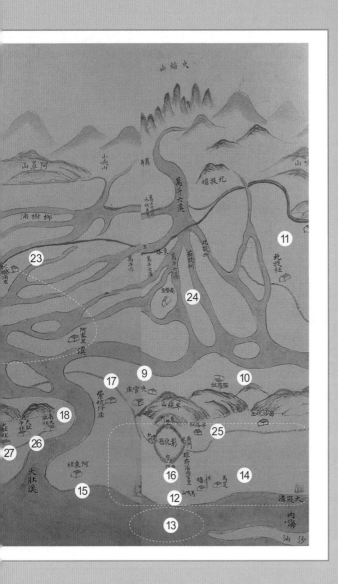

圖7中標示地點或事件
（以小說內出現順序排列）

❶ 岸裡新社
❷ 烏牛欄社
❸ 樸仔籬社
❹ 阿里史社
❺ 藍張興庄
❻ 大墩
❼ 犁頭店
❽ 猫霧捒社
❾ 快官庄
❿ 猫羅社
⓫ 北投社
⓬ 施長齡墾號
⓭ 鹿仔港
⓮ 馬芝遴社
⓯ 阿束社
⓰ 彰化縣城
⓱ 柴坑仔社
⓲ 大肚南社
⓳ 水裡社
⓴ 沙轆社
㉑ 牛罵社

圖7同時代的相關地點標示

㉒ 阿河巴庄
㉓ 柳樹湳庄
㉔ 南勢庄
㉕ 半線社
㉖ 大肚中社
㉗ 大肚北社
㉘ 五汊港

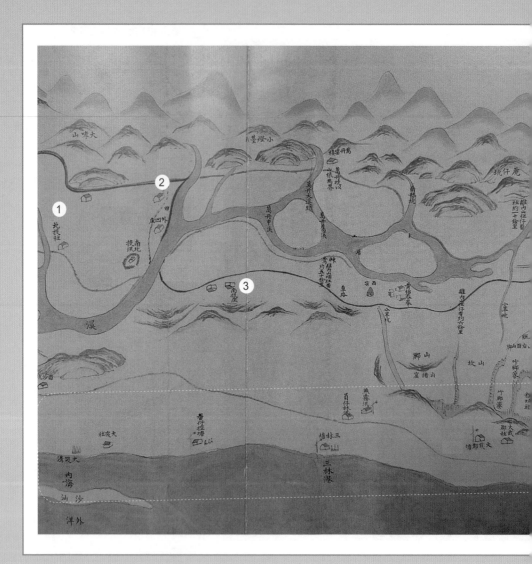

圖 8 第三章之阿舉與伊排「台灣中部內陸貿易旅行」南段：北投社至濁水溪之間
（改繪自《乾隆土牛民番界址紅藍線臺灣輿圖》）

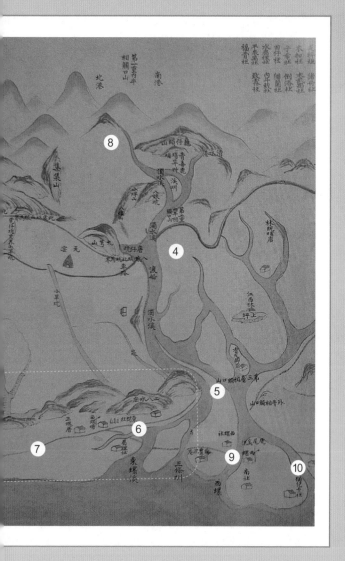

圖 8 中標示地點或事件
（以小說內出現順序排列）

❶ 北投社
❷ 內凹庄
❸ 南投社
❹ 竹腳寮
❺ 牛相觸
❻ 東螺社
❼ 施長齡墾號

圖 8 同時代的相關地點標示

❽ 稷稷社
❾ 西螺社
❿ 貓兒干社

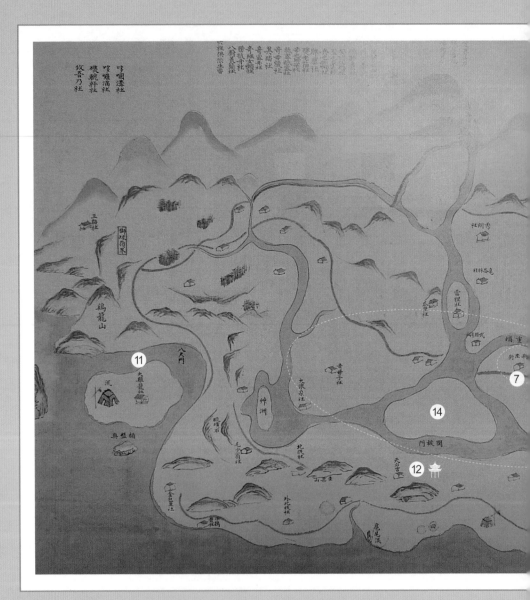

圖9 第三章之北台灣（改繪自《乾隆土牛民番界址紅藍線臺灣輿圖》）

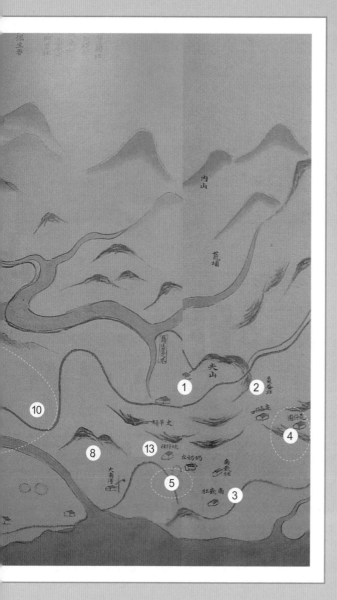

圖 9 中標示地點或事件
（以小說內出現順序排列）

❶ 龜崙嶺道路
❷ 龜崙社
❸ 南崁社
❹ 桃仔園庄
❺ 坑子口庄
❻ 海山庄
❼ 新庄
❽ 興直山
❾ 林天成
❿ 楊道弘
⓫ 大雞籠社
⓬ 干豆門天妃廟
⓭ 坑仔社
⓮ 陳賴章墾號

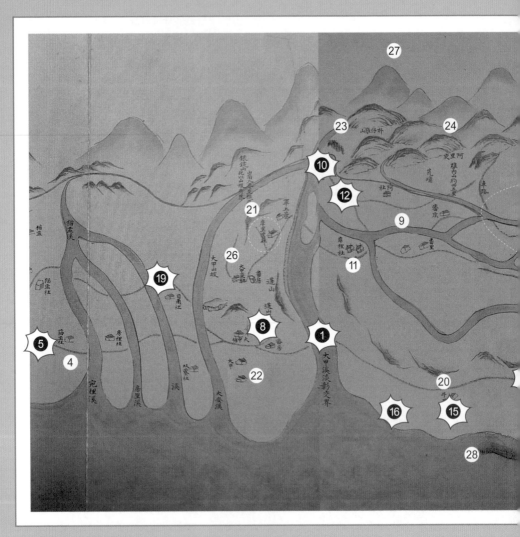

圖 **10** 第四章之「大甲西社事件」雍正 9 年 12 月至雍正 10 年 4 月
（改繪自《乾隆土牛民番界址紅藍線臺灣輿圖》）

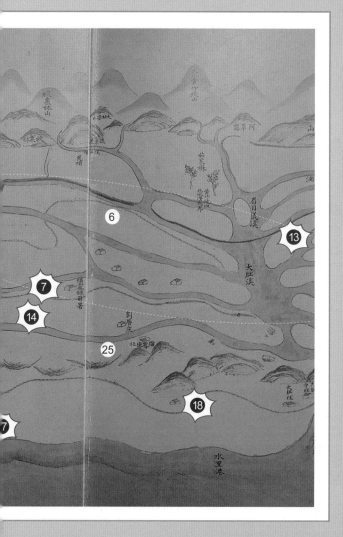

**圖 10 中標示地點或事件
（以小說內出現順序排列）**

① 最初戰：大甲溪突襲
② 沙轆社
③ 淡水廳衙署
④ 貓盂社
⑤ 貓盂後壠之戰
⑥ 藍張興庄
⑦ 犁頭店之戰
⑧ 大甲營盤
⑨ 烏牛欄社
⑩ 樸仔籬社攻防戰
⑪ 岸裡新社
⑫ 烏牛欄營盤
⑬ 柳樹湳庄
⑭ 馬龍潭庄
⑮ 牛罵庄
⑯ 武鹿庄
⑰ 沙轆庄
⑱ 水裡社
⑲ 南日南營盤
⑳ 牛罵社
㉑ 岸裡舊社

圖 10 同時代的相關地點標示

㉒ 大甲西社
㉓ 樸仔籬社
㉔ 阿里史社
㉕ 貓霧捒社
㉖ 大甲東社
㉗ 紅衣番
㉘ 五汉港

圖 11 第四章之「吳福生事件」雍正 10 年 3 月至 5 月
（改繪自《乾隆土牛民番界址紅藍線臺灣輿圖》）

42

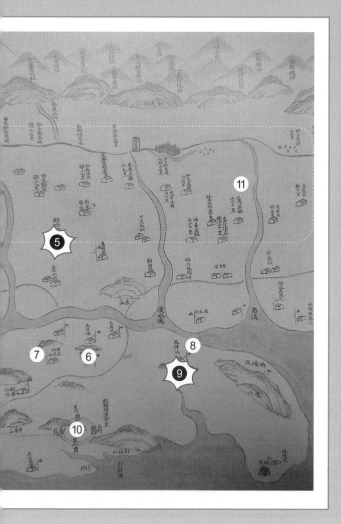

圖 11 中標示地點或事件
（以小說內出現順序排列）

❶ 岡山汛
❷ 舊社汛
❸ 臺灣府城
❹ 石井汛
❺ 萬丹巡檢署
❻ 埤頭汛
❼ 赤山
❽ 鳳彈汛
❾ 鳳彈山之戰
❿ 鳳山縣城
⓫ 客家六堆

圖 12 第四章之「龜崙社事件」雍正 10 年 5 月至 10 月
（改繪自《乾隆土牛民番界址紅藍線臺灣輿圖》）

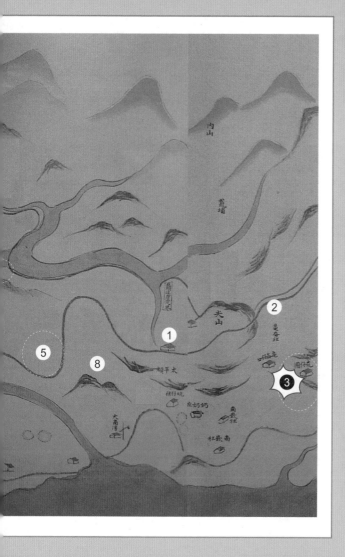

圖 **12** 中標示地點或事件
（以小說內出現順序排列）

❶ 龜崙嶺道路
❷ 龜崙社
❸ 桃仔園庄
❹ 新庄
❺ 營盤
❻ 外北投社

圖 **12** 同時代的相關地點標示

❼ 大雞籠社
❽ 興直山
❾ 海山庄
❿ 干豆門天妃廟

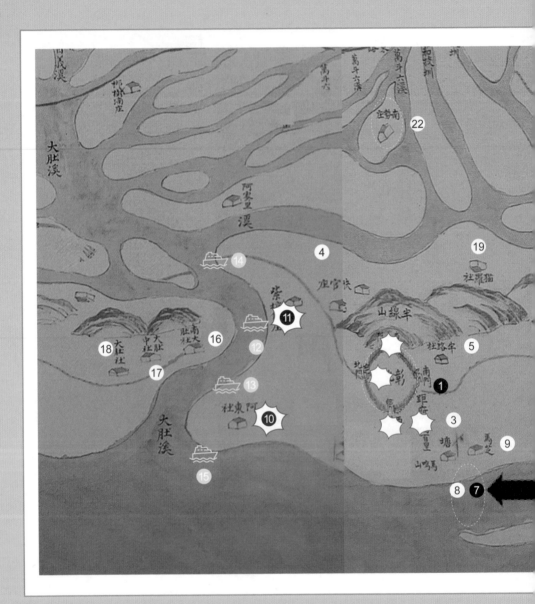

圖 13 第四章之「中部平埔族群大反抗」雍正 10 年閏 5 月至 7 月：大肚溪以南的彰化縣城包戰
（改繪自《乾隆土牛民番界址紅藍線臺灣輿圖》）

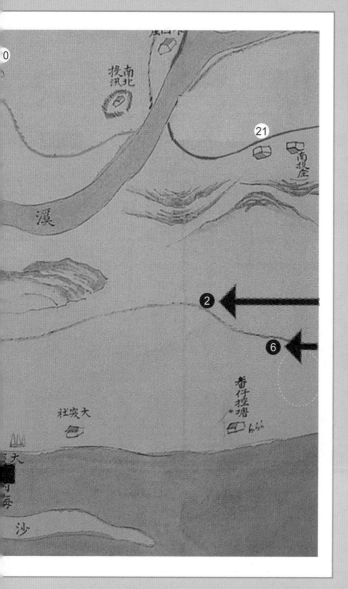

圖 13 中標示地點或事件
（以小說內出現順序排列）

❶ 彰化縣城
❷ 六堆客家義民軍從斗六門北上支援
❸ 鹿仔港汛
❹ 快官庄
❺ 半線社
❻ 王郡的聲東擊西佯攻部隊循陸路北上
❼ 王郡主力部隊自府城循海路進抵鹿仔港
❽ 鹿仔港
❾ 馬芝遴社
❿ 阿束社
⓫ 柴坑仔社
⓬ 渡船頭渡口
⓭ 惡馬渡口
⓮ 東渡口
⓯ 西渡口
⓰ 大肚南社
⓱ 大肚中社
⓲ 大肚北社

圖 13 同時代的相關地點標示

⓳ 貓羅社
⓴ 北投社
㉑ 南投社
㉒ 南勢庄

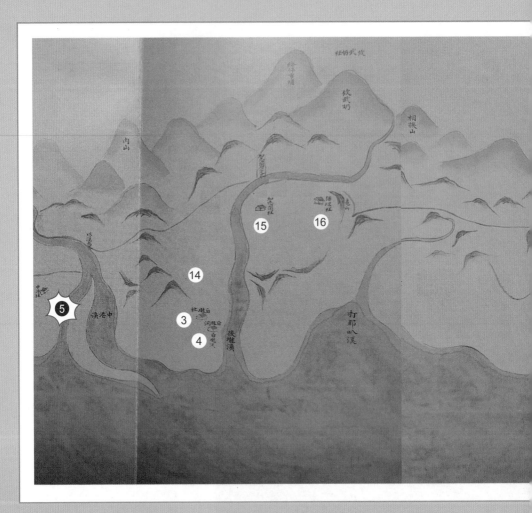

圖 14 第四章之「中部平埔族群大反抗」雍正 10 年 6 月：北路軍突襲中港社
（改繪自《乾隆土牛民番界址紅藍線臺灣輿圖》）

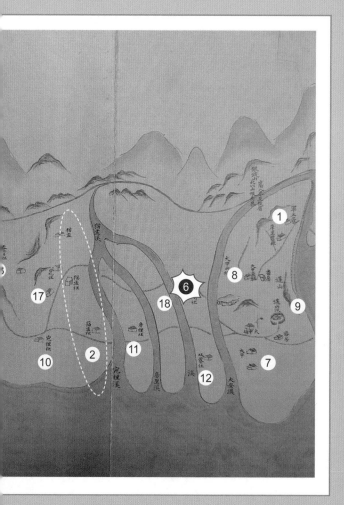

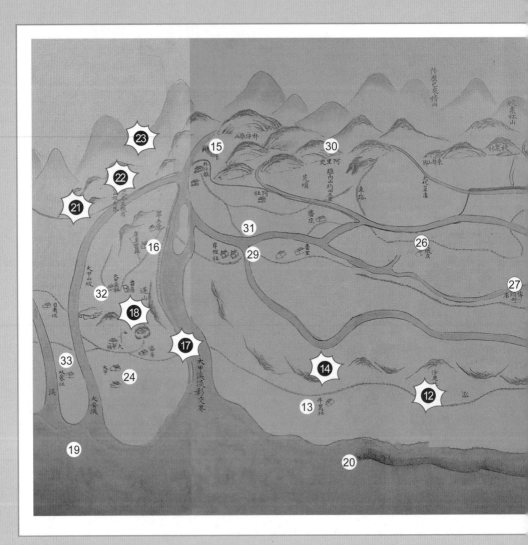

圖 15 第四章之「中部平埔族群大反抗」雍正 10 年 8 月至 11 月：大肚溪以北的負隅頑抗
（改繪自《乾隆土牛民番界址紅藍線臺灣輿圖》）

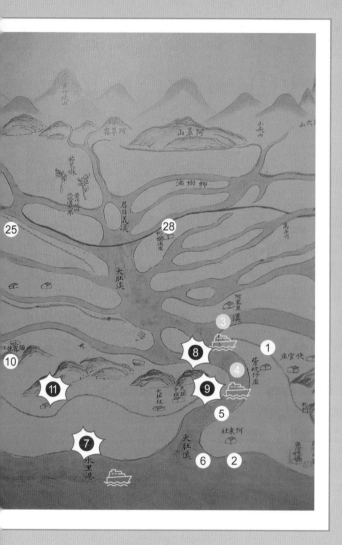

圖 15 中標示地點或事件
（以小說內出現順序排列）

❶ 柴坑仔社（撤到大肚溪北岸）
❷ 阿束社（被焚毀）
❸ 東渡口
❹ 渡船頭渡口
❺ 惡馬渡口
❻ 西渡口
❼ 水裡港牽制
❽ 東渡口牽制
❾ 大肚南社決戰
❿ 猫霧捒社
⓫ 七路火攻水裡社
⓬ 沙轆社
⓭ 牛罵社
⓮ 大肚山區游擊戰
⓯ 樸仔籬社
⓰ 大甲西社（臨時落腳）
⓱ 崩山半渡截擊戰
⓲ 營盤
⓳ 雙寮港
⓴ 五汊港
㉑ 小坪山之戰
㉒ 大坪山之戰
㉓ 內觸山之戰
㉔ 大甲西社（舊址被焚毀）

圖 15 同時代的相關地點標示

㉕ 藍張興庄
㉖ 大墩
㉗ 犁頭店
㉘ 柳樹湳庄
㉙ 岸裡新社
㉚ 阿里史社
㉛ 烏牛欄社
㉜ 大甲東社
㉝ 雙寮社

火山

"火山：在諸羅縣猫羅猫霧大山之東野番界內。山上日則有烟，夜則有光，但人跡鮮到，亦止傳聞如此。"——《臺灣府志》

　　傳説中，曾經有一個大肚王國，坐落在大肚山腳下。旅人若由北往南渡過大甲溪、沿著大肚山腳下前進，會依序抵達物產豐富的牛罵社、兇悍的沙轆社、湧泉噴超高的水裡社，和統治者甘仔轄家族所在的大肚社，然後再往南渡過大肚溪。然而，比較鮮為旅人所知的是，在大肚山背後，還有一個同樣説著拍瀑拉語的猫霧揀社。

　　那日下午，猫霧揀社人們再度帶著幾簍從漢人那邊交易過來的好鹽，划著小船沿著大河逆流而上，按照慣例在北岸山腳下靠岸。
　　寬廣的河床，涓涓的溪水川流其中，似乎有點孤單。已經乾旱好一陣子了，再不下雨，就快無法行船啦。
　　猫霧揀社族人們幽幽的把簑籃放在一塊空地上，隨後離開。靜靜的魚貫進入附近森林中，開始砍柴、生火、搭建臨時營地。

　　直到夜幕降臨。
　　紅衣番現身。

　　一群身著美麗紅色條紋布衣的男人們，靠近到空地，摸一把地上簑籃內的鹽

巴，放到口中品嘗一下，似乎頗為滿意。奇怪的是，紅衣番背負的竹簍，卻是空的。

眼看貓霧捒社人們熄滅營火，準備入睡。此時，紅衣番悄悄的接近營地，動作小心翼翼的，拔出身上的腰刀⋯⋯

黑夜中，有一位比較敏銳的紅衣番突然感覺到⋯⋯背後有視線！回頭一看──欸？怎麼看到的是自己倒立的身體？

一場血腥的混戰，在這片幽暗秘林中鬼哭狼嚎。身經百戰的紅衣番，第一次感受到不解的恐懼⋯⋯奇怪，這些貓霧捒社人應該像是獵物一樣才對啊？怎麼會突然比他們還擅長在黑暗中廝殺？損失慘重、但仍不甘心的紅衣番頭目決定先退出戰場，待天亮後再戰一回。

退到山坡林地中暫時歇息的紅衣番，天亮後不久，突然感受到極為強烈的巨響和大地的震動！待搖晃逐漸平息後，驚魂未定的紅衣番，回首來時路，那密集尖銳的山頭，竟然竄起高聳雲煙、冒出熊熊烈火！

「怎麼會突然出現火山？！」紅衣番擔心起自己的村落，垂頭喪氣的撤退了。

此時只聽到背後的貓霧捒社人們歡呼著：「Abok！Abok！Abok⋯⋯」

"丙寅年四月二十日辰時，地大震。地震臺灣時時有之，此日大震。" ──
《臺灣府志》

第 一 章

吞霄日先落
海賊稱王後
肚山腳下事
鴨母王興落

第 1 話

阿莫

「這位就是……阿莫？」遊擊軍官初次見到眼前這位身披鹿皮、雖然上了年紀但仍給人相當沉重壓迫感的強壯野番，不由得開口問了起來。

「是的！」帶路的通譯頗為得意。

「但……這吞霄社兇番可才剛把新港、蕭壠、麻豆、目加溜灣四大社熟番打到死傷慘重，僅此一社戰力，是否真有抗衡能耐？」遊擊軍官仍頗無法安心。

「岸里山番穿林箐澗穀如飛，擒卓個卓霧非此不可！」通譯信心滿滿的回報遊擊軍官。

「好吧……接下來交給你去協調出兵事宜了。」

漢人通譯指揮著僕從，把推車上的府城黑糖、西洋捲菸、大清銀元、華美布疋，推到阿莫面前。

「各位 Tarranoggan 的兄弟姐妹們！來來來，這是送給你們的禮物！」漢人通譯笑容滿面的説著。

岸裡社村人們紛紛聚集過來，看著這些罕見的珍貴禮物，有些好奇的東看看西看看，有些靦腆的微笑，有些開心的唱跳。

只有阿莫兀自站立著，神色肅穆的看著這些來訪的漢人。

阿莫回想起，剛成年的那一天，大肚南社的甘仔轄頭目緊急派人跑到岸裡社請求救援。當時正年輕氣盛、一心想成為最強戰士的阿莫跟著族人一起出發，沒

想到半路上就接到斥候通報敵人已經打到沙轆社，正在大肆屠殺、燒房子！

在原大肚王國領域中兇悍程度僅次於岸裡社的沙轆社竟然被打得如此悽慘？究竟是多麼強大的敵人？阿莫心想，一定要好好讓敵人見識一下岸裡社的厲害。正準備跑第一個的時候，卻被頭目拉住。

「留在這裡，準備伏擊。」睿智的頭目很快的下了決定。

阿莫聽從頭目的決定，選定好伏擊戰場，跟族人們一起布置大量陷阱。沒多久後，敵人們果然如頭目的預料來了。但讓阿莫吃驚的是，眼前的敵人滿山遍野，可能有三千人那麼多！岸裡社戰士最多才五百人而已呀！敵人雖然確實掉入陷阱，首次上戰場的阿莫勇猛作戰，但對方是身披鐵甲、手執藤盾牌、訓練有素的頑強士兵，漸漸有點寡不敵眾。頭目高呼叫大家撤退到第二個伏擊地點，準備逐步削弱對方的戰力。就在此時，阿莫注意到後方似乎有某片森林失火了——咦？那不是村社的方向嗎？

「哇～～哇～～哇～～」族人們抱著一個剛出生的小嬰兒走到阿莫身邊，打斷了阿莫沉浸的思緒。原來，阿莫的第一個孫子出生了。

「頭目、頭目，這個可愛的孩子，取什麼名字好呢？」村人們興奮地問著。

眼看著這新生的孩子，向他歡呼道賀的族人們，還有眼前這群讓阿莫感到不可小覷又難以捉摸的漢人……沉默已久的阿莫，終於下定決心作出回答：

「取名叫 Adawai 吧！」接著回應漢人：「我們……Tarranoggan 會配合出兵。」

第 2 話

冰冷大王

「哇～～哇～～哇～～」

各式大小船隻繁忙往來的大河邊，干豆門港口北側小山丘上，一間隱密的家屋中，新手父母仍然手忙腳亂的安撫著剛出生的嬰兒。

「Ghacho，可以把桌上的文書唸給我聽嗎？」大雞籠社通事賴科一邊忙著餵奶，一邊仍想掌握最新時事動態。

麻少翁社頭目 Ghacho 拿起文書開始唸著：「二月的最新消息：Tonsiau 頭目 Tok-e-tobu Aseng 把一直指派過度勞役、還規定要繳交貢金才能打獵、賄賂花紅給縣官的漢人通事黃申給殺了，官府派人到 Tonsiau 要求他們交出主謀給官府收押審判，但 Tok-e-tobu Aseng 拒絕。現在官府已經派兵，Tonsiau 也已經出動戰士，雙方開打了……」

「喔？是那個 Tok-e-tobu Aseng 啊……雖然不意外，總覺得這一天遲早會到來，但他們怎麼不早在三年前就起事呢？那時肯定可以聚集更大的反抗力量，現在感覺只是螳臂擋車而已……」賴科想起三年前 Bitter 還在台灣內部暗中進行的反抗計畫，不由得輕嘆了一口氣。

「……」心情複雜的 Ghacho，一句話都說不出口。

「啊我想到了！Ghacho 請你幫我把 Tonsiau 反抗的消息，盡快傳到 Li-siouck 那邊！Penap 跟漢人結怨已久，金賢那個色鬼竟然還想染指村社小女孩，Penap 一定會趁機反抗。等 Penap 也起事後，再把消息傳給 Tonsiau ！」賴科很快就冒出新想法。

秋七月，北台灣仍然相當炎熱的一天，水師把總例行順著南風北巡到淡水，乍聽聞里族社土官冰冷掀起反抗的消息，不免大吃一驚！當時吞霄社反抗還陷於僵局，若北部動亂也跟著擴大，只怕越來越難以收拾。水師把總想到名震北台的大雞籠社通事賴科，便私下輕裝前往大雞籠社，登門拜訪。

「末官素聞賴通事與北台諸社關係良好，亦有番丁效力，不知能否商請賴通事恩威並施、勸說冰冷就此罷手，以利社稷安寧？今事態危急，但末官兵力有限，若能和平就撫，方為上策。」水師把總語氣謙和的請求賴科協助。

「把總大人言重了，草民僅為區區一介番社通事，物資番力皆有限；況乎冰冷大王素來兇悍，與草民熟識之番眾亦不敢輕易進入里族社領域。大人所託，草民向願竭力為官府效勞，然實務上之困難，還請大人明察見諒。」賴科也謙虛的回應。

「賴通事若有需官府支援之處，還請明說。」水師把總決定長話短說。

「冰冷大王冷酷高傲異常，若無配得上其身分地位的禮物，恐難以引其現身。草民有數艘社船，可運奇貨；但囿於現況須先到鹿耳門再轉口之限制，曠日廢時、殆誤商機。是否能委請大人返回府城後，代草民美言幾句，以利直通運轉之便？」

「可。」

「另關於里族社反、平撫之策，草民另有一計。請把總大人預先派兵設伏，待草民以禮誘出冰冷大王之際，以迅雷不及掩耳之勢逮捕！擒賊先擒王，請大人卓參！」

「賴通事所言甚是……」

第 3 話

秘林黑影

初秋的下午，天氣仍如同火焰山的紅土一樣火紅炙熱。

埋伏在淺山森林中的吞霄社戰士們，從春天至今已經多次擊退了來犯的敵人，但也感受到長期對抗的身心疲憊。

「告訴大家一個好消息：北部的 Lisiouck 也追隨我們掀起反抗了！這下那些可惡的漢人士兵麻煩大了！只要我們繼續努力抵抗，還會有越來越多被漢人欺壓的村社，會一個一個站出來！一定要撐下去，我們一定會成功的！」卓介卓霧亞生對前線正在浴血苦戰的吞霄社戰士們，宣布了鼓舞信心的消息。

卓介卓霧亞生知道那些被漢人押上第一線當犧牲打，來自台灣南部的新港、蕭壠、麻豆、目加溜灣四大社，也曾在擊退對方後，大聲呼籲與其繼續廝殺、不如反抗派他們白白送死的漢人！四大社戰士已經開始心志動搖、私下議論紛紛。

隔天一早，吞霄社戰士們發現準備來犯的敵人已經替換成漢人士兵。卓介卓霧亞生知道決戰的時刻到了，通知輪替休息的戰士們回到前線，準備給官軍來個迎頭痛擊。

雙方從日出戰到日落，上千官兵輪番上陣，但許多漢人士兵明顯水土不服、病弱體虛，只有數百人的吞霄社戰士仍士氣高昂的擊退敵人。將入夜之際，卓介卓霧亞生發現官兵仍準備再一次衝鋒，不得不提醒疲憊的戰士們還不能吃晚餐，繼續手持武器伺機反擊。

就在這個時刻，身後的已經沒入一片黑暗的森林中，開始出現不尋常的動靜。

沒有任何高聲呼喊，只有穿越樹林的窸窣聲，慢慢的，由遠而近⋯⋯

「是 Tarranoggan！嗚啊！」

吞霄社戰士的慘叫聲，也開始由遠而近，逐一傳來。

在此同時，漢人士兵也吹響號角，從正面發起衝鋒！

吞霄社戰士用盡氣力抵擋兩面夾攻，但在場每個戰士心裡都明白，中部平埔族群都公認最恐怖的岸裡社黑夜戰士，在此出現的意義是什麼。眼看吞霄社戰士們一個又一個倒下，卓介卓霧亞生終於痛苦地大喊：「撤退！撤退到我們的後山！撤退！」

「反抗事件都結束了。Tonsiau 的反抗被漢人官兵鎮壓，漢人士兵陣亡幾百人，大部分是因為嚴重水土不服……Penap 和 Tok-e-tobu Aseng 被官軍抓到後，都被帶到府城處斬了……。這次事件後，Lisiouck 諸社群龍無首，Panap 的弟弟 Kimotsi 頭目趁機接任 Lisiouck 諸社總土官，決定跟 Kimassauw 通事屋開始建立正式貿易往來……」Ghacho 讀著最新的情報文書，不免驚訝的問著：「賴科……難道說這一切發展結果，都在妳意料之中嗎？」

「你說呢？」賴科未正面回應，只淺淺微笑地說著：「我正在規劃一趟前往大肚山的旅行唷。」

第 4 話

五汊港

東北季風時節，大雞籠社通事屋旗下的一艘貿易社船，在 Ghacho 的指揮下，正沿著台灣西部沿海順風南下。

「Ghacho，你其實不用把我想的那麼神奇啦，並沒有每一件事都在我的意料之中，例如說中部的 Tarranoggan 幫助官軍、導致 Tonsiau 的戰敗，就完全在我的意料之外。只有 Kimotsi 頭目趁機搶下 Lisiouck 諸社總土官這件事，是我安排的暗椿。」賴科悠閒地吹著海風，悠悠的說著：「所以囉，我們這趟旅程的目的，就是想更深入瞭解台灣中部的狀況，看看有沒有機會擴大我們的貿易範圍。Ghacho 還記得五汊港嗎？」

「記得啊，三年前我們的通事屋旗艦意外卡在那邊，差點回不了北部呢。」

「中部有一個 Gomach 的年輕人叫做蒲氏悅，雖然他的語言跟 Basay 不同，但他會講官話。他之前透過南來北往的漢人貿易牛車隊帶一封信到 Kimaurri 通事屋，說想要跟我們建立貿易關係。所以我想，這次要考察五汊港是不是足夠當作一個中途貿易據點。加上 Gomach 還盛產稻米，這點也要善加利用……」

「賴科妳似乎沒考慮過建立通事屋貿易牛車隊？」

「欸 Ghacho 你想想，雖然我們的 Basay 貿易圈已經擴大到 Lamcam 了沒錯，但一路駕牛車南下，沿途還要經過 Pocael、Auran 這些歷史上赫赫有名的兇悍村社，不知何時貿易貨物會被藉故攔截……相較之下，船運的貨運量比陸運大多了，又有航海技術優秀的 Basay 駕駛，走海路才是聰明的選擇呀～」

「Basay 也不是天生就擅長駕船的呀……或許就像我的阿舅曾說過的，如果

當年我一直窩在 Kimassauw 不外出闖蕩，大概就只會窩在村社種田、甚至被那場大洪水淹沒了吧⋯⋯當然也就不會認識賴科妳了⋯⋯」Ghacho 突然感懷了起來。

「Ghacho 你哪時候變得這麼會說話啦？」微微臉紅的賴科，輕輕地敲了 Ghacho 胸膛幾下，卻被 Ghacho 一把摟入懷中。

西斜的暖陽灑落在乘風破浪的三桅帆船上，轉眼間，五汊港已經近在眼前。

南北兩條綿延的沙汕，中間只有一個狹窄水道供船隻進出。北側沙汕上聚集著幾個人和幾部牛車，正在跟貿易社船揮手。

「喂～～～～是～～大雞籠社賴通事嗎～～～？」一名年輕人大聲呼喊著：「現在還不能進港～～請先在外面下錨～～等漲潮後你們的大船才進得來唷～～～～」

「Ghacho 聽到了嗎？」

「不用他說，這裡的潮汐高低差是台灣沿海最大的，上次我就發現了。」

「真不愧是 Ghacho！」賴科微笑著，但隨即又想到：「啊！但是這樣港口的條件不就比較不好嗎？」

「是比較受限沒錯，但如果能善用潮差特性，反而能夠活用這個港口喔。」

賴科、Ghacho 一行人在染紅大地的暮光時刻下了船，當然還留下部分船員稍晚駕船進港。出示交流信件確認雙方身分後，便搭上蒲氏悅準備的牛車。

賴科環顧四周，橫亙眼前的蔥鬱高台宛如一道高聳長城，應該就是大肚山了吧？再回頭看海面上熠熠生輝的夕陽，不由得發出讚嘆：「這裡確實是個美麗的地方。」

第 5 話

牛罵社

當天晚上，蒲氏悦帶領遠道而來的賴科一行人登梯走進一間寬廣的干欄式家屋，一起共進晚餐。Ghacho 注意到此地的每一間家屋普遍都比巴賽村社的尋常家屋大了不少，但高腳柱比較少，顯然這裡是個不常遭遇地震的地方。

眾人坐在地板上圍著一圈，除了豐盛的糯米飯、魚、蝦、鹿肉料理之外，還有拍瀑拉獨特風味的 tutu 和量少珍貴的 bula！眾人盡情的大吃大喝，十分盡興。

「h-m-an—h-m-an—」蒲氏悦的妻子，正餵著懷中的嬰兒吃東西。

「這位是您的孩子？多大了？」賴科閒聊了起來。

「是的，小犬蒲文舉，才剛滿一歲呢。」蒲氏悦客氣地回應：「您身邊這個孩子呢？看起來差不多大？」

「小兒賴維東，過幾天才要滿周歲。還真是同齡的孩子哩，未來長大後可以交個朋友唷。」賴科禮尚往來：「不過蒲先生我有一事好奇，雖因我不懂 Papora 語、碰巧您懂官話，所以我們得以用官話溝通。但您為孩子的取名頗有漢人風格呢……」

「首先呢，賴通事有所不知，牛罵社本無『蒲』姓，敝姓『悦』。」蒲氏悦微笑了起來：「不過呢，我給孩子的取名，確實用意在未來家族改為漢人的『蒲』姓。」

「願聞其詳。」賴科好奇的追問。

「賴通事曾在信件中提到想更進一步瞭解去年吞霄社事件的在地消息對吧？」蒲氏悦說著：「賴通事見識廣博，對於大肚王必不陌生。不過，由於紅毛

人大約 60 年前才開始進入 Papora 領域，剛好這些年都是大肚南社的 Camachat 家族擔任首領，所以外人大概會以為我們是世襲制。但實際上，我們真正的制度是由 Papora 各社頭目在大肚山推舉出共主，再以武力和分配各社貿易貨物樹立權威。例如說，甘仔轄家族之前其實是水里社頭目擔任共主，更早之前牛罵社頭目也擔任過一段時間。」

「然而，這 60 年來，時勢變化的很快。從紅毛人、東寧國、到現在的大清國陸續入侵，武力攻打、發贌繳稅、通事介入……Papora 已經沒有共主可言了。曾是大肚王轄下最強大的精銳戰士岸裡社選擇倒向官府，吞霄社的失敗，都是血淋淋的案例。所以我想，未來應該順應時勢，超前部署適應漢人時代的準備，我族才能存續下去……」

隔天一早，蒲氏悅帶著孩子敲門拜訪。睡眼惺忪的賴科和 Ghacho 準備了一段時間才得以出門。一行人走著走著，到達山腳下的一處湧泉池。

「欵？這個地方我們上次來取水過！」抱著孩子的 Ghacho 突然發覺。

「是嗎？這處湧泉池水質甘甜可口，遠近馳名，來到牛罵社的漢人都稱之為靈泉呢！」蒲氏悅雖然聽不懂 Ghacho 的巴賽語，但有些反應是不需言傳即可意會的。

「『悅』先生帶我們至此的用意是？」賴科好奇了起來。

「各位不用想太多，純粹是依循傳統，帶孩子來洗浴。賴通事是否願意讓賴公子一起來享用本地的靈泉呢？」蒲氏悅微笑回應後，隨即把小孩抱入水池。

「那就恭敬不如從命了。」賴科也微笑應允，指引 Ghacho 帶孩子下水洗浴。

一群人就在湧泉池畔放鬆的聊天、戲水，度過屬於牛罵社的悠閒美好時光。

第 6 話

陳賴章墾號

康熙四十八年冬，大雞籠社通事屋內。

「全立合約，戴岐伯、陳憲伯、陳逢春、賴永和、陳天章，因請墾上淡水大佳臘地方荒埔壹所，東至雷匣、秀朗，西至八里坌、干脰外，南至興直山腳內，北至大浪泵溝，立陳賴章名字。又請墾淡水港荒埔壹所，東至干脰口，西至長頸溪，南至山，北至滬尾，立陳國起名字。又請墾北路麻少翁社東勢荒埔壹所，東至大山，西至港，南至大浪泵溝，北至麻少翁溪，立戴天樞名字。以上參宗草地，俱於本年柒月內請給墾單參紙，告示參道。……」Catherine 正唸著最新拿到的情報，情況有點不妙。

「陳逢春、賴永和、陳天章……Catherine，這三個人是不是來過通事屋？」記憶力驚人的賴科問了起來。

「對……對不起……」向來伶牙俐齒的 Catherine，難得結巴回應：「之前他們來通事屋洽談開墾幾次，那時候妳還在靜養中、又正在規劃找漢人到蛤仔難的里腦社附近建立兼具防禦出草功能的開墾據點，結果他們不願意，後來就沒再來了……」

「不是妳的錯，這些漢文化傳統下的大男人看到管事的是原住民、又是女性，事情談的不順利，自然嚥不下這口氣。看來連帶大雞籠社通事這塊招牌也被針對了……」賴科嘆了口氣：「不過正如之前中部牛罵社那個蒲氏悅所說，漢人大舉進入台灣開墾已經是無法抵擋的趨勢。加上這幾年來不時發生旱災，台灣稻米產量減少，福建那邊又鬧飢荒，官府效率這麼高的通過墾號，應該是希望增加稻米

產量來應付糧荒。只能説想法截然不同，我們海商習慣透過貿易轉運來解決問題，但統治大片土地、農民的皇帝終究還是要為了農業社會穩定而到處大量開墾土地⋯⋯Ghacho、Catherine 你們要有心理準備。」

「我們 Basay 不會説漢人不准來開墾——畢竟許多 Basay 村社本來就不太種稻——可是 Basay 的旱稻田可以跟動物相處，漢人的水稻田只能種水稻。如果森林、草地都開闢成水稻田，那些野鹿、山豬和小山貓怎麼辦呢？」Ghacho 臉色很不好看：「這次一口氣就通過三個墾號，範圍幾乎把這裡的平原都全包了耶！」

「更扯的是，他們獲得了這麼大片的土地，卻只需要代替 Paijtsie 一個社繳稅，這裡可是有 20 幾個村社耶！官府到底是怎麼審查的啊？」Catherine 也不解。

「我問過了，官府根本就沒派人來實地勘查，當然也沒找我協助會勘。」賴科無奈的表示：「Paijtsie 原本就跟通事屋比較沒有往來，墾照內寫的土官尾秩、斗謹，其實是 Paijtsie 的頭目和副頭目，用一些禮物被漢人找去官府擔任在地人代表。另外，楊永祚是住在府城、長期跟淡水老通事們往來的有錢社商，許總、林周都是淡水老通事們的手下。而宋永清其實是鳳山縣知縣，因為諸羅縣知縣還沒上任而代理，根本不了解這裡的實際情況就隨便通過墾號！這樣脈絡整理起來，大概是那群新到的漢人跟淡水老通事們結合起來，對我們通事屋發起挑戰吧⋯⋯不得不承認，他們的政商關係經營的還是比較扎實。這次事件，對我們來説完全是一場計畫周密的突襲。」

「那⋯⋯賴科妳有什麼對策嗎？」Ghacho 憂愁的問著。

「或許我們的年紀也到了該開始思考培養下一代的時候了⋯⋯」賴科無奈苦笑。

第 7 話

肚山樵歌

　　一個陽光普照的下午，一名年約 20 歲的少女，帶著五個年紀 10 歲上下的小孩，正在大肚山半山腰的一塊小平台上面玩耍。

　　「好，我們現在來玩賽跑吧！」岸裡社的好動男孩敦仔看了一眼姑姑阿比，信心滿滿的提議。

　　「厚……你每次要玩賽跑，每次都馬是你贏啊！」已經多次跟著賴科來到牛罵社貿易旅行的賴維東，嘟著嘴抱怨著。

　　「哈哈……我們這裡就是流行賽跑嘛。而且阿東你不用擔心，你至少應該還跑得贏我吧。」蒲氏悦的大兒子阿舉，還是一如往常擅長用自嘲來安撫大家。

　　「葛格你們喔……我們年紀更小耶……」阿舉的弟弟阿良一臉無奈。

　　在一旁默默不說話的唯一小女生，是賴維東的妹妹伊排，不管這些臭男生七嘴八舌，自己已經開始檢查場地，規劃等一下要跑的路線。

　　「好，那大家準備好囉…………開始！」阿比手勢一揮，小朋友們紛紛跑了起來！

　　「唉唷！」一下子就衝第一個的敦仔，突然踢到東西，摔倒地上。

　　賴維東一看好機會，趁機加快腳步超越敦仔，想要拿下難得的第一名。

　　跑第三的阿舉經過，此時卻停下來，伸手要拉敦仔一把。

　　「不可以！我們在比賽」敦仔灰頭土臉，奮力的爬起身，努力往前衝刺！敦仔紅著臉、心裡想著：姑姑阿比在看，不可以輸給別人！

　　神奇的事發生了。敦仔接下來跑得跟最強壯的雄鹿一樣猛烈快速，令從小照

顧敦仔的阿比，在西斜的陽光下看得出神……眼前的這個男孩，將來應該會成為一名最勇猛的戰士吧？

「姐姐！誰贏了？誰贏了？」小朋友們圍著阿比，一個一個跳著、問著。

「嗯……阿東和 Adawai 並列 11 歲組的第一名！伊排是 9 歲組的第一名！」阿比微笑地給出答案。

「？？？……還有分 9 歲組的喔……」阿良懊悔剛剛沒努力跑。

「呵。」話不多的伊排，此時瞇瞇眼微笑著，露出有點機車的勝利表情。

「吼……要不是我踢到地上的陶片，我一定是唯一的第一名！」敦仔仍然心有不甘的碎碎唸：「真是的，這裡怎麼這麼多陶片啊……」

「聽我父親說過，這裡是牛罵社很久以前祖先住過的地方喔。」阿舉回答。

「真的假的……」其他小朋友紛紛表示不可置信。

「對了，阿舉你父親接下來是不是要搭我家的船啊？」賴維東好奇問著。

「對啊，他說要去你家那邊……說什麼考察貿易之類的吧。所以，接下來我都要幫忙顧家─當然不是我做主啦，是我奶奶當家─但我就不能到山上來玩了喔。」

「蛤……不能一起玩了喔……」從小一起玩到大的玩伴突然這麼說，敦仔略顯失落。

「以後還有機會見面的呀。」阿比微笑的安慰敦仔。

一群孩子們排排坐在半山腰，一起機哩呱啦的看夕陽。山林裡傳來陣陣渾厚歌聲，原來是砍完柴、準備下山的樵夫唱著思歸歌，又度過了一天大肚山的悠閒日常。

第 8 話

淡水海賊王鄭盡心

　　六月底，西南風盛行時節，大雞籠社通事屋的貿易社船載滿了從牛罵社交易來的稻米，正順著風向與海流，順暢的航向北台灣。而交易雙方的貿易商，此時竟然同在一艘船上。原來是長年待在牛罵社的蒲氏悦經不起賴科再三邀約，終於答應跟著前往北台灣，進行一趟貿易考察旅行。

　　「第一次搭船的感覺如何呢？」賴科微笑地問著在甲板上吹風的蒲氏悦。

　　「呃……啊……老實說，很暈。」蒲氏悦無奈地苦笑回應：「真是佩服賴通事您了，竟然能夠習慣如此的海上顛簸。據說冬季風浪更大啊，難以想像到時該怎麼辦了。」

　　「我家鄉的人常說，孩子趁早帶上船，適應力強易習慣。或許下次可以帶您的孩子們一起上船，看看此話是否屬實囉。」

　　「好的，我確實有考慮栽培一位孩子未來專門與您接洽商貿事務，屆時再請賴通事多照顧了。」蒲氏悦強忍著嘔吐感，仍盡力保持微笑，雖然頭上的冒汗騙不了人。

　　「好啦，您還是回船艙多休息吧，睡一覺之後就會好多了。我們的貿易社船甲板以上採用西式 Galleon 帆船降低船艏和縱帆的設計，船體則運用中式戎克船防水艙和容易扶正的構型，只是這樣就會導致在航行時較為搖晃，還請見諒……」賴科正滔滔不絕的講述 Ghacho 設計的貿易社船特性時，注意到前方突然出現大量船隻：「咦？」

　　「可能是海盜。」在艉樓觀察海況的 Ghacho 很快地做出判斷：「左一滿一

舵！」

　　Ghacho 指示兩艘貿易社船調整風帆方向，方向舵也往左打到底，船隻往左舷急速壓低，嘗試從西側繞過眼前的船團。趕緊回到船艙的蒲氏悅，立刻摔得東倒西歪。

　　對方船團似乎也經驗豐富，很快就派出速度較快的戰船拉出封鎖線，另外一批輕快的哨船則開始接近貿易社船、先行糾纏拖慢獵物行動。哨船上的「鄭」字旗，不禁讓人懷疑是否國姓爺的幽靈船再現。

　　「Ghacho，停下來吧。」觀察一段時間後，賴科做出指示。

　　「為什麼？待會打開右舷炮門，我有把握可以繞過去！」Ghacho 不解。

　　「這支海盜船隊……是鄭盡心。之前從浙江那邊的山五商間接傳來的情報，鄭盡心都在對岸打劫船隻，沒想到竟然還跑到淡水……」賴科做出判斷：「船上這批貨先物放棄吧，我來談判。Ghacho 請先放下眼前的勝負，下一場還要靠你大顯身手才行。」

　　貿易社船停了下來。鄭盡心率領部眾們志得意滿的登船，把船上滿載的貨物洗劫一空。所幸靠著賴科的低姿態和三寸不爛之舌，船上的人員全部平安離開。

　　貿易社船抵達大雞籠社後，熱鬧繁榮、充滿異國風情的市街景象，具有傳統干欄式家屋風格卻占地廣闊、結合瞭望台的大雞籠社通事屋，種種前所未見的新事物，都令初次抵達的蒲氏悅感到相當吃驚。

　　「Ghacho，我來跟陳賴章墾號那些傢伙收購今年度的稻米，存放到 Kimas-sauw 通事屋。請你規劃一個誘敵深入、一網打盡的作戰計畫，讓我們連本帶利討回來！」賴科才剛走進通事屋，快速翻閱情報文書後，立刻下達指令。

　　蒲氏悅眼前的賴科和 Ghacho，彷彿眼神燃起熊熊烈火，耀眼卻收放自若。

第 9 話

神秘巴賽傭兵團

　　海盜鄭盡心開始打劫淡水一帶船隻的消息，沒多久也傳到臺灣府城。剛接任臺灣最高軍政首長的陳璸，七月趕緊派遣水師千總黃曾榮率領多艘戰艦到淡水搜捕。但黃曾榮搜尋了兩個月，一無所獲。眼看補給即將用盡，東北季風時節也即將來臨，黃曾榮只好選擇撤退。返回府城報告時，呈獻他勘查後繪製的山川形勢圖，並提議增設水師淡水營固定駐軍，才能把鄭盡心緝捕到案。

　　跟多數外地派來的綠營軍官不同，黃曾榮是軍中少數台灣本地人，相對於其他同僚到北台灣往往會尋求大雞籠社通事賴科協助的行為，黃曾榮自認為比起其他同僚更了解台灣本地形勢，反而認為沒必要跟在府城早有渾名的「趨利者」賴科接觸。個性清廉正直的黃曾榮，讓以操守清廉聞名當代的陳璸相當賞識，因此也積極向上級要求淡水新增駐軍。

　　但事態的發展遠比府城官員想像的還要快。接下來一年內，北至渤海灣，南到浙江福建沿海，東亞海域多次傳出商船被鄭盡心打劫的事故。康熙皇帝開始感到不滿，各地官員都感受到壓力，但每次都逮不到這群神出鬼沒的海盜。

　　康熙五十年初，海盜船隊再度在淡水外海現身。此時東北季風正盛，以輕快船隻為主的海盜船隊在海上漂泊也相當難熬，於是決定這一次躲進淡水港避避風頭，反正官軍冬天也不會到北台灣巡防。此時，他們又盯上了經常往返的貿易社船。

　　海盜船隊大搖大擺的尾隨貿易社船，進入淡水河水道。然而貿易社船並未在淡水港停泊，反而繼續前進。鄭盡心認為只要佔據河口，貿易社船總會再出海，

到時便可來個甕中捉鱉，於是下令主力艦隊率先打劫正停泊在淡水港的幾艘貿易商船，只派幾艘輕快哨船尾隨貿易社船，順便收集內陸情報。

鄭盡心又一次打劫到大批貨物，十分高興。於是他決定換上正裝、帶著海盜兄弟們上岸，走進漢人市街，大張旗鼓的宣布：「我鄭盡心作為國姓爺子孫，與滿賊勢不兩立！今日便以淡水為反清復明基地，請各位兄弟、東寧百姓助我一臂之力，登基成為淡水王！大家說好不好？」

熱鬧的場景，街上店家緊閉的門窗，這一切，都在 Ghacho 的冷眼中。

幾個小時後，還在尋歡作樂、醉醺醺的海盜們，突然看到街道首尾兩端分別出現幾輛蒙著鐵皮的推車，竟莫名其妙地不斷射出致命的飛箭！海盜們的慘叫聲，驚動了正在思考謀劃的鄭盡心。混亂情況中，鄭盡心難以判斷敵人數量還有多少，決定先撤回熟悉的船上再伺機反擊。

然而登船後，鄭盡心卻看到淡水河口出現 8 艘貿易社船，此時竟然橫排一列，打開側舷炮門！鄭盡心趕緊命令船員起錨、準備前往迎敵，此時才發現退潮到了低點，主力戰艦船底已經卡住，動彈不得！此時，對方的齊射砲彈已經打出第一發，修正後的第二發齊射肯定會落到頭上⋯⋯狼狽不堪的鄭盡心，上氣不接下氣的改搭輕快哨船、準備先逃往內陸躲藏。沒想到才出航沒多久，眼前湧現大量的獨木小船，堵住去路，還射出大量點火的飛箭！

「這⋯⋯就是當地人說不可小看的艋舺嗎？」鄭盡心苦笑，知道自己已無路可逃。

第 10 話

淡水社船

康熙五十年春三月，臺灣府城，臺灣廈門兵備道衙署內。

「報！江洋大盜鄭盡心及其黨羽，已押送至衙署前！」

正在跟駐臺各級軍官議事、商討夏季如何部署兵力北上逮捕鄭盡心的臺廈道最高首長陳璸，不免大吃一驚：「是誰傳來的假消息？」

「是……是真的。」傳令支支吾吾遞上文書：「此為大雞籠社通事賴科署名公文。」

「帶上來！」陳璸拍案喝令制止現場官員的議論紛紛，決定臨時開堂審問。

審問完畢後，確認是賴科逮捕鄭盡心無誤，各級官員紛紛提出意見。有的認為賴科此舉有損官府顏面，應該改以官軍逮捕向上呈報；有的認為賴科詭計多端，說不定跟鄭盡心背後還有祕密協議、才會如此容易落網，建議嚴刑拷打、查個水落石出；有的則認為「趨利者」賴科此番必然又要謀求高昂利益，勸陳璸不可輕易答應……

「吾輩為官，秉公處理為基本原則，豈有為維護官府顏面而扭曲情事之理？今官軍搜捕失利、賴通事逮捕洋盜皆為事實，余仍秉實向上呈報。」陳璸嘆了口氣說道：「且為官府立功，事後索求獎賞，各地通事皆然。若官方對有功者吝賞，未來還有誰願為官府效力？」

「然萬物之理，必回歸正道。依靠通事協助平亂，終非常理，亦可能導致通事形成難以拔除的地方勢力、危及番社安定，吞霄社事變即為一例。」陳璸正色說道：「因此，余必更致力於建立淡水駐軍！此誠為長久安定之策。」

炎熱的夏日午後，轟隆轟隆的悶雷正響著。Kimaurri 通事屋內，賴科和 Ghacho 正討論著新收到的官方情報，作為訪客的蒲氏悅被允許在場持續觀摩學習，長期作為賴科代理人的 Catherine 則協助把巴賽語翻譯成蒲氏悅聽得懂的官話。

　　「老樣子，一個好消息跟一個壞消息。想先聽哪一個呢？」Catherine 又調皮了。

　　「Ca--the--rine……」賴科原本就單眼皮的小眼睛，又瞇成直線了。

　　「好啦不鬧了。好消息是，賴通事多次向官方提出申請、開通往返淡水廈門的航線，這次逮捕海盜事件後，官府終於核准啦！官方命名為『淡水社船』，總數 4 艘。」Catherine 愉快地說著：「這段航線以後就不用偷偷摸摸的走私貿易啦！Happy～」

　　「Catherine 妳都幾歲了還裝可愛……」賴科吐槽：「那壞消息呢？」

　　「壞消息是……官府預計在 Parihoon 新設立駐軍『淡水營』，兵力 120 名，首任軍官叫做黃曾榮。以後我們的巴賽傭兵團可能就……」Catherine 話鋒一轉，又說：「不過我打聽到小道消息，這次還會在諸羅縣沿海 7 個村社設立新的『塘』，各駐兵 5 到 15 名，所以 Parihoon 實際上只會駐兵 50 名。這跟我們傭兵團的配置蠻像的……」

　　「官軍進駐淡水，跟前年通過的墾號一樣，看來都是擋不住的趨勢了……」賴科語重心長地說著：「我們的原則還是一樣，表面上跟官軍合作、不會正面衝突。但我們還有北海岸、東部跟海外航線，官軍靠不住，巴賽傭兵團還是會維持運作的。」

　　默默聽著官軍影響力向北擴展、漢人在北台灣大舉圈地開墾等不斷演變的局勢，蒲氏悅不禁心想，家鄉牛罵社和台灣中部的情況，又會變得如何呢？

第 11 話

張鎮庄

大肚山腳下，猫霧捒社和大肚南社的交界處，兩名中年男子站在新開墾的金黃田園旁閒聊著。

「如何？這裡應該是個不錯的地方吧？」年約五十多歲的駐台最高水師將領張國，志得意滿的笑著。

「感謝前輩特別帶領晚輩到此一遊！從大肚山、寮望山之間溯大肚溪而入，視野豁然開朗，宛如進入桃花源啊！北岸此處，地廣平野，將來必然成為一片物產豐富的田園。前輩真是好眼光，家業一定興旺！」年約四十多歲的遊擊軍官藍廷珍，公務之餘被早年軍中頗為照顧的前輩邀請來台遊覽，自然是美言一番。

「呼……工作困頓之餘，能到此小天地放鬆一番，頗益身心呀。」張國深深吐了一口氣：「特別是前陣子鄭盡心之事，余身為安平水師協副將，逮捕洋盜無功，卻被那個神祕的大雞籠社通事賴科不知用什麼把戲逮到，上頭責備，同僚揶揄，真是顏面盡失啊！」

「前輩勿庸勿擾，那些番社通事不過是些不入流的人物，仗著懂幾句番語，就自以為神通廣大。其實不過都是貪財趨利的黃申之輩，遲早會被兇番反噬。」藍廷珍說出自己的觀點：「再說眼前這片廣闊天地，明明可供萬夫之耕，生產無數糧食，卻僅供數百番人作為獵場，豈不惜哉？我們福建的老鄉們苦於乏地缺糧、連年飢荒，許多鄉親才不得不冒險出海討生活，這裡的番人坐擁大片沃土卻不善耕作，如今由前輩建立民庄、招募漢民來墾，實乃理所當然。」

「廷珍所言，深得我心。」張國繼續說著：「然而此處既屬番地，按康熙帝『無

主地方能開墾」原則，原本是不能請墾的。但前年陳賴章墾號破例在先，余便打鐵趁熱跟著報墾了。那些文官不像我們武官必須到處巡察，老窩在衙署內辦公，對實地情況一知半解；加上近幾年來福建連年飢荒，榕城長官們為了運送更多米糧到福建救濟，墾號通過的特別快。」

「不過前輩何以一口氣就深入此內山呢？作為拓墾的最前線，生番出草，時有所聞。半線附近難道已無地？」藍廷珍好奇追問。

「賢弟對臺灣還不夠熟悉，整個半線已盡皆施長齡墾號矣！」張國娓娓道來：「施琅既是征臺名將，亦與余同為泉州晉江人。想當年余年輕時，正是投入施提督帳下從軍而發跡的。如今施家於半線置產，余自應念及提拔之情，不與爭地，而是做為外衛拓墾前線。此誠余報答施提督之心意，然亦為私密，賢弟可別外流呀！」

「這是當然！晚輩必保守秘密。」藍廷珍向張國深深鞠躬：「且晚輩如今才得知還有這麼一段故事，對前輩的敬佩更加一重！」

「哈哈……賢弟言重了。來吧！難得來到此地，隨我到廳堂一同品茶。」張國微笑的邀請：「這可是泉州晉江後山的安溪，種出的好茶！雖然賢弟是漳州漳浦人，但對福建茶不陌生吧？吾輩都長年在外任職，不如共同來品嘗福建家鄉味，一解鄉愁吧！」

「恭敬不如從命！」藍廷珍趕緊跟上：「對了，還沒問前輩，此民庄之名號？」

「張國在此鎮守一故名為『張鎮庄』！」

第 12 話

半線庄

　　大肚山之南，隔著大肚溪，寮望山與之對望。寮望山腳下，北側有倚著山勢散落分布的柴坑仔社，西側則是人口眾多的半線社，都是説著類似南方虎尾壠語、卻也不時夾雜大肚溪北岸拍瀑拉語詞彙的族群。

　　約莫 40 年前，一名被稱為劉國軒的將軍帶領大批軍人抵達半線社附近，毫不客氣的就地建起屋舍、四處開墾起來。比較不想起衝突的半線社人稍微往東遷移到寮望山腳下繼續生活，比較討厭外來入侵者的族人就分別搬往西北方靠大肚溪畔的阿束社、或東北方的柴坑仔社。

　　大約 30 年前，這裡的軍人曾經大舉撤離。半線社人不時回來探望，看看是否能回到原本生活的地域。但沒多久後，陸續又來了許多專程來開墾的漢人，佔據了原本就密集的漢人屋舍，半線社人最後只好打消了念頭。

　　慢慢的，這片土地上的漢人，開始自稱聚落為半線庄。

　　這一天，半線庄的清晨，天色還沒全亮，店家在街道上陸續開張做生意，路邊隨意擺攤的小販們也越聚集越多。街道上此起彼落吆喝著的，是當地眾人習以為常的閩南語。

　　幾個街上的大地主湊在一起，走到主街道兩旁的小巷子內，開始討論最近居民越來越多、出入份子複雜，為了街市治安著想，要決定哪些巷子的對外連通道要封閉、哪些巷子口要設置符合風水位置的東南西北四座隘門。

　　然而這一天，街上卻突然冒出幾句客家話，招呼的還挺大聲的。眾人循著聲音看過去，原來是一個新來的高大年輕男子，正毫不害臊的叫賣他的農具。

不過，整條街道上只有他的攤位前面空蕩蕩，在熱鬧的市街中，顯得相當突兀。或許從旁觀者看起來，當地人有點刻意排擠年輕男子的樣子。但選擇能順利溝通交易的對象，好像也不是那麼奇怪的事情。

此時，一位身著武官裝束的中年男子，在一旁觀察了一段時間後，才緩緩的走向年輕男子的攤位。

「後生人，很難得能在這裡遇到鄉親。不過你既然能渡海到台灣，官話和福佬話應該多少都會幾句吧？這裡農家人多，農具生意不難做，先做起來再説？」

男子先擦擦汗後微笑回答：「大伯，倕才第一天開張耶，別小看倕喔。」

「很好，有志氣！」中年男子也笑了起來：「這樣吧，從這裡往北邊走，渡過大肚溪再往內山走，有一片廣大的土地叫張鎮庄。你跟當地人打聽水碓怎麼走，那裡是我們客家鄉親的小聚落。至於張鎮庄值不值得去開拓發展？就看你的造化了。」

「勞瀝！」年輕男子很有禮貌地致謝：「不知怎麼稱呼大伯？」

「我們武人不懂禮數，敝人劉源沂，不用尊稱啦。」中年男子爽朗回應。

年輕男子仍然很有禮貌的鞠躬致謝：「後生人張達京，來自廣東大埔。將來一旦發達，必然好好報答大伯！」

劉源沂微笑揮了幾下手，絲毫不以為意，隨即散步離去。

隨後走來推著推車的兩名士兵，跟張達京買了好幾副農具，附近小販為之側目。

第 13 話

張達京奇遇記

　　經過一個月仍然慘淡的生意後，張達京決定認清現實，乖乖前往張鎮庄投靠客家鄉親。

　　張達京收拾好行李，跟隔壁小販打聽了渡過大肚溪的渡口位置後，從半線庄出發往東北方走。當水聲越來越近，回頭看到山坡上依山勢而建、三三兩兩散落的茅草屋舍，應該到達柴坑仔社了吧。回想起剛從家鄉外出那時發下豪語，說要到台灣這片新天地賺大錢、把家人接到台灣來過上好生活，如今卻還孑然一身清。不知為何，苦笑之餘，卻多了點賞景的輕鬆心情。

　　從渡船頭渡口搭上小舢舨，這河床寬闊的大肚溪，水位比想像中還低。稀稀落落的春雨，如何灌溉充足的水田呢？這片土地好像跟家鄉口耳相傳隨便種都大豐收的台灣寶地不太一樣啊……是不是需要開鑿水圳呢？想著想著，倏然已抵達對岸。

　　張達京上岸後，映入眼簾的是猝然高聳的崩崖，這想必就是大肚山了吧？眼前的村落應該就是大肚南社，也就是半線庄鄉民傳說中的大肚番王居住地了。張達京不懂番話，雖然早已聽聞此地熟番沒有出草習俗、只有內山生番還會不時出草，但還是加緊腳步，沿著大肚山腳下，往河流上游的張鎮庄前進。

　　走著走著……夕陽逐漸西斜。山背這一側，天色暗得更早了一點，張達京也開始有點心急了。就在日暮之際，終於遇到幾戶人家，張達京趕緊上前問路。

　　「請問……這裡是張鎮庄嗎？」張達京根據之前得到的訊息，整個張鎮庄除了水碓聚落之外仍然都是福佬人，乾脆還是先用官話詢問吧。

當地人彼此交頭接耳，但沒有任何一個人願意回答張達京。很顯然的，他們說的是番話……這下可囧了。

　　眼看天色已暗，張達京向番人們鞠躬致謝後離開，決定先到附近找塊平地餐風露宿一晚，等隔日白天再繼續上路了。

　　夜晚睡前，張達京正準備澆熄營火時，突然若有所思，停下動作：「如果深夜番人來襲，這火光至少還能讓偓看得比較清晰。」

　　午夜時分，樹林中傳出窸窸窣窣的聲音。而且……越來越近。

　　根本就睡不著的張達京，表面上仍然裝睡，棉被底下的左手緊握農具，右手緊握短刀。雖然慶幸沒澆熄營火的決定是對的，仍然繃緊神經準備伺機反擊……

　　火光中，走出來的是一位老人。

　　雖然上了年紀，強壯的身形、威嚴十足的表情，仍然讓張達京內心一震。

　　老人身後，陸續走出大批全副武裝的番人。

　　不遠千里、渡過六死三留一回頭的恐怖黑水溝、一心想在台灣這片新天地開創事業發大財的美好夢想，看來終究只是一場空了……張達京不免暗自嘆了口氣。

　　「小子，你在這裡幹什麼？」口音相當奇怪的話語，但聽起來應該是官話？

　　「蛤？」張達京很想確認自己有沒有聽錯。

　　「我說的話你應該聽得懂吧？」老人微笑道：「再不起來，就要射箭囉。」

第 14 話

意外的走向

張達京放下手上的武器，乖乖的站起來。比在場任何人都還要高大的身形，讓番人們也不禁提高戒備。

老人打量著眼前這位高大年輕男子，確認只是孤身一人的漢人之後，開口說道：「明天一早趕快走吧，以後不要再來這裡了。這裡是 Babusaga，這些年來土地不斷被漢人侵占，很討厭漢人。你要去的漢人村庄，在河流對岸那邊。」

「好的，非常謝謝您，我會盡快離開。」張達京對於老頭目寬大的放過一馬，深深鞠躬致上謝意。同時也機靈的注意到，好幾位年輕番人背上背著竹簍，裡面裝著熟悉的稻米。

「請問……Babusaga 頭目！」看到老人正準備轉身離開，張達京突然忍不住多問了一句：「你們需要農具嗎？我是賣農具的專家，可以幫你們打造好品質的農具……」

老人留步，然而現場氣氛似乎突然寂靜了起來。

「……不要亂說話！才不是 Babusaga 頭目！」老人身旁一位年約 30 多歲的強壯番人，用同樣不標準的官話大聲喝斥：「這位是……」

老人伸手示意強壯番人安靜，親自回答：「我是 Tarranoggan 頭目 Abok——漢人好像叫我們岸裡社吧——旁邊這位是我兒子 Alan。我們只是來 Babusaga 交易稻米而已。但因為漢人侵占 Babusaga 土地的關係，Babusaga 的剩餘稻米也不多了……」

張達京一聽，張大了眼睛。到台灣的時間雖然不長，卻也早已聽說多年前中

部曾經有個吞霄社番亂，官軍征討無功，最後靠著恐怖的岸裡社頭目率領黑夜戰士助戰，才成功平定番亂。傳說中神鬼般的人物就站在眼前，用官話面對面交談，令張達京十分吃驚。

「啊……那個……請問……可以帶我跟你們一起回岸裡社嗎？我不只會打造農具，也略懂開鑿水圳灌溉農田，啊……還有，我也會讀書寫字，跟官府關係不錯……」張達京心想眼前是個大人物啊，搞好關係或許對開創事業有所幫助，於是開始一股腦地胡亂自我介紹，明明就只會一點文書，跟官府根本就毫無淵源，也吹牛吹上天了。

阿藍把張達京的話胡亂翻譯給岸裡社戰士們聽，年輕人紛紛嘲笑了起來。勇猛的岸裡社戰士們擅長打獵、大口吃肉啊，誰跟你漢人一樣把野鹿活蹦亂跳的森林通通開墾成水稻田？

「……好吧，你自己跟上來。」沉默思考了一段時間的阿莫，做出了令戰士們難以理解的決定。但族人都很信服阿莫的判斷，所以都安靜了下來，隊伍向北緩緩啟程。

沿著大肚山東側平緩的斜坡一路往北，走著走著，渡過河床寬廣大甲溪。北岸的茂密森林裡，就是岸裡社的所在地。

在岸裡社展開新生活這段期間，阿莫經常帶著阿藍、以及阿藍 12 歲的孩子敦仔，跟張達京學習官話的口說與書寫。閒暇之餘，張達京不時四處勘查岸裡社周遭環境，慢慢的也學會了簡單的巴宰語。然而，岸裡社的番人們似乎寧願跟外來者保持距離。

直到那一天，發生了天翻地覆的改變。

第　15　話

•

一場來去如風的瘟疫

瘟疫，往往是在爆發了之後，人們才開始意識到它的存在。

剛開始，有些人發燒，有些人感到肌肉痠痛或頭痛。不舒服的人以為是春天冷熱交替造成的身體不適，沒什麼大不了的，多休息就會好了，沒太放在心上。

然而，過沒多久，村裡得病的人越來越多，從大人到小孩都有。許多人撐著身體外出捕魚、打獵，但虛弱的獵人如何追上強壯的野鹿、射出精準的利箭呢？雖然還有一些從貓霧捒社交易來的稻米，但可以預見村社的存糧逐漸不足了。

大甲溪南岸一帶的烏牛欄社、樸仔籬社、阿里史社、掃捒社和貓霧捒社，每個村社每天都有越來越多人生病。

更讓人驚慌害怕的是，開始有小孩發燒幾天後過世，有大人突然出血死亡。

村社中經驗豐富、醫術高明的巫醫出動了。他們仔細檢視病人的身體，在病患面前口唸咒語、施展法力強大的咒術。然而，得病和死亡的人數一天天增加，巫醫也顯得面目凝重。

隔天，村裡的人發現巫醫也倒臥家中，吐血身亡。

全部人都陷入了恐慌。

在一旁觀察多日的張達京，因為各村社番人對他的保持距離，一開始他也不太好意思表達意見。但他注意到得病的患者大部分都呈現一個共同的病徵：皮膚上布滿的痘子。

這似乎是他在廣東大埔家鄉見過的病症。

又過了幾天，敦仔也開始發燒。張達京終於決定跟阿莫和阿藍毛遂自薦，讓他嘗試治療敦仔看看。

向來威嚴沉穩的阿莫，此時也難得些微露出動搖的神情。阿莫倒不是只在意個人或子孫的安危，而是對於成為頭目以來，首次無法依靠自己的武勇或智慧來協助這些相處多年、熟識的族人們度過這場未知的苦難，感到深切的無能為力。

在張達京的要求下，阿藍很快地找來幾位幸運自體康復的族人。張達京仔細地刮下皮膚上乾掉的痘痂，用自己帶來的研磨缽，把痘痂研磨成粉末。再混合一定比例的水調製成藥水，以布料沾藥水、深入敦仔的鼻子內，經過一段時間後再取出。

經過一夜的休養之後，敦仔似乎逐漸康復了。

阿莫、阿藍和從小照顧敦仔長大的阿比，都親眼見證了這個奇蹟，從此對張達京徹底改觀。

隨後，張達京帶著阿比，以同樣的方法治療了岸裡社的全部病患。雖然還是有少數人仍然病逝，但大部分族人都逐漸恢復了健康。

張達京接著繼續帶著阿比，陸續前往附近的烏牛欄社、樸仔籬社、阿里史社、掃揀社和猫霧揀社，忙碌了幾個月，總算讓遭遇瘟疫的每個村社都獲得了治療。

這一場來去如一陣旋風般的瘟疫，就這樣突然大爆發、又突然迅速撲滅。

這一個窩在岸裡社的高大年輕漢人，從此被當地人奉為神醫。

第 16 話

——•——

番仔駙馬

這一天，張達京和阿比才剛從貓霧捒社治療完病患、返回岸裡社，阿莫立刻就找他們到家裡閒聊。

「小子，這段時間，你這樣到處醫治了我們族人，辛苦你了……」阿莫單刀直入地問了：「小子，你在對岸老家那邊有結婚嗎？」

「沒有耶。」張達京如實回答。

「這段日子來，阿比跟著你東奔西跑，你們處的還好吧？」阿莫緩緩地說：「雖然說我們的傳統是讓年輕人自行決定自己的結婚對象，但我有點老了……我的孩子也就剩年紀最小的阿比還沒結婚……如果你們也覺得彼此都可以的話，老頭子我不會介意漢人成為家族的成員……」

在一旁的阿比，臉色微微泛紅。

「Abok 頭目，不瞞您說……最近其他村社頭目或副頭目，也跟我說了一樣的事……我也正煩惱著要如何回應……」張達京有點猶豫後，還是說出口：「雖然在我的家鄉中，傳統上可以跟多個女性結婚……跟這裡的習俗不一樣……」

在場的阿藍、阿比聽了都睜大眼睛，隨後整間家屋陷入一陣沉默。

「……」阿莫思考了一段時間後，以頭目的身分做出裁決：「身為 Tarranoggan 的頭目，我還是不能允許你跟多個 Tarranoggan 女孩結婚。」

「但跟其他村社的女孩結婚，由他們的頭目決定。」

在場的成年人，都懂了阿莫的意思。

「不可以！」

突然在家屋門口現身的敦仔，眼眶微微泛淚，語帶哽咽的說：「阿比姑姑……是從小照顧我長大的人……我……」

　　「Adawai！你是個強壯的男孩，以後會成為族裡最強大的戰士，你不可以隨便就哭哭啼啼的！」阿藍以父親的身分說教。

　　「Adawai……你還是個孩子……等你成年以後，去找自己喜歡的對象結婚吧！」阿比微笑的安撫敦仔，但內心的複雜心緒，恐怕已經是言語所無法表達的。

　　幾個月後，張達京被邀請到張鎮庄，創建張鎮庄的水師將領張國、曾幫助過張達京的客家籍水師軍官劉源沂，早已在廳堂喝茶閒聊好一陣子。

　　「拜見張將軍、劉大伯！」張達京還未踏入廳堂，就先深深拱手做揖。

　　「年輕人，不用這麼客氣！快進來坐。」張國面露微笑：「近來聽聞北方番社內有位優秀的年輕人，不僅醫術高明，還娶了岸裡社、烏牛欄社、樸仔籬社、阿里史社、掃捒社、貓霧捒社等6社番婦，哇！年紀輕輕就妻妾成群，比我還多呀！年輕人真是不簡單……稱作『番仔駙馬』應該不為過吧？哈哈……」

　　「大人過獎了，貓霧捒社婚事尚未成啦。」張達京不好意思搔搔頭。

　　「如此優秀、深耕番社的年輕人，不知是否有志成為如同名鎮北臺賴科一般的漢番溝通橋梁、令張鎮庄成為一片祥和樂土的通事呢？」張國微笑問著。

第 17 話

創建關渡宮

　　北台灣，一個各式大小船隻繁忙進出、被稱為干豆門的內河港口，北岸小山丘上的一間隱密茅草屋，曾經是大雞籠社通事賴科和麻少翁社頭目 Ghacho 的秘密基地，也是賴維東和伊排從哇哇大哭的嬰兒、逐年成長為大孩子的玩樂小天地。

　　如今，過去為了保持隱密、遮蔽草屋的林木都已經砍除完畢，視野豁然開敞；草屋前庭整理成平整的廣場，連接山下港口的密道也拓寬成好走的石階。

　　一家人站在這座即將迎來巨大改變的茅草屋面前，每個人都不發一語。

　　「伯謙，東西都搬完了嗎？」賴科開口問了最後從茅草屋走出來的年輕男子。

　　「都搬完了，一切就緒。」跟賴科一樣小眼睛的賴伯謙，瞇著眼爽朗回應。

　　「Ghacho 年紀漸長、腰有點不行了，還好有你來幫忙。」賴科戳了戳 Ghacho 逐漸中廣的腰身，開了一下玩笑。

　　「阿姊怎麼老是在我這個單身狗面前放閃啊？難怪我眼睛越瞇越小了。」賴伯謙微笑回應：「不過還是要感謝阿姊把我從鄭盡心的魔掌中救出來，這些年來，在大小海盜船隊中做盡苦力，真的很高興還能活著再見到賴家人。」

　　「爹被施琅抓走的那天，你還在三娘的肚子裡，還好爹早就為你取好名字，我才能認出來。或許這都是媽祖冥冥中的庇祐吧。」賴科望著茅草屋：「伯謙，接下來我會安排你跟維東一起學習通事屋各項工作事務。幾年後，會派你跟維東回廈門老家重新開始經營貿易據點。」

　　「好的，我會努力學習，必不辜負阿姊⋯⋯賴通事交付的任務！」

　　「很好！那就這樣⋯⋯其他人應該也差不多到了。」賴科轉身看了山腳下的

港口，確實已經有船隻陸續靠岸了。

「各位早！許家兄弟來報到！」許略、許拔率先抵達。

「許家兄弟啊……每個家族都有發展考量，我能明白。不過老爹許建總化名許總、幫陳賴章墾號那邊做事，你們兩兄弟卻跑來我這邊找工作啊……嘖……」賴科嘟嚷著，聽不太出來是開玩笑還是意有所指：「無所謂，只要認真做事，通事屋廣納四海。訓練完之後一個到大雞籠社、一個到哆囉美遠社，跟通事屋頭家好好合作，知道嗎？」

「是——奴才遵旨！」許略、許拔輕鬆地開玩笑回應。

「賴通事，也得給我個好職位一展長才唷！」另一個漢人劉裕隨後抵達。

「黃金產地哆囉滿社，肯定是能讓你發揮所長的好地方。」賴科瞇起眼睛。

「賴通事，平安喜樂。」最後抵達的林助和尚，許多在地信眾早已一路追隨。

通事屋的巴賽頭家 Catherine、Limwan、Kilas，以及內北投社、嘎嘮別社、外北投社等附近巴賽村社頭目和族人們，也都陸續抵達茅草屋前廣場。現場人潮洶湧、熱鬧非凡，只待大雞籠社通事賴科親自主持活動開場。

賴科以官話和巴賽語雙語同步發表演說：「感謝各位蒞臨現場！這些年來，Basay 一路支持著賴科和通事屋，賴科感念於心。而初來乍到的漢人們，賴科也感謝你們的捧場。今天，是一個非常特別的日子。漢人虔誠信仰的媽祖，等同Basay 的 Pataw，從今以後將會永遠保佑大家！接下來，這間廟將交由林助和尚主持，為大家服務……」

第 18 話

陳和議墾號

「賴科，有空嗎？」Ghacho 和 Catherine 走入大雞籠社通事屋，看著賴科極為專心的書寫公文，靜靜等待一段時間後，才在辦公室門口敲門詢問。

「……呼……終於寫完了……怎麼了嗎？」賴科終於抬起頭回應。

「我想……我們認識這麼多年了，所以就直說了吧。」原本想先開口的 Catherine 被 Ghacho 制止，改由 Ghacho 緩緩地說：「近來通事屋組織加入了許多漢人，經常進出通事屋的 Basay 們都已經私下議論紛紛了……雖然妳說過讓漢人大舉加入通事屋是避免淡水通事派漢人獨佔官方分配給北台灣利益的應對措施，但我們也擔心當通事屋的漢人逐漸成為主體，Basay 的權益會慢慢地被犧牲掉。所以……妳現在寫的這份文書是？」

「是我找鄭珍、朱焜侯、王謨等 3 名有錢漢人，以四等分合股的方式，向官府申請〈陳和議墾號〉的公文。」賴科直言不諱。

「……」Ghacho 的疑慮更深了：「賴科，我沒有很了解通事屋的財務狀況，但應該不至於少到無法獨資提出申請吧？」

「以通事屋的財力，單獨出資當然沒問題，不過……這是我三階段計畫的最後一環了。之前陳賴章墾號無預警通過，讓我們失去先機，以及北台灣原屬 Basay 的大片土地；置之不理的話，官府對北台灣的利益分配必然會逐漸轉移到淡水通事那邊。所以這幾年來，先逮捕海盜鄭盡心來展示通事屋願意協助官方的武力，再建立媽祖信仰聚集漢人追隨，最後用墾號來匯聚有錢漢人的財力。唯有把武力、人力和財力都掌握在通事屋底下，我們才能後發先至，在官府那邊獲得

主導北台灣事務的發言權。」賴科一口氣說明了整體計畫：「不好意思，之前我可能太過專注在各方面的思考規劃和安排上，比較沒跟你們詳細說明我的想法。無論如何請相信我，我們是一起以 Basay 為根基建立通事屋事業的夥伴，我絕對不會做出罔顧 Basay 權益的行動。」

「賴科……希望妳能理解我們也是基於夥伴的互信意識而選擇把 Basay 們的憂慮攤開來講。Basay 的普遍性格確實跟台灣其他地方原住民比較不一樣，連漢人都常說 Basay 擅長『計算』……所以 Basay 們會有這樣的反應，也不奇怪了。」Ghacho 接著繼續詢問：「那麼……我還想知道，這個墾號預計申請的開墾地點是？」

「在我們通事屋的勢力範圍內，只剩下 Kipataw、Gaijsan 和 Mattatas 附近還有漢人可以開墾的土地，所以我這次都申請了。這樣就可以避免新來的漢人繼續搶佔土地。像是台灣中部張國用軍方特權建立張鎮庄那種情況，這裡應該不會發生了。」賴科接著繼續說：「這些土地未來都會租給通事屋轄下的漢人開墾，通事屋每年收取稻米當租金。這些新增的稻米產量無論是用於給 Basay『打工換粟』、或轉運給海外缺糧的地區高價出售、或用來交易軍火之類的特殊貨物，都可以靈活運用。」

「……嗯……賴科妳還是一如既往想得又深又遠啊……」Ghacho 苦笑著：「不過，那些新來的漢人職員們，之後應該也會加入通事屋的事務決策吧？」

「……是的，Ghacho 你說的沒錯。」賴科坦承：「不過他們進來的晚，職位都在你們之下，我也會努力讓組織內的漢人學會跟 Basay 平等相處……」

「通事屋的運作難度越來高了呢……」經常代理賴科的 Catherine 也苦笑了。

第 19 話

新官上任諸羅縣

轟隆轟隆的雷聲響起，頃刻，大雨也隨之落地。幾輛牛車組成的車隊，正在礫石遍布的道路上趕路。車上載的，是來自南方的官吏。

「縣老爺啊〜能否請車輛再放慢一點呢？吾輩這身老骨頭可吃不消啦……」同行的幕賓們，手撫著長年痠痛的腰身，向才剛到任就隨即組隊北巡的諸羅縣知縣周鍾瑄，發出不平的哀號。

「十八年前，與諸位同為幕賓的郁永河老前輩，可是不畏勞苦，親至北臺探採硫磺、居留數月呢！諸公久居縣署內辦公，經常被實地巡查的武官揶揄。此行正是個讓各位親身走訪、杜悠悠之口的好機會，諸位打起精神來吧！」周鍾瑄打氣回應。

車隊抵達淡水河口，換乘大雞籠社通事賴科事先準備好的大型艋舺，一眾文官經過長途跋涉，終於抵達干豆門港。賴科帶領著通事屋主要幹部，早已在岸邊等候。

「縣令大人！一路辛苦了！草民賴科，有幸能接待來自縣署的各位大人，不勝榮幸！」賴科向周鍾瑄一行人深深鞠躬，無人注意到她臉上的微笑。

「賴通事，幸會、幸會！末官素聞大雞籠社通事赫赫威名，今日終於得見傳說中英氣逼人的賴通事、以及漢番和諧相處的繁榮景象，傳言果然屬實！諸羅縣內，有賴通事這樣的在地優秀人才，真是太好了！」周鍾瑄也很熱切的回禮：「末官初任，對北臺尚有許多不解之處，還請賴通事多指教！」

「縣令大人實在客氣了！您尚未到訪，就直接撥用公款採購磚瓦、石材，改

建此間草廟，大人對北臺的重視，在地漢民熟番都一致稱道呢。」賴科一邊說著，一邊引導眾人踏上參拜的階梯：「請諸位一同來見證，干豆門天妃廟的嶄新風貌。」

「賴通事，用於改建的磚瓦、石材，可都是來自您的家鄉鷺島呢。」跟賴科並肩而行的周鍾瑄，微笑的介紹著。

「縣令大人如此用心，草民甚為驚異，銘感五內。」賴科表面上客氣的回應，內心暗忖這位新任知縣心思頗為細膩，與之前歷任知縣完全不同。既然新任知縣如此積極任事，這一方面給了賴科跟官府加深密切聯繫的機會，另一方面也確實要謹慎觀察這位新任知縣究竟有何居心……。

「匾額帶上來了嗎？」一行人抵達天妃廟前，周鍾瑄詢問隨行壯丁：「明天就要揭幕啟用了，現在掛上吧。」

「這是……？」賴科略為不解。

「下官聽聞三年前此廟『落成之日，諸番並集。忽有巨魚數千隨潮而至，如拜禮然；須臾，乘潮複出於海，人皆稱異。』如此奇景，非地靈人傑、山峻水聚之寶地不可得。故特意書此『靈山』之匾，敬獻於此。還請賴通事莫怪。」周鍾瑄娓娓道出題匾緣由。

「縣令大人曉諭，必為明日揭幕儀式的最佳註解！」賴科再次拱手作揖：「有了縣令大人的嘉言，此間『靈山廟』來日必成為北臺香火最鼎盛寺廟！」

賴科倒也不全然是客套話。經歷這場衡量彼此、互探虛實的初次會面，賴科開始意識到，這位不簡單的新任知縣，接下來可能還會繼續帶來局勢的改變……。

第 20 話

歸化生番

　　周鍾瑄一眾文官在靈山廟改建儀式結束後，旋即風塵僕僕的趕回諸羅縣城。在這座以木柵和東南西北四座茅草門樓圍繞的城池中，很快就迎來一批新的訪客。

　　「報！有自稱岸裡社土官、通事及一夥熟番抵達衙署門前，欲參見知縣！」傳令入門稟報：「但……他們僅憑一紙公文，未能出示官印或腰牌……」

　　「那些是受皇上聖德感化的『歸化生番』，當然無牌。」周鍾瑄身邊的幕賓代為回答：「此番傳召番人來府，正是要授印給牌。汝便放行無妨！」

　　張達京帶著岸裡社阿莫、阿藍和阿里史社、樸仔籬社、烏牛欄社、掃捒社等各社正副頭目，隨即被帶入衙署，拜見知縣周鍾瑄。

　　「查北路生番岸裡等五社共四百四十六戶，男婦老幼計共三千三百六十八名口，傾心向化，願同熟番一體內附。查其各有土官統攝，純樸馴良；應循習俗，令其照舊居處，仍用各社土官管束。所報丁口，附入版圖，未來每年僅需繳納鹿皮五十張或折銀一十二兩代輸貢賦。」知縣幕賓當場宣讀生番歸化事宜：「今正式任命阿莫等五名頭目為各社土官，漢民張達京為岸裡社通事！」

　　授印給牌公開儀式結束後，眾人共赴晚宴。熟番們帶來肥美鹿肉和橙汁蒸酒，官府則供應豐盛臺菜、搭配淋上雞汁的雞肉米飯。眾人把酒言歡，氣氛熱絡。

　　「縣令大人，聽聞您初抵臺，公務繁忙之餘仍特意召見吾等鄉野民番，授予通事土官之職。草民先敬您一杯！」張達京率先向周鍾瑄敬酒。

　　「好說、好說……初次見到傳聞中年輕有為、醫術高明的『番仔駙馬』，相

貌堂堂、高大魁武統領眾番，卻如此客氣，不簡單！」周鍾瑄微笑的回敬：「日後貓霧捒地方的漢番和諧共處、以及岸裡社番的效力，全仰賴張通事您了！」

「是！草民職責所在，必不付所託！」張達京隨後略為壓低音量：「那麼……縣令大人是否收到草民提出的墾號申請呢？」

「張通事……不瞞您說，下官亦早有此意。」周鍾瑄一副氣定神閒地回答：「然政務推動，有其行政程序和政治運作須依循。岸裡生番歸化，乃貓霧捒地方開發第一步。接下來，余便商議以聖上仁德之名，賞賜土地給予歸化良番岸裡社，此議應於來年即可通過。最後，張通事您所申請的墾號，才有通過的可能性。明白了嗎？」

「啊……是……草民明白！」張達京大吃一驚，深深體悟到自己還有相當多不了解之處，需跟眼前這位優秀知縣認真學習才行。

「不過還有一事，須由張通事自行解決。」周鍾瑄似乎也在打量著張達京，露出詭譎的微笑：「大肚山東麓，南側已成為熟番貓霧捒社僅剩之居所，北側尚為牛罵社及沙轆社獵場。官方賞賜土地為一回事，番社間如何妥善面對？那又是另一回事了。張通事，這——可就是通事的工作了呢……」

酒足飯飽後，周鍾瑄與幕賓們，目送張達京與歸化生番們踏上歸途。

「縣令大人，關於那批額外徵收的耗羨，一直擺在衙署內，似乎不太好……」跟隨周鍾瑄多年的幕賓，在周鍾瑄耳邊提醒著。

「當然不好，趁夜搬移至余之居所吧。」黑夜中，周鍾瑄平靜地做出危險指示。

第 21 話

循吏之冠周鍾瑄

張鎮庄的午後，在一片新開闢的大陂旁，4名男子站立湖畔，議論紛紛。

「久違了……看到年輕有為的諸位在官場上都頗有發展，即使余已遲暮之年，仍能從各位身上感受到些許活力啊，哈哈……」已升任浙江定海總兵的二品武官張國，公務之餘仍悄悄溜回張鎮庄享受一點田野風光：「此行回臺，才發現此新建之馬龍潭陂。風光明媚不說，對張鎮庄的田園灌溉，實在莫大助益。聽聞此陂由新任知縣周鍾瑄率先捐穀200石，因而建立。余返臺後不時耳聞周縣令這些年來大肆捐穀、捐銀，諸羅縣內建設四起，干豆門天妃廟、諸羅縣城內城隍廟的改建，縣城城防修築，乃至於各地的陂潭興建……是否有人能分享，這位縣令大人究竟何方神聖？聽聞諸羅百姓對其一片好評呢！」

「吾輩為官多年，官俸尚且一家勉強溫飽而已。幸有此張鎮庄收租，方得以給家人過上好些生活。那位總以清廉自居、實為投聖上所好的陳璸又三令五申制止各種業外收入……長期低薪，何以養廉？無怪乎文官之藉故貪汙、向通事索要花紅，永難禁絕了。所以難道說……是文官私下的加徵耗羨？」張國提出猜測。

「余這些年亦隨總兵大人至定海水師任職，對周縣令不甚了解。」長年擔任張國麾下軍官的劉源沂如此回答。

「晚輩方接任澎湖水師協副將之職不久，對諸羅事務亦不甚熟悉。聽聞周縣令還延請與某同為漳州漳浦人、人稱『漳之奇男子』的陳夢林合著編纂了《諸羅縣志》……諸多奇特施政舉措與民間高度風評，晚輩亦相當好奇呢。」向來與張國關係良好的水師軍官藍廷珍，也表達了好奇心。

「啊……既然如此，後生不才、見識淺薄，且提供各位前輩一些聽聞來的小道消息。」自從接任岸裡社通事後，開始與官府互動往來、密切注意地方事務的張達京，陳述個人觀察：「正如張總兵所料，以後生從縣城官吏私下打聽到的訊息，諸羅縣近年來加徵耗羨的額度確實又比之前更多了。不過，因為縣令大人在縣轄各地諸多建設，改建廟宇、鞏固城防、新增陂潭水圳灌溉大量田園……幾乎都是百姓相當有感的利民建設。且稻穀產量大增，故即使賦稅增加，民間仍對縣令大人一片好評。不過……後生亦聽聞，縣令大人家中大量藏銀，公私款不分，部分官吏私下頗有微詞呢……」

「看來這位周縣令，頗有一番野心呢。」藍廷珍笑了出來。

「張通事還年輕，文官體系向來如此。然尋常文官加徵耗羨僅中飽私囊，周縣令卻大量用於利民建設，百姓好評其來有自。張通事或許可以從中思考，獲得啟發。」張國微笑地繼續說：「那麼，前陣子聽聞您向縣署申請墾號之事，辦得如何了呢？」

「啊……是的，這件事確實也要感謝周縣令，已經把大肚山東麓、張鎮庄北方的猫霧挕之野，獻給岸裡社土官阿莫。只是……」張達京語帶猶豫：「土官阿莫認為該地久為牛罵社、沙轆社之獵場，禁止晚輩開墾土地。」

「岸裡社阿莫之威嚴，即使余亦敬畏三分。」張國語重心長的表示：「然阿莫亦為張通事之老丈人，不是嗎？協調漢番，乃通事職責。況且聽聞阿莫年事已高……」

「確實，土官阿莫，已經年老病痛纏身了。」張達京眼神閃爍不已。

第 22 話

・

奪回貓霧捒

　秋天，農作收穫後的時節，大肚山的東麓，迎來了風向的轉變。

　前一年夏天，罕見在台灣中部降下豪雨的颱風，隨後引進旺盛劇烈的西南氣流。接連不斷的強降雨，大肚溪的水位悄悄的在深夜達到臨界點。

　三更半夜，水勢持續快速上漲。大肚溪南岸的阿束社，雖然都居住在干欄式家屋內，仍然慘遭大水入侵。族人們紛紛從睡夢中驚醒，慌慌張張的攀附家屋高處避難。有些地基不夠穩固的家屋，開始被洪流帶走。

　少數比較勇敢的族人，深夜惡水中奮力游泳到惡馬渡口，搶救出好幾艘竹筏，在一片漆黑暴雨中，竭盡所能的救援族人上船。阿束社附近，只有一個高度不高的小土丘。倖存的族人最後聚集在僅存的土丘小山頂上，哭泣、哀號、向祖靈祈求著。

　而大肚溪北岸，同樣夜半水漲船高。

　大肚山東麓、聚居在山腳下的貓霧捒社，深夜暴雨聲，掩蓋了大地的隆隆低鳴。等到山洪土石流沖進倚靠山勢斜坡搭建的家屋中時，一切都已經來不及了。

　許多家屋直接遭到無情的摧毀，連呼救的聲音，都聽不到。

　直到天亮，雨勢驟然停止。雲霧散去，天空竟是一片澄淨湛藍。

　東方初陽，映照出眼前波光粼粼的大湖。欸？原本其實是漢人開墾的大片田園。再仔細看，竟是被沖毀的家屋殘骸、親友屍首，還漂浮在水面。

　倖存的貓霧捒社族人們，憤怒也到了臨界點。

　過往倚靠的岸裡社精銳戰士，如今在漢人通事的影響下、加上老頭目阿莫久

病纏身……這一次，猫霧捒社決定靠自己的力量，把侵占土地多年的漢人趕走！

只是，大災難過後，猫霧捒社勉強能聚集起來的獵人，也只剩不足百人了。而且獵人們只擅長用弓箭獵鹿，不擅長近身肉搏。因此，獵人們選擇在每天清晨，以隱蔽的方式突襲漢人！

漢人們當然也並非毫無知覺，特別是秋收時節後，總會小心翼翼的防守家園。幾天下來，猫霧捒社獵人們只造成幾個漢人的死傷。

而從最友好的鄰居、大肚南社族人那邊，猫霧捒社也持續打聽漢人官兵的動向。族人們早就做好心理準備，知道這樣的攻擊漢人行為，遲早會導致漢人官兵無情且強大的反擊，約 50 年前被殘忍屠殺的沙轆社、20 年前被慘痛鎮壓的吞霄社……族人們都清楚反抗的後果，但這一次，他們抱著誓死的決心，仍要反抗到底！

然而，奇怪的是，幾個月下來，漢人官兵始終沒發動反擊。反倒是，村庄內的漢人，似乎開始慢慢撤離？

猫霧捒社獵人們看著這預想之外的發展，感到相當不可思議。獵人們彼此討論過後，決定先暫停攻擊行動，觀望後續發展。

幾天後，大肚南社的甘仔轄頭目帶著漢人通事和禮物拜訪猫霧捒社，傳達了官府判定是漢人不該入侵佔用土地、猫霧捒社反抗不會被鎮壓的訊息。

這彷彿是做夢一般吶……

失去的土地終於奪回！毫無疑問的，這是猫霧捒社反抗漢人的一場重大勝利！

第 23 話

鴨母王風雲之岸裡社出動

　　康熙六十年農曆四月，鴨母王風雲起，從南台灣掀起反清復明的浪潮！

　　而成年後經常被蒲氏悦派到諸羅縣城出公差的阿舉，在五月初的一天，上氣不接下氣的奔回牛罵社。

　　「baba！不好了！縣城那邊漢人打起來了！」從小到大都沒見過打殺場面的阿舉，仍然面帶驚恐：「我好不容易才混在出城的難民群中逃出來……差點沒命了啊……」

　　「阿舉，你先冷靜下來。」蒲氏悦平靜的回應：「稍微想一下，發動攻擊的人、或被攻擊的人，有什麼特徵？」

　　「……」阿舉先兀自沉默的坐下來，整理好情緒後才開始回想：「嗯……發動攻擊的人看起來就一般漢人啊……被攻擊的好像幾乎都是官兵……知縣提早幾天先出城了……」

　　「嗯，好……你先在家裡好好休息吧。」蒲氏悦皺眉思考著：「現在消息還很混亂……阿良！你去漢人佃農那邊跑一圈看情況，如果發現他們情緒浮動、也想跟著起事，趕快回來跟我說！」

　　今年才剛成年、有時天然呆、反應較慢但性格敦厚的阿良，從小就頗受漢人佃農的喜愛。在蒲氏悦的安排下，也開始加入管理家族農地、跟佃農收租的工作行列。雖然當下聽不懂蒲氏悦的用意，還是趕緊跑出門。

　　同樣感受到鴨母王狂潮引發對時勢憂慮的，還有岸裡社通事張達京。

「前陣子才聽說鴨母王攻佔府城，這幾天諸羅縣城也被響應起事者攻下，文武官員全都逃到澎湖避難了，聽說還有一支由杜君英率領的數萬大軍正在向北進軍……這下該怎麼辦呢？大清官方會不會就此放棄台灣？是不是也跟著響應、暫時先歸順鴨母王比較好？但萬一此時投歸鴨母王旗下，之後大清官軍打回台灣，這種行為會不會被視為叛變啊？我可不想被砍頭啊……」張達京一個人皺緊眉頭，極度不安地喃喃自語：「唉……偏偏張總兵已經過世、劉大哥在浙江定海水師中，找不到人給好建議……現在就要下決定，對我來説是不是還太早了？再説，岸裡社番人也不一定會聽我的……」

「達京，你還好嗎？」剛回到家門的阿比，關心的詢問。

「對了！如果是阿比的話……」張達京突然靈機一動，趕緊跑到阿比面前懇切的請求：「阿比……能不能請妳跟我一起去找 Alan 商討派 Tarranoggan 戰士出征的事？」

前陣子，年老久病不癒的阿莫過世了，改由阿藍接任岸裡社頭目和官方任命第二任土官。多年來跟隨阿莫南征北討，阿藍雖然依舊性格衝動，隨著年紀漸長，也逐漸懂得聽取眾人的意見、共同商議決策，來彌補不夠靈活的腦袋，所以仍然獲得了族人的信服。其中，阿比的意見，特別受到阿藍的尊重。

「我明白了。」阿比聽了張達京快速説明現狀後，答應了請求：「不過，村社勇猛的戰士，也都是孩子們的父親。出征難免有傷亡，希望你要讓他們的犧牲有價值。」

「親愛的阿比，我答應妳！」

幾天後，大甲溪北岸的幽暗密林中，岸裡社的精鋭戰士再度在黑暗中集結，準備出征。這一次，22 歲的敦仔也在隊伍之中，準備迎來傳奇一生的初次上陣！

第 24 話

鴨母王風雲之淡水營守備

北台灣，八里坌清軍「淡水營」營區內。

「報！緊急事態！南路朱一貴、杜君英等數萬亂民掀起反旗，府城陷落！數日後諸羅縣城亦遭攻陷！半線以下文武官員，盡皆撤至澎湖！」傳令兵急急忙忙的呈報軍情：「台灣島內僅存的營駐軍只剩淡水營了！」

「好了……辛苦了，先下去歇息吧。」淡水營守備軍官陳策，似乎有點不慌不忙：「……軍情傳遞的速度比大雞籠社通事賴科那邊轉傳的情報還要慢，真是的！區區一介地方通事，怎會如此消息靈通？這樣官方不賞賜也說不過去了啊，唉。」

陳策第一時間收到賴科的密傳情報後，就已經趕緊派船前往廈門請求援軍，期望由北往南沿陸路反攻。單靠淡水營本部僅有的兵力，暫時只能按兵不動堅守營盤，等待援軍了。

「對了，賴通事轄下番丁同時押來的那位漢民範星文，經訊問後已承認正在說服淡水番民追隨南路叛亂起事……這種熱血笨蛋實在也不得不處理了……」陳策嘆了口氣。

同一時間，大雞籠社通事屋內，賴科、Ghacho、Catherine、賴維東和伊排聚在一起，討論著通事屋大小事務，以及瞬息萬變的風雲時勢。

「賴科，有件事我不太明白，過往妳遇到各地大小動亂時，通常會先觀察一段時間，不會立刻倒向協助官方。但這一次，幾乎所有大清官員都逃竄到澎湖了，

府城那邊的鴨母王有數萬漢人兵力，也已經成立了新政府。妳怎麼反而這麼快就選擇把情報密傳給 Parihoon 淡水營那邊呢？我不懂……」Ghacho 疑惑的提問了：「我看過杜君英跟鴨母王在府城內鬥、兩邊開打後分裂的最新情報，但只要大清官兵無法渡海奪回台灣，通事屋勢必要跟南台灣的新統治者建立新的關係，不是嗎？」

「我判斷的準則，跟倒向哪一邊無關，一直以來最優先考慮的都是通事屋的長遠利益喔。」賴科微笑回應：「而我做出這個決策的理由，正是我們親愛的孩子維東、專程從廈門帶來的第一手消息呀！伯謙和維東在廈門的情報收集做得很好，大清高層官員這次反應很快，已經集結上萬兵力準備反攻了。」

「府城那個鴨母王如果數萬漢人都還團結、不搞分裂，或許我還不會那麼快就下判斷。沒想到他把戰力最強的杜君英勢力趕出城外，自己又帶數萬兵力跑到下淡水溪準備攻打客家村庄和鳳山八社——府城整個放空城耶！根本就是邀請大清官兵輕鬆奪回府城嘛！這麼笨的軍事行動，完全是腦殘沒藥醫。我們還不如趁早對大清官方略施小惠、換取互信，繼續維持通事屋主導北台灣的穩定局勢。」賴科説出個人看法。

「姊姊的分析還是一樣這麼精闢呀，只是……」Catherine 苦笑著：「多年不見姊姊這麼嗆的語氣，好像有點回到我們年輕的時候呢……呵呵……但現在孩子們在場唷……」

「哈……哈……沒關係的，能幫上通事屋的忙，我很高興。」賴維東笑笑打圓場。

「沒關係，tina 只是不小心洩漏真實個性而已。」伊排掛著常用的死魚眼搭話。

「哈哈哈……孩子們 Good Job ！」Catherine 開心的笑著：「看來通事屋的新世代，可以放心期待你們上場表現、開創屬於你們的篇章囉！」

第 25 話

鴨母王風雲之威武藍總兵

清康熙六十年五月二十七日，時任閩粵沿海一帶水陸師兵力最強大的南澳鎮總兵官藍廷珍，意氣風發的抵達廈門港，向閩浙總督覺羅滿保報到。

「藍總兵，怎只有您獨自一人？軍隊呢？」覺羅滿保憂心忡忡地詢問。

「藍某一人即可抵上千軍萬馬，何須勞師動眾？」藍廷珍口出狂言，在場官員無不驚愕，露出鄙視的神情。

「不知諸君是否設想過，臺灣鎮總兵亦有兵力數千，或許賊兵方興勢眾，又府城無牆、一時難擋兵鋒，但仍可收攏敗兵轉進至諸羅縣城，待賊兵迫於形勢四散，即可各個擊破。最不濟，也不至於落到諸羅縣城都輕易失陷的下場。而文官見戰火近身，不思斡旋應對之策，旋即拋下百姓奔逃至澎湖。文武官員，本事及自信皆不足也。」藍廷珍收起笑容，目光掃射四周說道：「南澳鎮八千官兵、四千後勤即將抵達，總督大人若無甚要事，藍某無須多待，隨即可發兵出征。」

「請藍總兵先進抵澎湖，與水師提督施世驃會合。施提督轄下四千官兵、兩千後勤，兩軍併力，更易破敵！」閩浙總督覺羅滿保做出指揮權明確指示：「此水陸大軍，藍總兵為總指揮、施提督為副指揮，彼必同心協力，穩紮穩打。」

藍廷珍意氣慨慷、從容地對覺羅滿保拍胸脯保證：「草寇不足煩區處，某一登彼岸，大人可即奏報蕩平也！」

藍廷珍雖然自信狂傲，卻也說到做到。

清軍數百艘戰船趁夜從澎湖啟航，黎明時分就發動攻擊，只受到微弱抵抗，

當天就攻下鹿耳門和安平。

朱一貴此時才連忙組織軍隊反擊。第一波八千多人，在清軍水陸火炮夾擊下，很快就潰不成軍。傍晚時分再發動第二波攻擊，這次多達數萬人，還擺出了以盾牌包圍牛車、足以在正面炮火威脅下向前推進的牛車陣！可惜的是，此牛車陣雖在陸域攻守兼備，但在僅有狹窄通道、兩翼遭到大批水師包夾的鯤鯓沙地，首尾難以呼應，結果又一次遭到清軍擊潰、死傷慘重！

朱一貴收攏敗兵，仍有數萬人，決心死守府城。然而，凌晨時分，藍廷珍在當地鄉民的指引下，秘密率領五千五百名官兵潛行到府城北方的小村落西港仔。天亮後，雙方在西港仔大戰，掀起反清復明大旗的武裝鄉民雖然個人武藝不俗，仍敵不過受正規軍事訓練的官兵，漸次遭到兩翼包夾，力戰到傍晚，仍然潰敗。當晚，反抗軍還夜襲軍營，此等屢敗屢戰的高昂鬥志也令藍廷珍感到動容，但仍下令全面反擊。

歷經 7 日激戰，藍廷珍與施世驃終於攻佔府城，隨即調兵遣將、繼續往南北二路追擊掃蕩。朱一貴帶領殘兵敗將逃往諸羅縣，最後在溝尾庄被逮捕。而早被朱一貴趕走的杜君英，部眾雖曾一度引兵北到大肚溪，卻被防守北岸的岸裡社番擋下。

藍廷珍一路向北推進，誘降了杜君英。越過大肚溪，讚賞張達京阻止動亂向北蔓延的行動。淡水營守備陳策率領援軍南下會合，交換了北台灣的情報。

經此一役，藍廷珍立下大功，被任命為臺灣鎮總兵。此後，在台灣橫行無阻。

第 26 話

運籌帷幄藍鼎元

「臺、鳳、諸三縣山中漢民，盡行驅逐，房舍盡行拆毀，各山口俱用巨木塞斷，不許一人出入。……自北路起，至南路止，築土牆高五、六尺，深挖壕塹，永為定界，越者以盜賊論。如此則奸民無窩頓之處，而野番不能出為害矣。」軍營大帳中，藍廷珍複誦著閩浙總督覺羅滿保最新的檄令書，臉色一沉：「覺羅滿保跟陳璸這些消極封禁派高官，天真以為劃清界線隔離漢番，就能杜絕如朱一貴這般叛亂。倘若遵循此令，就再也沒機會重返張鎮庄開墾田園了。賢弟，你看怎麼辦？」

「兄所言甚是。」藍廷珍的堂弟、自朱一貴事件起就以幕僚身分隨軍的藍鼎元，提出自己的看法：「封禁之策，乃深居衙署、未曾親臨台灣實地勘察的天真想像。此令擾民費工，貿然執行，只怕反而會激起拓荒墾民再興反抗。吾願為兄草擬公文，據理力爭駁回此令。」

「那麼就有勞賢弟了！」藍廷珍放心了下來：「自升任南澳鎮總兵以來，賢弟便為某出謀獻策，又針對台灣治理方針上書萬言，連老古板覺羅滿保都大加讚賞、應允施行，實在神奇！此行來臺平亂後，相信賢弟胸中尚有萬策，便盡管寫吧！」

「不愧是吾兄。」藍鼎元微笑了起來：「這次朱一貴叛亂雖未蔓延至半線以北，但僅有賴岸裡社通事、熟番主動協防大肚溪，以及北台灣大雞籠社通事協力淡水營壓制響應群眾。然放眼未來，整個諸羅縣幅員廣大，漢民入墾勢必日益增多，若未提前做好行政區劃及軍事據點，難保下一次的叛亂發生在台灣中北部。

因此，吾正打算提議虎尾溪以北、以半線街庄為中心增設新縣，淡水八里坌增設巡檢署。軍事部署方面，在半線縣治、下淡水新園各增設守備一營及五百兵，羅漢內門、瑯嶠各增設千總一名及三百兵。如此一來，方能有效快速壓制叛亂。」

「增設官署、各地增兵皆勢必增加財政負擔，因此亟需鼓勵漢民開墾田園，並清查逃漏稅之隱田，以增地方賦稅收入。吾知部分熟番已習於耕作，然生產力仍遠不及農耕及水利技術嫻熟之漢民。基於現實考量，接下來勢必認真面對政策性開放番地拓墾之議題。吾兄或可深入貓霧捒地方荒地，作為拓墾之表率。」

「某正有此意。」藍鼎元之擘劃藍圖，正合藍廷珍思思念念的開墾意圖。

「吾知開放番地政策勢必嚴重影響番社原本生計，然台灣漢民已逾百萬，驅回閩粵本籍已無可能。且台灣山高土肥，最利墾闢。利之所在，人所必趨。不歸之民，則歸之番、歸之賊。即使內賊不生，野番不作，又恐寇自外來，將有日本、荷蘭之患，不可不早為綢繆者也。因此，善用番社通事率領之熟番武力，協助平亂，搜捕藏匿山林餘黨，施予獎勵，或不失為現下妥協方法。假以時日，待生番化為熟番，熟番化為人民；而全台不久安長治，吾不信也。畢竟吾輩先祖畬人，千年來亦是如此。」

「賢弟果然視野宏觀，面面俱到！」藍廷珍不禁鼓掌稱道：「那麼，現下為兄正煩惱建言新任臺灣縣知縣懸缺，以及岸裡社和大雞籠社通事之獎賞。賢弟有何建議？」

「前諸羅縣知縣周鍾瑄，吾認為乃優秀人選。」藍鼎元略為思考後回答：「岸裡社張通事先前申請的墾號，應為最適合的獎勵，亦有助於內山拓墾。大雞籠社方面，建議委請熟悉後山的賴通事再深入搜捕餘黨，並以淡水社船增至 6 艘做為獎賞。」

第二章

英揚日不落
紅毛勢漸弱
商貿匯南洋
沉思己認同

第 27 話

南洋之旅

朱一貴事件平息後某天，牛罵社蒲氏悅家中。

「阿舉，記得我曾提過大雞籠社賴通事轄下淡水社船的貿易路線嗎？」

「記得啊，淡水社船冬天從淡水港直航到廈門港出售稻米，然後往南航行到南洋各地採買珍貴商品。等春夏之際吹起南風後再返回台灣，到各港口販售商品。最後到我們這邊的五汊港收購我們家的稻米，才返回北台灣。」阿舉流暢的回答。

「很好。」蒲氏悅滿意的微笑詢問：「那麼，你有沒有興趣親自跟著這趟貿易路線走一遍呢？」

「呃……baba 是不是認為我在之前朱一貴事件時太過慌慌張張，讓你覺得我還欠缺磨練啊？」雖然從小就常被帶上船參加短距離航行、但直到成年仍會暈船的阿舉，趕緊扯到其他話題，不好意思地回應：「我已經有自我檢討了，以後會改進啦……」

「你的確是太慌張了沒錯。看看你的好兄弟 Adawai，這次都已經跟著 Alan 叔叔出征了呢。」蒲氏悅趁機虧了阿舉一下，接著微笑說道：「但我想，到遙遠的南洋見識這個世界到底有多麼遼闊，一定會給你很不一樣的感受。孩子啊，你老爸我長年在牛罵社忙碌工作，可都沒這個機會出去見聞呢。」

「唔……可是……我還是很會暈船……」阿舉終於坦承自己的弱點。

「在你未來的人生中，還會遇到很多困難。有機會的話，嘗試去克服，才能讓自己更加成長。」蒲氏悅慈祥的繼續說：「再說，我已經幫你跟賴通事報名了。所以……」

「……欸？」

「哎呀，這次賴通事、Ghacho 頭目、還有你熟識的 Ipay 都會同行喔。Ipay 剛成年也是第一次遠航，你做為哥哥可要好好照顧人家啊。」蒲氏悦笑咪咪的説著。

「我説啊……那個死魚眼 Ipay 才不是柔弱的小女生呢……」阿舉感到很囧，心想怎麼會有這樣的老爸啊。

幾個月後，東北季風正盛的時節，原本就風大的五汊港海邊，更為寒風刺骨。此時，一艘貿易商船趁著漲潮駛進了五汊港。停妥下錨後，港邊等候已久的蒲氏悦家族牛車隊，開始把稻米、蔬果等貨物搬到船上。

「賴通事、Ghacho 頭目、Catherine 頭家，好久不見了！」蒲氏悦帶著阿舉上船打招呼：「小犬阿舉，接下來這段日子麻煩大家了。」

「牛罵社的蒲氏悦大業主啊，大家都這麼多年交情了，別老是這麼客氣嘛。」賴科笑咪咪的回應：「這一趟旅程，我們一定會『努力』讓阿舉學會不暈船的。」

聽到阿舉的暈船梗，伊排老樣子死魚眼：「不可以吐到我身上，不然扁你喔。」

大家聽到後紛紛笑成一團。

「賴通事……不好意思我想問一下，淡水社船這個季節不是應該直接航向廈門嗎？怎麼會到這裡呢？」阿舉提出這幾個月來的疑問。

「專程來載你的呀！」賴科看到阿舉大吃一驚，才笑著繼續説：「開玩笑的，當然是有特殊目的囉。孩子們，作為你們的成年禮，好好期待接下來的旅程吧！」

第 28 話

航向澳門

「Macau？那是什麼地方？」

通事屋旗艦在大海航行途中，阿舉才聽到賴科談起這趟旅程的第一個目的地。

「Macau 是現在大清帝國跟西洋人之間唯一的貿易據點，在廣東珠江河口。說起來西洋人只是一種通稱，其實包含了許多國家，像是曾經佔領北台灣、被稱為佛朗機人的日斯巴尼亞人，被稱為紅毛人的荷蘭人，還有佔領 Macau 作為貿易據點超過百年的葡都麗加人。」賴科熱心介紹著：「其實還有來自法蘭西王國的法蘭西人、和來自大不列顛聯合王國的英國人，也都必須經過 Macau 才能進入大清帝國洽談貿易、傳教等事務，所以對海商來說，Macau 是個很值得去洽談貿易的好地方唷。」

「紅毛人那個不是什麼『東印度公司』之類的嗎……？」阿舉提出了長久以來的疑問：「賴通事，我其實到現在還是沒搞懂，『國家』跟『公司』有什麼不一樣？而以前被紅毛人稱為 Keizer van Middag、又被漢人稱為大肚番王的 Camachat 頭目，他算是國王嗎？如果他是國王，那我的故鄉 Gomach 也算是被一個王國統治嗎？有些漢人叫什麼大肚王國的……可是現在 Gomach 實際上又是被大清帝國統治……哎呀好混亂，實在搞不懂。」

賴科微笑了起來，隨後對阿舉說：「這個話題正好。你先去把 Ipay 找來，我一起說給你們聽吧。」

阿舉興沖沖的跑去找伊排，突然發出乒乒乓乓的聲響，一段時間後伊排和阿

舉才走進艦橋，阿舉還揉著自己的頭頂。

「阿舉怎麼了？又沒站穩撞到頭了嗎？」賴科關心詢問。

「呃……不是……我只是不小心撞到船艙門……」阿舉一臉尷尬。

「誰叫他偷看我換衣服。」伊排照慣例死魚眼出場：「該扁。」

「你們兩個齁……從小到大都是歡喜冤家耶。」賴科笑了出來。

「關於阿舉剛剛的許多疑問……」賴科清了清喉嚨：「不如先從村社開始思考。每個村社都有頭目對吧？但是當村社人口越來越多、居住範圍越來越廣，頭目越來越難管理……怎麼辦？」

「建立新的村社，選出新的頭目？」阿舉開始跟著思考：「然後就有越來越多村社、越來越多頭目了……就像 Papora 有 7 個村社一樣。」

「對。然後之後有一天，有外族人來攻打你們。雖然一個村社打不過，但幾個村社聯合起來就能對抗。大家互相認識、或有親戚關係，說著一樣的語言、有著一樣的生活習俗，多少會互相幫忙。只是，總要有一個人負責統籌指揮，那誰負責好呢？」

「喔……難怪我 baba 說 Papora 以前會在大肚山上頭目聚會、選出共主，原來是這樣！所謂的『大肚王』就是這樣來的，對吧？」阿舉感覺有點想通了。

「大概是。而所謂的國家，就是這樣的村社聯盟越來越擴大、人口越來越多，到後來光靠總頭目家族也很難管理了，自然而然發展出管理各種複雜事務的組織，早期依靠所謂的貴族，發展到現在就是像大清帝國的各階層官員們了。」

「原來如此……」阿舉思考著：「那『公司』又是什麼樣的組織呢？」

第 29 話

英國東印度公司澳門分公司

通事屋旗艦在航向澳門的途中，賴科正跟阿舉和伊排閒聊著。

「我們一樣從村社間的貿易開始思考吧。」賴科繼續說：「無論是以物易物、或換得銀幣銀元，雙方都要『人』來進行貿易這項活動，對吧？這就是所謂的商人、商隊了。而隨著貿易活動越來越複雜，有人負責統籌、有人負責記帳、有人負責搬運……漸漸都會發展成分工合作的組織，這就是『公司』了。阿舉，你應該很有感覺吧？」

「對耶……這樣說來，我家就算是一間 baba 經營的小公司囉，而我就是公司的職員了。」阿舉想起爸爸從小到大的教導、與成年後幫家裡做的事，確實感受深刻：「啊，那賴通事的通事屋就可以說是規模相當大的國際貿易公司囉……而且通事屋還有巴賽傭兵團可以打仗耶……這樣跟國家有什麼不一樣啊？」

「呵呵，先感謝阿舉你的稱讚，通事屋也是在許多人的共同努力下、經營多年才達到這樣的規模。不過呢，跟西洋人的『東印度公司』比起來，通事屋也只是一間小公司了。」賴科微笑的摸摸阿舉的頭：「至於公司跟國家到底有什麼不一樣呢？我想就先閒聊到這裡，接下來由你們親身經歷過這趟貿易旅行後，用你們的雙眼和腦袋認真去感受，找出屬於自己的答案囉。」

「好的！謝謝賴通事！」阿舉開始有點豁然開朗、又充滿期待的感覺。眼睛稍微瞄一下隔壁的伊排，意外發現伊排的死魚眼竟然也亮了起來。好像，有點美。

通事屋旗艦抵達澳門後，一行人下船上岸，沿著街道走著走著逐漸上坡，到

達一座高聳華麗的大教堂。

「哇……好漂亮的大教堂！」阿舉目不轉睛的欣賞建築：「我們要進去這裡嗎？」

「這是被漢人稱作『大三巴』的大教堂，是 Macau 很知名的地標喔。」賴科微笑回答：「不過我們要去的是再往前不遠的建築—BEIC 的 Macau 分公司總部。」

一行人跟著賴科走進辦公室，只見賴科跟西洋人坐下來洽談，說的卻是阿舉從未聽過的語言。

「那是英語喔。」Catherine 直接解決了阿舉的疑惑：「賴通事為了要跟各國貿易，這幾十年來持續學習西洋各國語言，跟著一起學的我都沒辦法那麼流利呢。」

「是啊，賴科真的很努力呢……」Ghacho 應和著，眼神盡是不捨。

洽談好幾個小時後，似乎談成了一筆交易。賴科請一名傳令回到船上，通知把船上的貨物搬來這裡。

「賴通事，要搬來的該不會是船上的……硫磺？」阿舉忍不住好奇直接問了。

「欸？阿舉不簡單喔，我以為你都沒注意到呢。」賴科頗為高興地回應：「沒錯，我剛談成的是用北台灣的硫磺交易他們的硝石。BEIC 和背後的大股東大英帝國經常打仗，對火藥的需求量很大。他們在南美洲的智利擁有高品質又產量大的硝石礦區，相對硫磺比較短缺，而我們交易到硝石後可以調製火藥……這筆交易正好各取所需囉。」

「前幾天通事屋旗艦刻意跑到五汊港的秘密也揭曉囉，因為硫磺其實是清國政府禁止出口的戰略物資，經過廈門港會被官員檢查到的。」賴科露出神秘的微笑。

第 30 話

牛頓住套房

澳門的商務行程結束後，一行人返回船上，趁風向順利就繼續往南航行。

晚餐時間，眾人聚在一起用餐，賴科一邊分享在澳門打聽到的八卦消息。

「那時候 BEIC 職員看我們有船，還特地問我有沒有興趣購買他們的海上保險。他說他們是獲頒皇家特許狀的專業海上保險公司，且絕對不會像 SSC 一樣炒作股票，保證能支付保險理賠金額……」賴科笑著說：「結果你們知道我怎麼回他嗎？」

「吼～～～不要賣關子，快說啦～～～」在座每個人都早已習慣賴科多年來總是能創造出各種奇妙事蹟，乾脆直接敲碗求解答。

「我先問他：『你知道 1710 ～ 1711 年在東海到處打劫的海盜鄭盡心是怎麼消失的嗎？』他還傻傻的說：『不是被清國海軍逮捕的嗎？』」賴科得意的笑著繼續說：「這時我才指著我們這艘通事屋旗艦告訴他：『是我手下的傭兵團幹的！』」

「賴科說得好！」Ghacho 似乎蠻開心的。

「之後我看他不可置信的樣子，我再跟他補充一句：『以後要是 BEIC 的航線有機會頻繁經過台灣北部、東部海域的話，可以考慮買一下我這邊的海上保險，船難險、天災險和竊盜險都有，還附加海上救援服務喔。』」

「Good job ！」Catherine 忍不住豎起大拇指，其他人也都一致鼓掌拍手叫好。

「喔……小時候聽 baba 說遇到海盜鄭盡心之後，賴通事和 Ghacho 頭目很快

就在積極備戰⋯⋯原來一口氣把鄭盡心海盜船隊一網打盡，除了獲得官方的獎賞之外，還能夠提升通事屋海上保險的信譽呀！」阿舉感到相當佩服。

「牛罵社的阿舉弟弟，有沒有更加佩服我們的賴通事了呀？」Catherine 開玩笑地挑逗了一下阿舉。

「超佩服的啊！」阿舉兩眼發亮的繼續詢問：「那，想請問賴通事，炒作股票是什麼意思啊？」

「阿舉哥連這都不曉得，實在不行。」伊排兩手一攤，露出無奈的表情。

「Ipay別虧他啦，阿舉又不像妳在通事屋見聞這麼多年。」賴科微笑回應：「不過阿舉，股份你總知道吧？像北台灣的陳賴章墾號、通事屋有參一股的陳合議墾號，都是多個投資人以股份合資的方式成立的開墾公司。」

「但西洋人這方面就更厲害了。首先是紅毛人，一百多年前就在他們荷蘭國成立了世界上第一個證券交易所，把股份變成可以公開發售的股票，讓投資人遠在荷蘭國本土，就能購買 VOC 的股票。只要 VOC 賺錢，手上持有股票的投資人都能獲得股利和股息，之後就會吸引更多人買股票，讓 VOC 的資金也快速增加。所以啊，曾在台灣經營的 VOC，各種軍事、政治、貿易行動的背後，永遠都以獲利為最高考量啊。」

「再跟你們分享個去年才剛在英國發生的精采故事。」賴科喝口茶後繼續說：「幾年前，英國出現了一間號稱專精遠洋貿易、縮寫為 SSC 的公司，但是並沒有認真投入營運，反而重點放在宣傳行銷上，加上一開始英國政府和 BEIC 都持有大量股份，所以還是吸引了許多投資人購買股票，聽說連英國知名的科學家 Newton 都投入大筆資金呢！結果沒想到，去年突然間，兩個月內股價從 1000 英鎊暴跌到 190 英鎊！」

第 31 話

南海泡沫事件

「股價為什麼會有漲跌呢？」阿舉感覺到無法理解。

「因為投資人除了持有股票時賺股利、股息之外，想賣掉股票時也會試著用比當初買進時更高的價格來轉賣。只要市場上其他想買股票的投資人覺得這支股票還有繼續上漲的前景，就會願意買進已經漲價的股票。當然，實際交易價格取決於買賣雙方的開價。所以，隨著一次次的高價轉賣，股價就越漲越高囉。」賴科繼續說明。

「喔……那，反過來說，股價下跌是因為投資人不看好的關係囉？」阿舉歪著頭思考：「但不對啊！如果市場上其他人也不看好這支股票，就算用原本買進的價格想賣出，也不會有人想買吧？那這樣不就賣不掉了？」

「阿舉思考的方向很好喔！」賴科微笑稱讚著：「所以啦，就只能降價求售，直到降低的價格有買家願意接受，但這樣股價就下跌囉。你看，股市交易跟一般的貨物貿易的原理很像吧？只是買賣的東西從貨物變成股票而已。」

「最慘的就是，要是你求售的價格不夠低、或市場上還有其他人開出比你更低的價格，沒人願意買下你想賣出的股票，那你就只能繼續持有股票、眼睜睜看著股價持續下跌，直到以極低的價格賣出為止。那個英國科學家 Newton 就是這樣慘賠啦。」

「哇……聽起來要是買賣的時機沒掌握好，結果真的會很慘。」阿舉驚訝之餘，還是繼續產生疑問：「但……如果以賣牛罵社的稻米來思考，歷年來高價跟低價的差異不會差很大呀，畢竟人都有吃飽肚子的基本需求嘛。很難想像低價到

慘賠的程度……」

「價格高低是相對的唷。」此時 Catherine 插話了：「如果炒到很高的價格呢？」

「Catherine 說到重點了。阿舉，還記得我前面提到股價上漲嗎？到現在，很多投資人已經不在意股利或股息有多少，反而更在意股價能否持續上漲，這類投資人只想從股價的價差來獲利，自認為自己可以持有到高點就賣出、獲利了結。」賴科娓娓說道：「於是，SSC 就反過來利用這種投資心理，用行銷宣傳不斷對外放出各種有利於股價上漲的好消息，像是公司的美好獲利前景、政府的背書、政商名流的加持，把股價炒作到遠遠超過公司獲利能力的天價。在此同時，更多家同類型的公司成立，用初期比較低的股價和公司具有發展潛力的說詞來吸引資金，結果整個國家的大量資金都狂熱投入炒股票！後來 SSC 的大戶看苗頭不對、趕快獲利了結，又引發跟風求售的骨牌效應……這場一年內股價暴漲又暴跌的瘋狂事件，造成大量盲目追隨風潮的投資人血本無歸、甚至破產，就是 BEIC 職員跟我說的 SSC 泡沫事件。」

「聽起來真的蠻瘋狂的……這些西洋人是錢太多唷？」Catherine 忍不住吐槽。

「哈哈，我聽到時也覺得很扯，但說不定這樣的事未來在世界各地還會一再發生喔。」賴科露出一抹睿智的微笑：「我個人是覺得，經營事業還是要長遠規劃、獲利穩定成長比較好啦。那些公司擺明就是來騙錢的，炒高的股價本來就會跌回基本面……」

「這句話由姊姊來說確實算是有說服力。」Catherine 倒是大眼珠轉呀轉的：「但賴通事對外明明就也常常用各種話術把對方耍得團團轉……還說別人公司不老實喔……」

「欸！ Catherine 妳夠了喔～」賴科苦笑。

阿舉看著大夥一片歡樂閒聊吐槽，沉浸之餘，好像就忘了暈船這回事了。

第 32 話

廣南國會安

　　甲板上，賴科和 Catherine 正倚靠在船頭，仰望黑夜中的繁星。

　　「嘿 Catherine，不感謝我一下嗎？如果不是十年前通事屋大舉找漢人進來擔任職員，妳現在就還只能窩在大雞籠社代理通事職務、沒機會跟到這趟旅行囉！」賴科笑著虧了一下：「妳不是一直想認識外國帥哥嗎？好好把握這次機會呀。」

　　「是是是……英明睿智的賴通事，感謝您百忙之餘還這麼關心我的感情發展喔！可惜我不走豔遇路線的耶……我看我們回程路過馬尼拉，去找看看那邊還有沒有 Aguilar 家族後代，請遠親們幫忙介紹西洋小鮮肉比較實在喔。」Catherine 也笑笑回應：「好了啦！都兩個老阿姨了還聊這個。再說我也沒有傳宗接代壓力，很享受單身啊。」

　　「呵，當年我也並非基於漢文化背景而選擇結婚生子的呀。」賴科微笑的眺望遠方：「不過發展到了現在，孩子都成年了，確實會有了些不一樣的感受。」

　　「呵……我們共事這麼多年了，我懂妳的。妳特地組織起這趟旅程，應該也帶有培養孩子接班的規劃在內吧？」Catherine 輕拍賴科的肩膀：「畢竟，無論我們再怎麼呼風喚雨，總會有回歸塵土的一天。我知道妳不是強求孩子非得接班的強勢父母，但既然孩子們自願上船接受挑戰，就相信他們吧。阿舉接觸的少，但學得也快；Ipay 雖然話不多，但我從小看她長大，是屬於大量資訊在腦袋內高速運轉的孩子，說起來跟她老爸比較像哩。所以別擔心，孩子們會找到他們的道路，就跟我們當年一樣啊。」

「謝謝妳……真沒想到反過來被妳安慰了呢。」賴科手指著前方：「那麼，就讓我們這些老傢伙，透過這一趟旅程，好好為孩子們示範縱橫四海的海商氣魄吧！」

星光夜空下，只見遠方燈火逐漸越來越明顯。在賴科指示下，船上的水手打出通事屋專屬的燈光信號。很快的，遠方也回傳了一樣的信號。

在廈門完成例行銷售稻米任務後的 4 艘淡水社船，已經早一步抵達了這座位於廣南國、多國海商匯聚的貿易大港會安。

賴科帶著一行人，到知名的來遠橋旁吃早餐。這座連接日本人町和明鄉人街區、堪稱會安最具貿易代表性的地標，來自暹羅、柬埔寨、馬尼拉和巴達維亞的海商們來來往往，自然是賴科必定造訪的目標。

悠閒地在河畔吃完早餐後，賴科先到日本人町打聽近期是否有高山氏族的貿易船來訪，得到的回應是已經很多年沒出現了。

接著一行人再走過來遠橋，前往明鄉人街區內的茅廟金山寺，打聽天地會吳大哥的消息。在這個充斥著閩南語的熱鬧廟口，竟然有不少人會主動跟賴科、Ghacho 和 Catherine 打招呼，連伊排也似乎認識他們。這讓閩南語還不太行的阿舉，靜靜地感受著通事屋在海外的影響力。

「這樣啊……原來吳老大正好前陣子過世了。」賴科向正在對話的壯年人致意：「20 幾年前通事屋剛創業時，吳老大不時到北台灣給予指引協助；此行本想再跟吳老大敘舊下棋、閒聊天下事，沒想到時光飛逝啊……各位海五商的新世代，保持聯繫囉。」

「賴通事您的心意，我們都收到了。」壯年人微笑回應：「不用擔心，我們不只放眼四海，在台灣南部也持續發展天地會組織。來日時機若到，必當南北分進合擊！」

第 33 話

小試身手

在廣南國會安的拜訪行程，轉眼間到了傍晚。一整天跟著賴科認識通事屋貿易夥伴的伊排和阿舉，走著走著閒聊了起來。

「欸，Ipay 妳哥這次怎麼沒來呀？他應該也需要認識這裡的人吧。」

伊排先四處張望，發現沒人可以代她回答，才只好開口：「……他兩年前早就來過囉。現在 Kimaurri 通事屋就是他代理通事職務、Catherine 阿姨才能出來啊。」

「是喔，阿東真是厲害。」阿舉不禁心想，自己好像還沒辦法讓 baba 放心的交付代理事務，或許就是 baba 無論如何都要讓他參與這趟海外貿易旅行的原因吧。

「我說啊……為什麼你明明是一個 Papora，卻老是用漢人名字啊？」伊排難得主動挑起話題：「難道就只因為你的 tama 選擇變成漢人，你就乖乖聽話嗎？再這樣下去的話，Papora 遲早有一天會消失不見。」

伊排的話，讓阿舉陷入沉默。阿舉不是沒想過這件事，幾年前也曾經為此跟 baba 吵架過，然而吵到後來發現自己的主見只是徒然造成家中不愉快，因此最後還是把抗拒成為漢人的心思藏起來，畢竟學會漢文就比較不會因為看不懂漢文書而被騙，跟官方互動、讓無事可做就會打架鬧事的漢人有田可耕，蒲氏悅的許多作為實質上維持了 Gomach 的平靜穩定。阿舉想想也只好苦笑回應伊排：「果然妳刻意經常使用 Basay 語，不是我的錯覺呢。很羨慕妳呀～」

「從小到大，我慢慢感覺到自己希望成為自由自在悠游水域的 Basay。我

知道 tina 的用心，也知道跟漢人海商往來的重要性。但我在這裡就是感覺不自在……」伊排幽幽的說：「我對混血的身分是困擾的，還沒辦法像 Catherine 阿姨那樣開朗面對。所以，我有點希望在這趟旅程中，能找到一點答案……」

「噢……那，」阿舉突然手指著港口：「我們恐怕得先上的了船才行唷。」

賴科等人，不知為何，突然完全見不到人影。而通事屋的 5 艘船，卻已經緩緩航行到外海，只見船影越來越小……

「咦～～～！！！」

伊排跟阿舉兩人趕緊跑到港口，用很生硬的閩南語到處找船東洽談載他們到外海追上通事屋船隊。問來問去，每一艘商船都以風力微弱、傍晚才出海恐怕會難以返回港口而拒絕。兩人面面相覷，眼看船隊又漸行漸遠、天色也越來越暗了，此時才突然異口同聲：「啊！找天地會吳大哥！」

於是兩人匆匆忙忙跑回茅廟金山寺廟口，還好吳大哥還在場。兩人說明緣由後，總算吳大哥願意派船載他們。只是此時吳大哥邊走邊說：

「不過啊，我們海商可不是慈善事業喔。船費一兩白銀，你們應該付得起吧？」

一路上都靠著長輩支付各項費用、身上根本就沒帶錢的兩人，再度面臨窘境。

「這……這樣吧，只要能讓我們順利抵達通事屋旗艦，一桶黑火藥的市價肯定超過一兩白銀，如何？」伊排急中生智，明明就頭冒冷汗還是假裝冷靜模樣提出交易。

「好喔，成交。」吳大哥微笑的答應這筆小小的交易。

夜幕低垂，筋疲力盡的兩人終於順利搭上通事屋旗艦，只見賴科笑咪咪的迎接。

第 34 話

淡馬錫獅城外海

　　通事屋船隊在大海中繼續往南航行，接連好幾天都見不到陸地。北風越來越微弱可能是航速變慢的原因，只是天氣也越來越熱了。

　　「賴通事，我們接下來要去哪裡呢？」頭暈目眩的阿舉，四肢無力的爬到艕樓內，只見賴科正靜靜地閱讀著散落桌上的各類文書，伊排則已經趴在桌上昏睡。

　　「是阿舉呀，嗯……」賴科放下手上的文書，開始回答阿舉：「接下來要去的是一個被 Jawa 稱為 Temasek、被 Malay 稱為 Singa pura 的地方，可以説是東洋跟西洋之間的門戶。船隊從 Singa pura 往西，會先到印度，然後再經過遙遠的航程、就會抵達西洋各國。所以囉，反過來説，正因為西洋人把他們認知中的東方籠統的稱為印度，所以他們到東方貿易的公司才會都叫做『東印度公司』。」

　　「等……等等！」阿舉有點頭昏腦脹了：「賴通事不好意思，Jawa、Malay 是誰？又為什麼一個地方會有 Temasek 和 Singa pura 兩個名稱呢？」

　　「呵……我才要不好意思，説太快了。Jawa 和 Malay 大概都可以當作各自有各自的語言、生活方式和習俗類似的族群，就像是 Basay 或 Papora 的意思啦。我們現在抵達的區域大概都是 Malay 的範圍；再往南航行、紅毛人在東亞的最大據點 Batavia 所在的那座大島上，當地的居民就是 Jawa。不過，根據通事屋多年來收集到的情報顯示，Malay 和 Jawa 的語言好像差異不算太大，勉強可以互相溝通。甚至奇妙的是，Malay 和 Jawa 有些詞彙跟 Basay 很像！例如豬肉，唸起來幾乎都是 vavui；還有當地人使用的小船，也都稱為 bangka 喔！我有時候都在懷疑，會不會是幾千年前居住在台灣的原住民，逐漸往南遷移擴散，才會造成這

種奇妙的巧合呢！」賴科越說越起勁，之後意識到自己太 high 了才拉回話題：「所以囉，這也回答了你的第二個問題，只是源自兩個不同語言、從不同角度來描述而已。我聽說 Temasek 是 Jawa 語『海邊城鎮』的意思；Singa pura 則是 Malay 語『獅子城』的意思。」

「原來如此……」每次跟賴科閒聊都被大量資訊塞爆的阿舉，更加頭昏腦脹了。

「其實，我原本有想過在 Singa pura 設立通事屋海外貿易據點，畢竟這裡匯聚東西方貨物的海運航線位置實在太優越了。不過事出必有因，葡都麗加人、日斯巴尼亞人和紅毛人都把他們最大的貿易據點設在其他地方，可見這裡必然有明顯的問題。我推測，跟統治 Singa pura 的小國 Johor 內亂、又被這一帶著名的海上傭兵 Bugis 入侵到政府內部有關……」賴科拿起手上的情報文書：「Bugis 並非西洋人，而是來自 Malay 東邊另一座大島 Sulawesi，說起來跟 Basay 傭兵團很像……只是他們人數更多、更常靠武力打劫船隻，還會主動到處接洽、沒有特定政治立場、只要給錢就願意打仗的職業傭兵！之前通事屋船隊幾次通過這片海域，Ghacho 下令開炮示威了才順利通過……」

「……欸？等等，賴通事說……開炮？」阿舉突然從暈眩中醒了過來。

「對呀……唔，我想應該也差不多了……」賴科拍了拍伊排：「嘿～該醒來囉！」

阿舉轉頭看向窗外——呃，不會吧？前方已經聚集了大小船隻 20 幾艘，艦艄炮門都已經打開了……阿舉心想：等一下啊！我還沒做好面對戰爭的心理準備啊！

「別怕。」賴科輕拍阿舉的肩膀：「戰爭是每一代人都需要面對的現實。」

第 35 話

武吉士海盜前哨戰

　　通事屋旗艦和 4 艘淡水社船組成的船隊，由於沿途擔負貿易載貨的任務，加上人數越多、對後勤的負擔越重，所以每艘船都僅各配置 10 名船員和 20 名可上岸陸戰的巴賽傭兵。

　　雖然通事屋遠洋貿易船為了避免被清政府懷疑其軍事功能，刻意設計成比西洋人流行的蓋倫帆船小一號，但每艘船上仍然各配置了 11 門新型加農炮。除了艦艏炮之外，兩側各配置 5 門加農炮。純論火力雖然比不上西洋標準型的蓋倫帆船，但在巴賽水手的高超操縱技術下靈活性更佳。而且，應付大部分只有舊型艦艏炮的武吉士海盜船，以寡擊眾綽綽有餘。

　　賴科把指揮作戰全權交給 Ghacho，自己則帶著伊排和阿舉到火炮甲板見習。此時只見通事屋船隊先拉張旗幟，表明身分。但武吉士海盜船隊仍派遣小船向前逼近，並打出要求留下過路費的信號。通事屋各船也明確打出拒絕信號。

　　賴科心想，武吉士海盜船隊又換了個不長眼的指揮官，Ghacho 應該會照常應付吧？果然通事屋各船紛紛拉開船帆，調好受風角度，開始向西方加速前進。隨著雙方船隊彼此快速接近，側舷炮門紛紛開啟，訓練有素的巴賽傭兵們動作純熟的裝填砲彈，一切都準備就緒，阿舉的心跳也越來越快……

　　突然間！船身向左急轉彎！阿舉又差點摔得東倒西歪。就在船身向左傾斜達到最大角度、側舷炮門卻不偏不倚正對來襲船隻的一瞬間，阿舉只聽到一個熟悉的女性聲音大喊：「Fire！」

　　「碰碰碰碰碰！」

阿舉此生，第一次親身體驗火炮齊射的震撼現場。在巴賽傭兵正忙著再次裝填砲彈時，阿舉才回神過來，剛剛下達發射指令的，原來是⋯⋯伊排！

阿舉趕緊往炮門外看，欸？砲彈落海的位置整齊的令人吃驚，但好像每一發砲彈都沒擊中對方的船隻耶？阿舉頭冒冷汗，回頭看了大家，卻似乎都老神在在。

阿舉又一次往炮門外看，咦？對方的船陸續停下來了？

通事屋船隊整齊的轉往東南方航行，武吉士海盜船也沒再追上來。

「賴通事⋯⋯剛剛⋯⋯發生了什麼事？已經結束了嗎？」阿舉仍心有餘悸地問著。

「Bugis 再怎麼說都是經驗豐富的海上傭兵，一次齊射就能讓他們意識到我們的船隊技術、火力、射程和精準度都不是他們可以打劫的對象。」賴科充滿自信地回答。

「是喔⋯⋯我完全看不出來⋯⋯」阿舉感到相當汗顏，但仍想不通：「既然賴通事有必勝的把握，怎麼沒繼續前往 Singa pura 呢？」

「因為這批船隊只是 Bugis 的前哨而已呀。」賴科苦笑：「他們要是膽敢追過來，我們一定可以把他們殲滅，相信對方指揮官也很清楚。但我們要是繼續往前，即使接連勝利，傷亡、船身戰損、彈藥消耗⋯⋯都只會讓我們變成強弩之末。戰爭是要事先計算好所需物資、交戰規模和時間⋯⋯等周詳前置準備，才能發動的行為。明白了嗎？」

「謝謝賴通事的教導！」阿舉感覺學到了相當重要的一課。

「不過，戰爭當然也並非只有理性計算這種⋯⋯」賴科喃喃自語。

第 36 話

大邦加島上的小市集

又經過了一天的航程，多日未見到陸地的阿舉，正在甲板上迎風沉思時，終於看到眼前出現一座島嶼。船身緩緩移動到近岸處，下錨。賴科帶著大家換乘艋舺，划行一段距離後才終於上岸。

「這座島，正好也叫做『Bangka』喔。」賴科邊走邊微笑的解說：「雖然根據打聽到的情報顯示，島名的由來是跟這座島最近才被發現的礦產有關。但我仍然認為，跟我們 Basay 的 bangka 關係更為密切。你們看，那邊不就有幾艘跟 bangka 結構一樣的當地人小船嗎？」

「真的耶……」一眾巴賽人在數千公里外的陌生島嶼上、看到莫名熟悉的景象，不免都產生了相當奇妙的感受。

「賴通事所說的礦產是？」阿舉好奇發問。

「大概十年前左右吧，這座 Bangka 島傳出發現大量錫礦的消息，但我其實不太了解錫礦的用途——或是說我還沒意識到錫礦的商機。沒想到 VOC 那邊很快就派人到這裡，最後跟統治這片土地的 Palembang Sultanate 直接簽下獨佔全島錫礦的合約！所以我錯失了一筆賺錢的好生意啦。」賴科苦笑著：「這個小村社叫做 Muntok，海峽對岸河口進去就是 Palembang Sultanate 的首都 Palem-bang，VOC 的貿易據點就設置在那座大城市內。因此，Bangka 島上的錫礦都會先集中到 Muntok 再載運過去。可以想見，Muntok 以後會逐漸成為一個重要的港口。」

「既然已經無法交易錫礦，那我們到 Muntok 做什麼呢？」阿舉感到不解。

「阿舉哥腦袋只有一條直線喔，還有走私貿易啊。」伊排又死魚眼了。

「不愧是 Ipay，但是下次可以講的委婉一點喔。」賴科尷尬笑著：「當然啦，專程來到 Muntok，沒私下少量買一些『伴手禮』回去就可惜了。」

「不過呢，這座 Bangka 島上，還有另一樣特產是我們可以光明正大採買的。」賴科帶領大家逐漸走到文島的交易市集：「一種珍貴的香料：白胡椒。」

接下來，阿舉只見賴科上前跟胡椒小販洽談，Catherine 阿姨和伊排好像也在一旁準備挑三揀四、幫忙殺價。

沒多久，胡椒小販吩咐苦力裝好 5 大簍的白胡椒，用盡吃奶的力氣，把貨物搬到通事屋推車上。Ghacho 則依賴科的交代，支付白銀給胡椒小販。阿舉的目光卻注意著身材看起來頗為乾瘦的苦力，無論是服裝或口中碎碎唸的抱怨，怎麼看都很像是客家漢人啊。

雖然牛罵社的漢人幾乎都是來自福建泉州的閩南人，但從好友敦仔所屬的岸裡社那邊，聽聞有越來越多說客家話的漢人進到岸裡社、幫他們的通事張達京做事。原來漢人不只會到台灣，也會跑到這麼遠的地方打工啊……阿舉的思緒又複雜了起來。

「阿舉小弟弟，要走了喔，怎麼還在發呆呀？」Catherine 的話叫醒了阿舉。

「……欸？不是……」阿舉甩了甩腦袋，四處張望後才開口發問：「那個……不是說也要私下採買錫礦嗎？才剛買完胡椒，就要走了嗎？」

「你剛剛看工人都看到哪裡去啦，沒發現簍子很重嗎？」Catherine 微笑地反問。

第 37 話

巴達維亞的美麗與憂愁

「哇……好……好巨大的城堡啊！」站在船頭的阿舉，看得目瞪口呆：「這裡就是傳說中 VOC 的公司總部 Batavia 嗎？還有好多、好密集的家屋，世界各地、各式各樣的大型貿易商船……天啊！實在是太壯觀華麗了……」

「呵，我就說阿舉一定會很吃驚。畢竟北台灣的淡水紅毛城太小，大雞籠城又已經荒廢多年了。大概也只有專程來到這裡，才能一睹 Batavia 城堡的威風，和海港大城的風華。」賴科微笑的拍拍身邊的 Ghacho：「你一定很懷念這個景象吧？」

「是啊……每次來到這裡，都讓我回想起小時候看 tama 寫的書中、描繪的景象。」Ghacho 淡淡的微笑，臉上的皺紋已經歷盡風霜：「如今我們都到了 tama 當年最後一次在台灣內部秘密引發動亂的年紀，這回卻輪到我們來到 tama 當年效力的 VOC 核心領地內部……想來總覺得是否祖靈在天上冥冥中指引呢？」

「呵，Ghacho 別心急。這趟航程前面趕行程，就是為了提早抵達 Batavia。接下來，我們有充裕的時間……」賴科似乎早有規劃。

通事屋船隊緩緩通過城堡西側水道，在引水人的帶領下，抵達碼頭停靠。對於已經多次來到巴達維亞進行和平貿易的通事屋船隊，VOC 下級商務員早已笑咪咪的帶人到碼頭禮遇接待，盤算著這次能抽成多少業務獎金。

一行人跟著商務員進入商務辦公室，賴科和 Catherine 與商務員洽談，伊排不動聲色的旁聽。在賴科的長年薰陶下總算學會荷蘭語的 Ghacho，一邊把洽談的內容翻譯給阿舉聽。

「賴科好像照慣例先跟對方閒聊、打探消息。」Ghacho 努力地豎起耳朵、邊聽邊翻譯：「商務員說的大概是……自從他們的護國英雄在 1688 年兼任英國國王後，努力妥善安排 VOC 和 BEIC 兩邊的利益分配，結果 VOC 維持包辦東印度的香料貿易業務，BEIC 則負責印度的紡織貿易事業。沒想到幾十年發展下來，歐洲本土的香料利潤逐漸下降，反而紡織品的獲利逐漸上升。許多大戶投資人因此賣出 VOC 股票，改把資金投入 BEIC 來獲利。所以現在 VOC 的業務壓力很大……」

「另外，以護國英雄為首、對抗路易十四的反法同盟，為了避免本土被攻佔，這次號召了愛國投資人投入大筆資金建立強大的陸軍部隊，於是原本投資 VOC 的資金又進一步減少了。加上 Batavia 這邊近幾年來也開始面臨當地 Jawa 人的叛亂，VOC 傭兵都投入在平亂上。所以，應該沒有兵力再回到台灣開拓貿易據點了……」Ghacho 此時才意識到，原來賴科想打聽的是 VOC 是否還有再到台灣發展貿易的意向：「商務員還繼續說……台灣鹿皮大量減少，甘蔗製糖業務在 Jawa 島上也已經發展起來了，所以現在的台灣，在商言商，除了硫磺以外，對 VOC 來說已經沒有足夠的商業價值了。商務員也打聽到台灣現在變成漢人大舉拓墾水稻田的地方，所以對鹿皮就更加不期待了……」

「這倒是真的……」阿舉不禁嘆了口氣。

「咦？可是賴通事不是早在 Macau 就把硫磺都賣掉了？」阿舉突然想起來。

「嗯……所以賴科其實正在跟商務員嫌棄 VOC 的現況給不起好價錢，揚言通事屋的交易對象準備轉往 BEIC，所以現在商務員的臉色很難看……」Ghacho 感到很無言。

第 38 話

音樂才子甲必丹

商務會談結束後，一行人走出商務辦公室，搭乘船上卸載下來的通事屋推車，往漢人街區前進。阿舉早已注意到，巴達維亞街上的漢人看起來似乎比西洋人還要多，還有他到現在都還分辨不出來的爪哇人、馬來人和 Bugis 武吉士人等各族群，令這座巴達維亞大城呈現出相當多元的風貌。只是，空氣中似乎隱約瀰漫著緊張的氣氛。

「哎呀呀！歡迎台灣來的大雞籠社賴通事，再度來到寒舍賞光！」一名年約 30 歲上下的漢人男子，正在宅邸門口迎接著：「來來來，趕緊進門，順便欣賞一下我最近譜的新曲子！」

「甲必丹還是一樣如此熱衷音樂創作呢！」賴科微笑地打招呼，隨後跟初次來訪的伊排和阿舉介紹：「這位是 Batavia 的年輕有為的漢人領袖 Kapitein der Chinezen——漢人通常唸成『甲必丹』——同時也是當地知名的 Gambang kromong 交響樂團音樂創作家：連富光。」

「初次見面，甲必丹您好！」阿舉恭敬的打招呼。

「Hoi Kapitein。」伊排則是連初次見面的打招呼都死魚眼。

「哈哈……兩位年輕人都很有個性呢……你們好！我們年紀沒差幾歲，以後叫我連大哥就可以啦。」連富光感覺到很有趣，也順便虧了賴科一下：「欸賴通事還少介紹一個頭銜啦，我還有一個祕密身分：大雞籠社通事屋駐 Batavia 暗樁暨情報員才對吧。」

「你少開玩笑啦，光你的樂團人數，就比大雞籠社通事屋的全部職員還多；

你在 Batavia 能動員的壯丁人數，大概已經跟全台灣 Basay 的人數差不多了吧。」
賴科也笑笑的回應：「好啦，先帶我們到房間去放行李吧。接下來，要在你這座
宅邸打擾好一陣子了。」

「沒問題，都準備好了。尊貴的客人們，請往這裡走。」連富光笑咪咪地回
應。

第一晚的歡迎晚宴，在連富光宅邸的寬廣中庭舉行。Gambang kromong 樂
團開場演奏著連富光最新創作的曲目，令阿舉和伊排都感到相當新鮮。

「甲必丹大哥，請問這是什麼音樂呢？」阿舉好奇的詢問。

「Gambang kromong 可以說是一種結合 Jawa 傳統音樂、和漢人樂器的混合
音樂風格。嗯哼，其他事我可能沒什麼貢獻，但說到推廣音樂……可不是我在臭
屁，正是靠我努力編曲創作、加上到處表演推廣，這種創新音樂風格才會流行起
來哩！」連富光頗為自得的說著。

「是是是……你這個音樂才子，收集情報都只顧著收集音樂方面的啊。」賴
科也走過來反虧了一下。

「唉唷～偉大的賴通事您有所不知，觸動人心的音樂，才能順利打入 Jawa
人的日常生活、和 Mataram 的宮廷內呀！」連富光笑著回應。

「可真會說呢！」賴科進一步追問：「那麼，Mataram 內亂的情況，現在演
變到什麼情況了呢？」

Ghacho 和 Catherine 聽到，不動聲色的湊了過來。

連富光只是笑咪咪的邀請大家依序入座，請侍從開始上菜。

第 39 話

馬塔蘭蘇丹國的內亂與外援

「Mataram 是什麼地方呢？」阿舉一邊開吃、一邊問問題。

「Mataram 是一個⋯⋯統治這座 Jawa 島上大部分地區的國家。」賴科回答：「對了，阿舉之前在船上不是曾經問過一個問題：『公司』和『國家』有什麼不同？我想，在這座 Jawa 大島，會是你可以親身體會、嘗試尋找答案的地方。」

「那麼我來回報賴通事目前的情報吧。」連富光總算收起輕鬆的笑容，認真地回應：「賴通事應該還記得 1719 年開始的 Mataram 王位繼承戰爭吧？簡單說就是，前任國王駕崩，他的兒子 Amangkurat IV 繼承王位，但前任國王的兄弟 Blitar 和 Purbaya 起兵反抗，並推舉另一位皇室成員 Arya 爭奪王位。乍聽之下，就是很單純的王位繼承宮廷鬥爭事件，世界各國都很常見。」

「然而，問題在於 VOC 扮演的角色。Amangkurat IV 其實是 VOC 支持的人選，上任後也延續前任國王處處配合 VOC 各種需求的施政方向。然而 Blitar 和 Purbaya 起兵後很快就獲得 Mataram 國內支持，反倒是 Amangkurat IV 烙跑到 Batavia 尋求 VOC 的武力支援——這聽起來就有點玄機了。從我們外人的角度來看，是否經濟上長期過度依賴 VOC 的結果，已經在 Mataram 內部引起廣泛的不滿？導致只要有反對勢力跳出來，就算是阿貓阿狗也能很快獲得廣大支持？」

「無論如何，Amangkurat IV 還是在 VOC 傭兵的協助下，順利打回首都，奪回王位。」連富光喝了一口椰奶，再繼續接著說：「反對勢力敗退到 Mataram 東部大城 Surabaya，Arya 已經被逮捕並處死，Blitar 前陣子病死，只剩下 Purbaya 還在繼續對抗 VOC。這，就是在地的最新情報囉。」

「阿舉，VOC 還在台灣時，曾經派傭兵攻打過 Papora，這件事你知道吧？」賴科突然點名阿舉、轉移了話題：「你有什麼想法？」

「呃……唔……」滿嘴食物的阿舉，雖然一開始覺得爪哇風味餐有點太辣，但吃慣了之後逐漸覺得很下飯，搭配很爽口的椰奶，不知不覺已經沉浸在美食當中……糟了……該怎麼回應賴通事好呢？

「阿舉哥顧著吃呢，沒辦法回答啦。」伊排毫不在乎的說出實情。

阿舉心想：可惡的伊排，就這種時候特別會說話，明明自己也吃得很開心……。阿舉勉強把食物吞進肚子後才說：「賴通事說的事件，我有聽 Gomach 長老講過。我的確常在想，面對外來的強大武力，到底是應該像祖先那樣選擇反抗、最後被打敗？還是像我的 baba 那樣選擇讓漢人大舉進入 Gomach 開墾水稻田、跟官府打好關係來追求和平穩定的生活？我仍然想不通……」

「很好，阿舉，品嘗美食的同時也別忘了保持探究思辨的動力。」賴科微笑了起來：「我想，百聞不如一見。既然 Purbaya 還在 Surabaya 繼續努力，那麼這就提供了一個親臨現場、實地瞭解真實情況的大好機會。」

「就知道姊姊會這麼說！」Catherine 大為讚賞，Ghacho 也微笑著。

「喔喔喔……我說這不太對啊……明明應該在商言商的，但每次跟通事屋共事，卻總是被賴通事點燃起熱血呀！」連富光舉杯向大家致敬：「那就恭敬不如從命啦！」

第 40 話

秘密航向泗水城

　　幾天後，連富光帶著 4 名貼身保鑣，跟著賴科一行人搭上通事屋推車，一起前往巴達維亞港口。當看到通事屋船隊時，阿舉才發現已經有大約 100 名漢人在碼頭旁等候。荷蘭東印度公司職員正在盤查為何聚集人群，隨後只見連富光緩緩下車，用荷蘭語向荷蘭東印度公司職員說明：「敬愛的長官，你們不是正煩惱 Batavia 的漢人太多嗎？我幫忙『推銷』出去，應該不成問題吧？」

　　荷蘭東印度公司職員找不到反對理由，只好放行。

　　「tina，Kapitein 經營人口販賣？」很少主動發問的伊排，引起阿舉的注意。

　　「親愛的 Ipay，就我所知，一些海商經營的是收仲介費轉運到海外打工的『契約勞工』，Batavia 這邊的漢人大部分是這樣來的。其實，許多偷渡到台灣開墾的漢人也是有付仲介費的，所以也可以算是一樣的模式。相對的，這跟直接把人當貨物賣掉的『人口販賣』性質上是不一樣的。」賴科苦笑地說：「不過我想，Kapitein 這批要一起帶去 Surabaya 的強壯漢人，應該是有其他『用途』喔。」

　　「賴通事，既然 Surabaya 的反抗勢力是 VOC 要消滅的對象，難道 VOC 不會防止我們去 Surabaya 嗎？」阿舉也跟著提出疑問。

　　「阿舉問得很好。」賴科對於阿舉的提問感到頗為欣慰：「所以呢，接下來幾天會由 Kapitein 帶船隊繞過 Jawa 島南方，從東面偷偷溜進 Surabaya。這條航線除了可以避開 VOC 的監視，也能避免跟 Jawa 島北側海域的 Bugis 海盜『不期而遇』。畢竟我們的火藥存量有限，得精打細算的運用。」

　　「tina 這擺明就是要去開戰的啊。」伊排又一次面無表情地吐嘈。

「呵，還不一定，到現場看過情況後再說。但至少，總要預先做好準備。」賴科微笑的摸摸伊排的頭。

這個季節，爪哇島附近正好盛行西北風。通事屋船隊很順暢的航行到爪哇島最東端，開始調整風帆，往西北方 Z 字逆風航行。慢慢的，阿舉看到兩側高山、中間狹窄的海峽，船隊慢慢停了下來。

「右邊這座島叫做 Bali，是個風景美麗的地方。過去曾經是 Mataram 的領土，但在 Mataram 發生內亂後，就各自獨立成 16 個小型部落盟邦了。」連富光解釋著：「看到那邊被你們稱為 bangka 的小船嗎？接下來要請他們帶路，才能安全穿越海峽。」

經歷一番小心翼翼的航行後，通事屋船隊終於平安抵達泗水。海邊一個明顯的佛像，成為船隊靠岸的下錨的地方。

「這裡特別要跟賴通事分享，Surabaya 其實有人數相當多的漢人，而且多數是國姓爺時代因戰亂而從閩南漳州遷移過來，這座觀音佛像正是他們從家鄉帶來的。聽聞賴通事出身金廈？說不定會遇到舊識呢。」連富光輕鬆地介紹著。

「難怪我就覺得這座佛像很眼熟……」賴科微笑回應。

「喔對了，還要提醒大家，待會換乘 bangka 登岸的時候要注意別玩水喔。」連富光相當善盡導遊職責：「聽說啊，Surabaya 是『鯊魚』加『鱷魚』的意思哩。」

「……蛤？」來自台灣的眾人，這時才注意到海面上的三角魚鰭，全都傻眼了。

第 41 話

馬塔蘭蘇丹國之混血王子的背叛

泗水的馬塔蘭行宮內，秘密抵達的一行人，終於跟 Purbaya 見面了。

「歡迎來自 Batavia 的 Kapitein der Chinezen，以及來自台灣的各位……來到我們的最後據點。」看起來比想像中年輕、且使用大明官話的 Purbaya，令賴科一行人感到頗為驚訝。

「各位是驚訝我會説大明官話嗎？」Purbaya 笑著説：「再怎麼説，Mataram 轄下除了 Jawa 之外，漢人是人口第二多的族群。身為王室成員，當然得學會漢人的語言。再加上我跟 Kapitein 已有多年交情，溝通上應該不成問題。」

「不過，我聽屬下回報，從台灣大船上卸載下來的小船，似乎跟 Bali 的 jukung 很像？莫非台灣跟 Bali 早有交流？」

「聽我的船員們回報，Malay 有些單字如 bangka、vavui，跟台灣的 Basay 用詞是很像的。或許在更久遠之前的年代，曾經早有交流呢。」賴科回應。

「呵呵……對這片充滿海域跟島嶼的世界來説，人群、宗教和國家、東印度公司，或許都只是先來後到的差別而已呢。」Purbaya 彬彬有禮、但卻似乎有點神情落寞的説著：「因此，戰爭、征服與被征服，似乎也是這個世界上再自然不過的輪迴了。」

「敬愛的國王，或許我們所剩的時間不多，可否容我一問：您掀起這場王位繼承戰爭的理由是什麼？」賴科單刀直入核心議題，令連富光也有點驚訝。

「想成為國內權力至高無上的國王，需要理由嗎？」Purbaya 微笑地面對眾人，見到每個訪客臉上驚訝的表情，才緩緩説道：「如果沒有身為國王的權力，

要怎麼回應那些不希望國家被 VOC 吸血到乾涸的人民？你們知道之前歷任國王，為了換取 VOC 的武力支持、穩固王位，有的把最大港口直接無償割讓給 VOC 使用，有的提供大量人民給 VOC 作為廉價勞工，有的把國內的商貿利益直接讓 VOC 深入掌控！」

「然而即使 VOC 已經實質上操控了 Mataram 的政治、軍事和經濟各方面，VOC 仍然刻意保留政府組織來統治 Mataram 這個國家與人民。理由很簡單，因為 VOC 的目標永遠都是盡可能提高獲利。統治大片國土與人民這種耗費人力物力、各種行政管理和防災救難等高昂成本支出都會嚴重侵蝕獲利的苦差事，VOC 寧可留給政府組織去做。」Purbaya 平心靜氣地說著：「若我是 VOC 總督，或許我也會做一樣的事。我可以選擇跟國王站在一起、繼續待在 Mataram 王宮內，過著一如往常的王家貴族生活。只是，如今我選擇的卻是……再也無法忽視眾多人民的請託。」

「這就是……國家和公司的差異嗎？」阿舉不禁想起之前詢問過賴科的疑問。

「好的，我們明白了。」賴科繼進一步深入現實議題：「那麼，請問您評估現況，這場王位爭奪戰是否還有勝算呢？」

「在你們面前我就直說了。現在 VOC 和 Mataram 中西部 Jawa 民兵組成的萬名聯合軍已經推進到 Surabaya 城外，開始準備攻城戰。如果缺乏扭轉情勢的軍力和物資挹注，基本上必敗無疑了。」Purbaya 坦承不諱，但也強調：「不過，即使最終失敗，但反抗的力道若強大到足以讓對手感到痛苦、讓對手意識到之前的作為超過 Mataram 人民所能承受的底線……那麼，這次的失敗，仍然是有意義、有價值的對抗行為！」

第 42 話

泗水絕地大反攻

半年多後，泗水一帶終於迎來了不再頻繁下雨、乾硬地面適合軍事行動的乾季。

在這段期間，先前推進過快的圍城軍也忙著整補物資、準備攻城武器。泗水這邊則由經驗豐富的 Ghacho 協助訓練 Purbaya 反抗軍和連富光的漢人壯丁，緊急改造出多輛 Ghacho 發明的方陣推車。Ghacho 在泗水意外發現當地居民早就知道鐵器添加少量錫可以防止生鏽，之前在邦加島交易到的錫礦正好可以派上用場。

此外，Ghacho 也抽空勘查附近地形地勢，發現泗水城西側和南側都是適合大軍交戰的大片平原，但這對於兵力居於劣勢的反抗軍更為不利。只有西南側一條低矮丘陵、往西方緩緩上升，為了方便控制整個戰場，圍城軍自然選擇把總指揮部設置在低矮丘陵上，並把砲兵主力集中在總指揮部前方。圍城軍的主攻方向如此明確，也不擔心反抗軍嘗試困難的仰攻。對 Ghacho 來說，戰場偵查已經完成。

這一天，晨霧還未完全散去。圍城軍主力砲兵陣地前方的守衛營地，突然遭到加農炮的毀滅性打擊！

待守衛營地的殘兵狼狽地聚集起來，只見眼前赫然出現十幾輛蒙著鐵皮的推車，從槍眼射出致命的箭簇與火力！縱使精銳的火槍兵列陣反擊，仍然無法對鐵皮推車造成任何損傷。煙硝還未散去，守衛營地就已經完全被無情的輾過去！

圍城軍主力砲兵陣地眼看前方陷入一片火海煙霧，陣地指揮官無法掌握敵軍明確位置、也不敢肯定是不是聲東擊西的佯攻，只得趕緊加派傳令回報後方總指揮部。直到荷蘭東印度公司傭兵軍官趕到砲兵陣地，下令直接炮擊前方守衛營地，砲兵陣地的火炮才開始反擊。同時，荷蘭東印度公司傭兵軍官也指揮駐紮兩側平原、原定投入第一波攻城的爪哇民兵出動，準備以優勢兵力四面包圍目前仍動向未明的反抗軍。

　　主力砲兵陣地對前方的盲目炮擊，揚起了塵霧導致視線始終不清。突然間，5 發砲彈從天而降！一處炮陣地立刻遭到摧毀。沒多久，又 5 發砲彈齊射，另一處炮陣地又遭到重創。荷蘭東印度公司傭兵軍官立刻下令火炮瞄準來襲方向反炮擊，但敵方的 5 發齊射總是能迅速轉移到另一個地點！傭兵軍官為了避免砲兵損失過大，改為下令砲兵向後轉移陣地。就在此時，十幾輛鐵皮推車突然從塵霧中衝了過來！

　　從總指揮部趕來的 200 名精銳傭兵，作為壓陣的總預備隊，總算在千鈞一髮的時刻抵達戰場，掩護砲兵轉移陣地。十幾輛鐵皮推車停了下來，只用連續火力保持交戰距離。但對孤軍深入的反抗軍來說，停頓就意味著被包圍、彈盡援絕的下場。

　　然而實情並非如此。鐵皮推車的停頓，只是為了讓火炮推車跟上最前線。在荷蘭東印度公司精銳傭兵眼前現身的，是又一次毀滅性的加農炮齊射。

　　圍城軍總指揮部前方，已經不再具有任何能有效阻止抵抗的軍隊了。十幾輛鐵皮推車摧枯拉朽的輾過總指揮部，上千名泗水反抗軍擒獲來不及逃走的馬塔蘭將軍、佔領圍城軍補給倉庫，丘陵山腳下的大批爪哇民兵，失去戰意奔逃潰散。

　　阿舉和伊排都站到丘陵上，賴科平靜地問著：「Ghacho，你還好嗎？」

　　「謹以此回應我的混血身分，以及 tama 在台灣的作為。」Ghacho 靜靜的回答。

第 43 話

爪哇咖啡

　　泗水的馬塔蘭行宮內，正在舉行簡單的勝利慶功宴。

　　「敬——來自遙遠台灣的神秘英雄！還有我的兄弟 Kapitein ！沒有你們，就不會有這場不可能的勝利。」Purbaya 微笑的敬上一杯：「賴通事，你們必然會離開的，對吧？」

　　「是的。」賴科回答：「不過我想，這場勝利讓 VOC 和 Amangkurat IV 都蒙受重大損失，Mataram 東部許多牆頭草地方領主應該也會倒回您這邊，大概可以為你們爭取到一年左右的緩衝時間吧？」

　　「是呀……真不愧是賴通事，精準的估計。」Purbaya 低頭嘆了口氣，隨後再度微笑的面對賴科：「接下來你們要去哪裡呢？這附近的話，或許我能提供些在地協助。」

　　「往年通事屋船隊總是到 Batavia 做完貿易後就乘風北返了，從未實際造訪過盛產香料的 Maluku 群島。因此，我打算接下來前往 Ambon。」

　　「Ambon 是個美麗的地方，而且直接到香料產地採買也可避免被 VOC 賺價差，確實值得一訪。」Purbaya 微笑說著：「那麼，我也提供 Surabaya 的一點禮物吧。」

　　Purbaya 請侍從到廚房準備。一段時間後，端出好幾杯色澤黑亮、香氣濃郁的飲料給賴科一行人品嘗。

　　「哇！好苦……」阿舉直接脫口而出。

　　「不過香氣很醇厚，飲用後在口腔中還帶有一點焦糖口感的餘韻。」Catherine 品嘗後評論著。

「不愧是熱愛品嘗法蘭西傳教士葡萄酒的 Catherine，口感這麼敏銳。」賴科微笑佩服著：「可惜我們這趟旅程沒碰到法蘭西商人，下次再買給妳啦。」

此時連富光從 Purbaya 手上接過一個小麻袋，打開袋口給大家看：「你們喝的飲料在這裡叫做 Kopi，就是用這種烘焙過的深色豆子磨成粉、再沖泡出來的喔。」

「這是 VOC 從遙遠的 Arabica 引進的經濟作物，目前大概在 Sumatra、Sulawesi 和 Jawa 三座大島有栽種。產量還不多，幾乎都被 VOC 收購到 Batavia、直接裝船載運到他們歐洲本土去銷售，所以很珍貴的唷。」連富光解釋著。

「喔……難怪之前我在 Batavia 市場上從來沒見過。」賴科恍然大悟。

「VOC 用 Jawa 的土地、栽種出來的 Kopi，利潤卻幾乎全被 VOC 賺走，我的人民辛苦工作卻只領取微薄薪資，無法享用 Kopi……實在不能怪他們為何想掀起反抗。」Purbaya 無奈地微笑著：「不過，趁現在我們還能採收 Surabaya 附近莊園 Kopi 的短暫時光，讓人民和我們都暫且享受一下這轉瞬即逝的美好。」

「這裡還有 5 大袋 Kopi，且讓我代表 Mataram 送給賴通事，作為感謝及餞別的禮物。」Purbaya 說著：「或許對賴通事到 Ambon 交易香料，會有意外的幫助喔。」

「敬愛的國王，感謝您的美意，我們就收下了。」賴科恭敬的回禮。

一個月後，通事屋船隊再度啟航，向東航行。
體悟到泗水反抗軍終會失敗的阿舉和伊排，一起在甲板上迷惘的回望。

第 44 話

摩鹿加群島的香料之城安汶

從泗水航向安汶的途中，Ghacho 一直保持高度警戒。畢竟這條航線正好位於蘇拉威西大島南方海域，而武吉士海盜的大本營就位於蘇拉威西西南部半島的港口大城。

然而，沿途實際上看到的卻多是荷蘭東印度公司的武裝商船。直到抵達安汶後，眾人才發現安汶不僅只是一個荷蘭東印度公司的貿易據點，更幾乎被經營成一個海軍基地了。城堡外的市鎮街道上，雖然仍有許多不同族群在此從事熱鬧的香料交易，但海灣內卻完全見不到葡都麗加、日斯巴尼亞和英國東印度公司的商船，可見荷蘭東印度公司意圖以強大海軍強勢獨佔摩鹿加群島香料市場的決心。

當賴科一行人下船後、進入市街尋找香料商人時，發現正如 Purbaya 所料，咖啡豆在安汶相當受到一般市民的歡迎，但只有荷蘭東印度公司職員才得以獲得穩定供貨來源。因此，通事屋船隊帶來的咖啡豆，在安汶的市場上很輕易就能賣到好價錢。賴科再用這筆意外之財另外購買了肉豆蔻、丁香等珍貴香料，以及適合做成美味甜點的西谷米。

「多謝大人惠顧。請問大人是要帶到會安？廈門？還是馬尼拉轉賣呢？」香料小販聽到賴科用閩南語說話，忍不住想多閒聊幾句、看能不能培養成長期合作客戶。

「大叔，你的閩南語口音不太對喔。」伊排突然冒出一句話。

「唔嗯……」賴科意識到伊排的敏銳注意力，於是裝作隨口回應：「我打算帶到馬尼拉轉賣看看，就算賣不掉，回台灣應該也可以賣個不錯的價錢。」

「你們是台灣來的？！」香料小販突然驚訝，隨後轉為低聲：「請問大人能否順路載我一程？」

「先説説你要去哪裡。」賴科簡短回應。

「我叫 Homa，我想回到 Coulon。」香料小販小聲改用族語自我介紹。

「Coulon 人怎麼會跑到遙遠的 Ambon 賣香料？」雖然虎茅的族語確實相當標準，賴科仍然對於北台灣的龜崙社人跑到香料之城當小販，感到相當難以置信。

「説來話長……我們到比較安靜的地方談吧。」虎茅歷盡風霜的臉上露出淺淺的笑容：「我在 Ambon 待了超過 20 年，也不曾想過會有台灣商人在此出現啊！」

虎茅收拾攤位物品，帶著賴科一行人回到他狹小簡陋的住處。

「這個故事，可能要先從我的父親開始説起……其實父親他是來自 Indias Orientales Españolas 的 Cagayan，成年後到馬尼拉找工作，就被長官帶到台灣的 Fuerte de San Salvador 當士兵。1642 年被 VOC 打敗後，就成了 VOC 的奴隸。」

只見平時開朗的 Catherine，此時罕見的面無表情緊皺眉頭。

「不過後來我父親遇到一位 VOC 軍官 Bitter，據説對我父親很好。所以後來 1668 年 VOC 公開撤離台灣時，Bitter 準備秘密帶一小隊滯留台灣從事敵後任務。父親想追隨，卻被 Bitter 拒絕。於是父親跟幾個 Cagayan 族人決定也秘密留在台灣，最後跑到 Coulon，認識了我的母親。所以，我是個 Cagayan 和 Coulon 的混血後代。在村社長大成年後某一天，我意外遇到 Bitter 長官，便決定繼承父親的遺志追隨他……」

這時候，連 Ghacho 都變得臉色相當難看，而賴科則神情嚴肅不發一語。

第 45 話

前往宿霧的麥哲倫十字架

「發生什麼事了啊？」阿舉察覺到氣氛有異，湊到伊排耳邊悄悄問，沒想到立刻被伊排手刀敲頭：「唉唷！」

「情況不妙。」伊排露出標準的死魚眼：「這時候最好安靜聽下去。」

「嗯？感覺得出來我的身世背景似乎跟各位大人有著微妙關聯？再怎麼説我也當了 20 年的香料小販，沒什麼長進，但也不至於察覺不出來。或許各位大人還是聽我講完，再做決定也不遲。」虎茅微笑的繼續説：「我曾經跟少數族人太過輕忽的跑到 Parihoon 打獵，被突然來襲的 Kavalan 俘虜。所幸沒過多久，跑到 Kavalan 的 Bitter 長官正好需要一名懂 Atayal 語的翻譯。所以，我很感謝 Bitter 長官救了我，並讓我感受到自己的混血身分並非是一件自卑的事，反而能做出別人做不到的貢獻。」

「不過，就在北台灣突然出現一座大湖後、Bitter 長官準備策畫一場大型作戰計畫的那個冬天，我生了重病，被聯絡船送回 Batavia 療養。等到我下一次見到 Bitter 長官時，已經是他身受重傷、被緊急運回 Batavia 動手術的時候了⋯⋯」

「後來，那位 Bitter 長官的下落呢？」賴科總算開口。

「他手腳殘缺，行動不便，喃喃自語説他在台灣的事業已經結束⋯⋯之後就被運回荷蘭本土了。」虎茅低沉的説著：「那時我情緒相當低落，彷彿也失去了人生目標。所幸當時的 VOC 總督給了我自由民的身分，帶我到他的家鄉 Ambon 做販售香料的小生意，我才得以生存至今。」

「今天遇到各位大人，或許是很奇妙的緣分。即使我懂得多國語言、身上流

著一半 Cagayan 血液，終究還是在 Coulon 長大成人。所以……我把我所有的香料存貨都送給你們，懇請各位大人帶我回台灣，終老一生。」虎茅深深地鞠躬。

賴科沉默一段時間後，終於轉頭看向阿舉和伊排，用比較緩和的表情問：「你們的看法呢？」

「……欸？……呃，我了解的資訊有限，還不該妄下評斷。」阿舉實話實說。

「大叔，你這麼輕易放下在 Ambon 的一切，應該還有其他理由吧？」伊排面無表情的提出問題。

「我只是覺得，若沒把握這次意外遇到台灣商人的機會，以後恐怕再也沒機會回家鄉而已。」虎茅微笑的回答。

「阿舉跟 Ipay 都說得很好。」賴科對孩子們讚許後，終於做出決定：「Homa，你很擅長把握機會呢。希望你回到 Coulon 後，能跟我們保持良好的貿易關係。」

「Homa 謹記主的教誨，受人恩惠必當湧泉以報。」

幾天後，在虎茅的協助下，聯絡上一位經常在附近海域航行的馬來商船船長，帶領通事屋船隊往北穿越島嶼眾多、水路複雜的摩鹿加海域。在蘇拉威西大島東北部大城短暫停留後，再繼續往北航行到菲律賓群島。

在賴科的指示下，通事屋船隊首先前往群島中部港口大城宿霧，然而卻並非商務行程。一行人下船後步行到港邊的麥哲倫十字架，身為天主教徒的 Catherine、伊排和虎茅隨後立即上前禱告。

第 46 話

麥哲倫十字架旁的 StoryTeller

阿舉回望港口，發現除了各國的貿易商船之外，也有許多艋舺小船來來往往。阿舉好奇的詢問：「賴通事，您安排到 Cebu 的行程是？」

「其實通事屋船隊往年到 Batavia 交易完之後，北返就會直接到 Maynila 了，所以我也是第一次到 Cebu 喔。」賴科回答：「讓通事屋的天主教徒們到聖地巡禮是其中一個目標，另外則是……我跟 Ghacho 也都很想親自走訪這個讓西洋冒險家 Magallanes 完成環繞世界一圈壯舉、卻被當地原住民所殺的特別地方。」

「什……什麼？世界是可以繞一圈的？」阿舉彷彿發現新世界般不可置信：「可是我之前在賴通事那邊看到的地圖，是平的呀……」

「呵呵……看來接下來去 Maynila，我得去多買個地球儀擺在通事屋囉。」賴科看到阿舉的反應感到頗為有趣：「不過，這也恰好跟豎起這根十字架的 Magallanes 先生很有關係呢。阿舉有興趣聽我說個故事嗎？」

「當然要聽囉！」阿舉熱切地想盡可能跟賴科學習新知。

「故事大概得從另一位西洋冒險家 Colombo 開始說起囉。大約 200 多年前，西洋人其實還不曾直接駕著大船跑到世界各地貿易、甚至占領土地、統治人民。而且，聽說那時大部分西洋人也不相信地球是圓的呢！所以阿舉別太難過啦。」賴科笑著說。

「不過，這位 Colombo 先生不僅深信地球是圓的，還想親自證明這件事。於是他到處遊說投資人，總算獲得資助，組織船隊往西方大海航行。話說啊，我們前陣子去 Maluku 群島交易到的香料，可是西洋各國的高價商品呢！偏偏在西洋

跟東洋之間的陸地上，存在著一個非常強大的 Ottoman 帝國，對路過的香料貿易商品課了很重的稅。所以囉，如果能夠找到一條不會被 Ottoman 課重稅的新貿易路線，這樣中間的價差就改由掌握新路線的投資人大賺一筆了！這才是西洋投資人願意耗費巨資支持 Colombo 的真正原因唷。」

「有趣的是，那位 Colombo 先生向西航行、實際上抵達的並非他以為的東洋和印度，而是後來被稱為 America 的新大陸。真正經過 America、再穿過世界上最大片海洋而抵達東洋的，就是到此豎起十字架的 Magallanes。」賴科滔滔不絕的說著：「從此以後，西洋人藉由在 America 發現的大銀礦，船運到 Maluku 群島採買各種香料，或跟明清帝國購買絲綢、瓷器、肉桂等各種商品，再運回西洋各國販賣，賺了大錢，後續又引發西洋各國紛紛到東洋成立各自的東印度公司。台灣北部的硫磺、南部在 VOC 規劃下曾經盛產的蔗糖、以及曾經大量出口的鹿皮，都因此加入了這個全球性的貿易網路中。阿舉家裡應該也見過佛頭銀吧？就是透過貿易流通到台灣內部的喔。」

「不過，全球性貿易、移動的不只是商船和貨物。無論是 America 或東洋各國，原本都有長久生活的居民。然而，各大國內部的人口壓力，碰巧也利用這個機會轉移到『新世界』拓墾、開發。結果，無論在 America、或我們前段時間待的 Jawa、當然還有台灣本身，都面臨著原住民跟新來的拓墾者、統治者如何相處的嚴重問題。」

「故事說到這裡，先回到我們所在的 Cebu。約 200 年前，這位 Magallanes 先生介入當地人的衝突，在此喪命。但現在，整個菲律賓群島都被日斯巴尼亞統治了。」

第 47 話

·

馬尼拉日本人町

「那麼，聽了我快速介紹的一段 200 多年來、在世界各地持續發生故事後，對於台灣中部 Papora 跟漢人、官府之間的處境，阿舉你有什麼想法呢？」早已注意到躲在一旁聆聽的伊排，賴科也接著微笑地詢問：「那 Ipay 呢？」

阿舉和伊排都沉默以對。

「很好，不需要現在說出答案。」賴科微笑的摸摸兩個孩子的頭：「保持好奇心，持續探索、見聞，持續探究、思考。這個世界上永遠沒有標準答案，只有面臨各種不同處境時，期許自己可以做出當下問心無愧的回應與決定。」

「其實，出於我自己的好奇心，我還蠻想進一步了解這些使用跟 Basay 非常類似的 bangka 的 Cebu 當地人，他們的語言文化、族群互動，跟台灣之間是否存在著什麼樣不為人知的關係。」賴科手上突然拿出一個綠色的玉器：「我剛才跟路邊小販隨手買到的小東西，不知為何，總覺得跟 Pangcah 那邊生產的玉器很像呢……」

「我也很好奇。」Ghacho 微笑的支持著賴科。

「那好，我們就在 Cebu 多玩幾天吧！陽光、沙灘、美麗的淺海呀……說不定會遇上一場浪漫的異國戀情呢……」Catherine 開心的說著。

幾天後，通事屋船隊航向日斯巴尼亞東印度領地的總督府所在地馬尼拉。

「Catherine 阿姨，妳有遇到浪漫的異國戀情嗎？」伊排照慣例死魚眼問著。

「……Ipay……我開始後悔以前用毒舌的方式帶妳長大了……」Catherine 翻白眼了。

一行人抵達馬尼拉後，見識到用連綿石牆和許多向外突出的稜堡圍繞起來、被當地漢人稱為「王城」的大範圍城區，展現出日斯巴尼亞在此地的強勢統治風格。

　　不過，賴科並未帶大家進城，反而繼續沿著河流進入到王城後方、被稱為 Dilao 的日本人町。這裡是 100 多年前因為信仰天主教被趕出日本、到馬尼拉落腳的日本高山右近氏族所建立的海外日本人城鎮。一行人最後走到城鎮中心一個紀念碑廣場，賴科停下腳步。

　　「賴通事，您這趟旅程中好像常在找日本人？是貿易對象嗎？」阿舉問了起來。

　　「喔 ... 阿舉不知道呢。」賴科輕聲回應：「約 30 年前，在 Takayama 桑的大力支持下，通事屋才得以順利運作起來。雖然 Takayama 桑已經過世了，我仍想説應該到此地親自向 Takayama 氏族致意。對了，這個紀念碑廣場所紀念的人物、也是這座日本人町的建立者，正是 Takayama 桑的祖父 Takayama Ukon 喔。」

　　「為什麼賴通事剛才介紹説，Takayama 氏族被趕出日本呢？」阿舉感到好奇。

　　「100 多年前的日本還處於戰亂時期，許多人過著困苦的生活，剛好此時天主教隨著西洋人到日本貿易而傳入，不少人改信天主教。不幸的是，那時好幾場動亂被統治者認為跟天主教有關，所以多次發布禁教令，也禁止到海外貿易的天主教徒回國。」

　　「怎麼會這樣想呢？信仰跟動亂有直接關連嗎？」阿舉更加不懂了。

　　「是沒有直接關聯，但有號召力就夠讓統治者擔憂了。」賴科意味深遠的回應：「從統治者立場來説，會嘗試尋求結合或結盟。但若始終不合，衝突也就難免了。」

第 48 話

認同

　　隨後，賴科一行人嘗試跟附近日本居民打聽高山氏族的消息，最後才得知德川幕府前幾年特地赦免了高山氏族的禁令，所以整個家族都搬回日本了。阿舉和伊排，似乎都注意到賴科、Ghacho 和 Cahterine 眼神中的落寞。

　　回應的年輕女孩似乎是一位大戶人家外出採買的僕從，日語不太流利，外表看起來也不像日本人。此時，虎茅突發奇想，嘗試用他從父親身上學到的少許他加祿語詢問，意外得知她剛好是來自呂宋島東北部的卡加延人！

　　看到虎茅跟卡加延年輕女孩聊得開心，賴科微笑的上前詢問：「Homa，是否有興趣到你父親的 Cagayan 家鄉看看呢？」

　　「真的可以嗎？」虎茅似乎也有點心動：「我跟這位女孩聊了之後才知道，原來 Tagalog 語只是菲律賓群島中部的通用語，Cagayan 那邊還有更多地方語言。不過，也正因為 Maynila 是大城市，許多 Cagayan 人就像這位女孩一樣跑到 Maynila 工作，漸漸也都只說 Tagalog 語了……當年我的父親大概也是這樣的吧……」

　　「當然可以。待會也可以把船上那些你帶來的香料、帶到王城賣掉，全部當作你接下來的旅費。」賴科笑著繼續說：「不過，我們還得回台灣工作，只能就此分道揚鑣囉。之前聽你提過，Cagayan 位在呂宋島最北部。我記得呂宋島跟台灣之間有一連串島嶼，聽 Tao 提過彼此都有往來。因此，你可以循這條路線北上台灣喔。」

　　「欸？呃……我想我還是跟各位大人一起回台灣好了。」虎茅笑的有點尷尬。

一行人接下來進入馬尼拉王城區，一邊尋找有意購買香料的貿易商，另外一邊幫首次到馬尼拉的 Catherine 打聽 Aguilar 家族的消息。

　　然而就跟往年通事屋船隊多次的回報消息一樣，Aguilar 是個很普遍的姓氏，甚至還有找到跟 Domingo Aguilar 完全同名同姓、但跟台灣毫無關係的人。

　　「其實，只是出於對 baki 的族人好奇，和對於自己明明在 Basay 村社中長大、卻信仰天主教、學會 Español 的源由追尋而已。」Catherine 悠悠的說：「小時候總以為純粹只是受 binay 的影響，但長大後發現其實仍然是自我認同的選擇。就算是一個從小到大都在村社生活、不與外界接觸的傳統 Basay，終究還是會受到外來的影響。」

　　「身為 Basay，也身為天主教徒，北台灣的統治政府從 Indias Orientales Españolas、VOC 到現在的大清帝國……外在的環境隨時都會改變，很多時候確實會為了生存而跟現實環境妥協，但自我認同仍可以依自身的自由意志、不須為了別人的眼光做選擇。」

　　「Ghacho、Homa 和 Ipay 都是混血，賴科雖然是漢人、卻在 Basay 社群中發展出通事屋事業，阿舉雖然是 Gomach、卻困擾於蒲氏悅選擇了漢人文化對吧？血緣、語言、文化和國家的認同，或多或少都讓人困擾。但我很幸運能遇到這群願意尊重包容彼此各種差異、一起共事的好夥伴，讓我找到了自己的認同歸宿。這陣子在菲律賓群島感受過 Español 式的生活文化與族群衝突，我已經心滿意足，baki 的家族找不到也沒關係了。」Catherine 難得說了一大串正經的感言。

　　阿舉一邊聆聽思索著，一邊注意到伊排雖然不發一語，眼神卻變得柔和起來。

第 49 話

從大海歸來

　　離開馬尼拉前，賴科以比荷蘭東印度公司低一成的售價，把船上大部分香料賣掉。日斯巴尼亞商人大讚賴科不像荷蘭東印度公司哄抬價格，賴科只笑笑地向虎茅點頭致意。接下來，賴科帶大家走進一間精品店買下兩組地球儀，最後才返回船上。

　　「賴通事怎麼買了兩顆地球儀呀？」阿舉好奇的詢問賴科。

　　「一顆送給你呀，以後這顆地球儀就可以每天都提醒你地球是圓的。」賴科瞇瞇眼笑著回答，看起來心情很好。

　　「呃！這麼貴重的禮物……」阿舉突然有點不知所措。

　　「呵呵，要感謝 Homa 帶來的香料，這次大賺一筆，買禮物小意思啦。」賴科開心的説：「而且，透過這次旅程，更深入了解西洋各國狀況。日斯巴尼亞在歐洲本土連年打仗，海上已經越來越爭不過 BEIC 和 VOC 了；Catherine 朝思暮想的法蘭西帥哥更缺乏經營東印度貿易的實力，只剩下窩在大清帝國皇宮內忙著畫地圖的傳教士了。只要我們能確保 Ambon 那邊的香料產地貨源，部分手頭拮据的日斯巴尼亞商人，未來肯定只能成為通事屋的忠實客戶了。」

　　「比較值得擔憂的，大概依然是這些西洋人跟東印度當地人、以及越來越多外來漢人的三角關係了……哎，説起來，台灣不也正面臨著類似的狀況嗎？」賴科彷彿若有所思：「不過，到時候就是阿舉和 Ipay 你們要面對的了喔。」

　　「那麼，春天的南風逐漸揚起，我們要返回台灣囉。」賴科向所有船員宣布。

航行幾天後，感覺好像逐漸習慣暈船的阿舉，眼前終於再度看到陸地。此時阿舉注意到所有人都神情緊繃的聚集到甲板上，航行的速度也放慢，便連忙跑到伊排身邊詢問。

　　「阿舉哥你傻啊，我也是第一次到這裡，怎會問我？」伊排先是白眼了一頓，之後才緩和語氣：「好啦，我幫你問 tina 吧。」

　　「這裡是台灣最南端沙馬磯頭南方水域，淡水社船曾經在此觸礁，飄到前面的淺灘，差點跟當地的 Seqalu 發生衝突。」賴科微笑回應：「我安排 2 艘淡水社船從台灣東部北上，把東部村社所需的貿易貨物依序運送到 Taroboan 和 Talebeouan 通事屋，所以 Ghacho 決定親自帶船隊穿過這個充滿暗礁的海域。」

　　「我們到台灣西部後也會分成兩隊，通事屋旗艦單獨到府城、笨港、鹿仔港販售貨物，另外 2 艘淡水社船直接到五汊港載運 Gomach 的稻米。」賴科微笑地對阿舉說明行程：「放心，最後會在五汊港放你回家的。」

　　賴科一行人抵達府城，才從當地小販口中得知在他們遠離台灣的這段期間，大清的康熙帝過世、雍正帝繼位的天大消息。不過，對賴科來說，因干豆門天妃廟而建立交情的前任諸羅縣縣令周鍾瑄，此時正好任職管轄府城的臺灣縣縣令，或許才更要順道去拜訪敘舊一番。閒聊中得知因之前朱一貴事件、大雞籠社通事維持地方安定及協助事後搜捕餘黨的官方獎賞是淡水社船再增為 6 艘，賴科不免又微笑了起來……。

第
三
章

新政引漣漪
漢民再進擊
村社各求生
肚山風雲起

第 50 話

林秀俊

五汊港內，通事屋旗艦與 2 艘滿載稻米的淡水社船會合。

睽違將近 2 年才返回家鄉的阿舉，帶著賴科贈送的地球儀下船。蒲氏悅、弟弟阿良和一位不認識的年輕男子，熱烈的歡迎阿舉的歸來。

「baba、阿良，我回來了。」經歷南洋之旅的洗禮過後，阿舉變得比以前敏感許多：「這位是？」

「來，阿俊，自我介紹一下。」蒲氏悅並不直接回答，而是請年輕男子出面。

「阿舉哥您好！我是來自福建漳浦的漢人林秀俊，到牛罵社一年多來，深受您的父親照顧了。」林秀俊客氣有禮的自我介紹。

阿舉看著眼前這位彬彬有禮、自稱林秀俊的年輕男子，腦內突然不自覺冒出了各式各樣的猜想。唯一可以肯定的是，阿舉內心那股想跟家人分享這段南洋之旅的熱切心情，已經迅速消褪了。

阿舉回到家中後，趁林秀俊外出辦事時，神情嚴肅的找蒲氏悅談話：「baba，請問這位阿俊是？看起來不像來承租土地開墾的漢人。」

「阿舉觀察力進步了很多，很好，看來這趟海外貿易旅行你應該學到了不少。」蒲氏悅微笑的回應：「是的，阿俊並非漢人佃農，而是我們家族事業的新夥伴。所以，希望你之後跟阿俊好好相處。」

「這是怎麼回事？baba，難道你要讓那個阿俊像 Tarranoggan 的張達京一樣、擔任 Gomach 的漢人通事嗎？」

「喔！阿舉你讓我太驚訝了！你才見過阿俊沒多久，推測卻如此精準無誤！」蒲氏悦感到相當欣慰，繼續保持微笑地說著：「阿俊的本意，確實是想擔任漢人通事。」

「baba，我反對！」阿舉直言不諱：「雖然我跟阿俊還不熟，不想隨便評論他是好人還是壞人。但現在整個台灣中部臣服於官府的村社，大部分都有漢人通事，你一定也都看到他們為了自身利益、對待各村社族人的惡劣情況。像大雞籠社賴通事那樣跟管轄村社關係良好的漢人通事，在我看來是少見的特例。所以我必須明白表達我的擔心跟戒心，避免 Gomach 將來也面臨跟其他村社一樣的族群衝突。」

「阿舉，你有想過為何整個台灣中部歸順大清的村社中，幾乎只剩下 Gomach 和 Salach 沒有漢人通事嗎？」蒲氏悦微笑反問。

「呃……」阿舉為之語塞：「還真的沒想過。」

「因為我跟 Salach 的嘎即頭目，是台灣中部村社中最努力跟官府維繫良好關係的熟番代表。這也導致官府認定 Gomach 和 Salach 還沒有設置漢人通事的必要。」蒲氏悦罕見地展現銳利眼神說著：「我明白阿俊的野心，但我也正藉此利用他的長才。阿俊具有規劃開鑿水圳灌溉水稻田的優秀能力，我把他納為己用，才能避免 Gomach 的漢人依附到他那邊、降低被挑起的族群對立，我便能繼續以熟番身分作為 Gomach 的官府代表。這樣你明白了嗎？」

蒲氏悦的周密考量，令阿舉大吃一驚，也深深感到自己仍不夠深思熟慮。

第 51 話

沙轆社盲頭目嘎即

「不過，接下來我們的『身分』，要開始做出一些你可能不太喜歡的轉變。」蒲氏悅語重心長的說道：「現在來到 Gomach 的漢人佃農，幾乎都是來自福建泉州各縣的移民。但這幾年來，在台灣最具有影響力的文武官員，特別是朱一貴事件後，立下最大軍功的現任臺灣鎮總兵藍廷珍，作為首席幕僚謀士、深受新任雍正皇帝重視意見的藍鼎元，和實地走訪調查並編寫《諸羅縣志》的陳夢林，還有前任臺灣北路營參將阮蔡文……這些大官要員都是漳州漳浦縣人。」

「啊……阿俊好像也是漳浦人？」阿舉突然想到。

「很好，阿舉這樣想就對了。」蒲氏悅微笑著：「朱一貴事件後沒多久，阿俊就來到 Gomach 尋求發展，我想這絕非偶然。」

「所以，未來我們面對新來的漢人時，都要改稱我們也是來自漳州漳浦的蒲氏家族。這樣才能進一步讓阿俊的身分優越性降低影響力。未來，你會有一個新的漢人姓名蒲文舉，而弟弟則是蒲文良。」蒲氏悅說出了讓阿舉震驚不已的決定：「不過，在族人面前，我們永遠是 Gomach，不會改變。」

「……」阿舉一時仍感到相當難以接受：「baba，非得要做到這種地步才可以嗎？虛假的身分，在不同人面前的不同表態……我真的覺得很難受……」

「是啊，是不好受。但我們畢竟跟原本就是漢人的賴通事不一樣。大清帝國依靠漢人通事來管理村社，我們唯有在他們面前表現出漢人的語言與文化，才能獲得官府的信任與授權，才能避免 Gomach 被只顧自身利益的漢人通事欺壓。」蒲氏悅說道：「而且你知道嗎？隔壁 Salach 老頭目嘎即，也是這樣扮演雙面人

的。」

「嘎即頭目？」阿舉從小就認識這位沙轆社的兼具慈祥與威嚴的盲眼老前輩，但雙面人的說法卻第一次聽過。

「這件事發生在你參加南洋貿易旅行那段期間。」蒲氏悅優雅的倒了杯茶，緩緩喝完後才繼續說：「朱一貴事件後，大清官方開始派遣『巡臺御史』到台灣巡視各地，目的大概是為了提早糾察出荼毒鄉里的惡劣地方官，畢竟朱一貴事件可以說是當時的代理鳳山縣知縣引爆的事件。首任漢人巡臺御史黃叔璥在那一年，從府城一路巡視到 Salach，就是嘎即頭目接待的。」

「那天晚上，御史黃大人留宿 Salach，我也被嘎即找去參加晚宴。席間聊天，嘎即竟然主動跟黃大人說，有漢人想購買 Salach 南部的肥沃土地來開墾，他表面上假裝答應漢人、請漢人可以直接找擁有那片土地的族人洽談細節，私底下卻要求族人聚眾公開拒絕漢人買地。」蒲氏悅靜靜的說著：「嘎即私下跟族人說，土地一旦賣給漢人，以後就會繼續被擴大侵占，Salach 最後就會消失了！可是嘎即必須跟漢人保持良好關係，公開拒絕漢人怕會被抱怨、甚至告狀到官府，所以才請族人幫忙配合演出這種兩面手法……」

「嘎即頭目的作為，我完全能理解。」蒲氏悅輕輕嘆了口氣：「只是，他這麼誠實的跟御史黃大人說，難道不怕黃大人揭發他的話術嗎？我很為他擔心。」

聽了這件事的來龍去脈後，阿舉默默地低下頭，沉默不語。

第　52　話

阿河巴

「阿舉，希望我說的這件事，不會讓你對嘎即頭目的兩面手法感到失望。嘎即頭目深受到 Salach 族人敬重，不是沒有原因的。」蒲氏悅繼續緩緩說著：「之前也發生過 Salach 農作歉收的狀況，嘎即頭目就來找我洽談能不能安排 Salach 族人到 Gomach 幫忙收割，換取一些稻米。這聽起來很像是北台灣 Basay 的『打工換粟』模式，我當然是答應了。」

「嗯……我明白了。」阿舉無奈地說著：「我原以為到海外遊歷、增廣見聞之後，對於家鄉的困境終於想通了。看來，我還有很多事需要更深入去了解……」

「阿舉，結合你在海外的見聞、以及家鄉當地的實際情況，或許更能夠觸發出當地人所想像不出來的突破困境之道。」蒲氏悅微笑說道：「好啦，久違的回家了，先好好休息一下。有空到山上走走、散散心，或許會看到不一樣的景象。」

大肚山東麓，向東傾斜的紅土台地上，張達京帶著一群曾在張鎮庄開墾的農民、和廣東大埔來的客家鄉親，浩浩蕩蕩的走到下雨後沖刷出來的土溝所形成的小河流旁邊。水聲潺潺，紅土鬆軟，眾人的腳都陷入泥土裡，眼神卻盡是一片期待。

「各位鄉親！申請已久的『張振萬』墾號，官府終於通過了！以後，腳下這片土地，就是各位可以盡情開墾的新天地！」張達京中氣十足的宣布。

「這裡會不會有番人出草啊？南邊的張鎮庄就是因為許多人被出草，被官府下令不准再刺激番人，毀田廢庄！」一名曾經在張鎮庄開墾的佃農抱怨著：「拜

託，我們都只是安分種田的莊稼人，哪有什麼刺激？是那些殘忍沒人性的生番亂殺人才不對吧！同為漢人的官員卻祖護生番！」

「請各位放心，這裡之前是牛罵社和沙轆社的獵場。這兩社熟番都已經早就不再出草了，頭人們也都很順從官府。不用怕，盡量開墾就行了！」張達京信心滿滿的回應。

「張通事，那水源呢？」另一名前陣子才抵達的大埔鄉親提出疑問：「我們是都很習慣在坡地開闢梯田了，但水稻田不能無水。這裡看起來是有許多條小河流，但水都很快往南流掉了。」

「不用擔心，我在這一帶當通事不是白當的。」張達京說著：「北邊有一條水量豐沛的大甲溪，我早已計畫開鑿水圳，把大甲溪的水引過來灌溉。當然這是個不小的工程，就請大家一同來努力啦！」

「喔喔喔！真不愧是值得信賴的張通事！」眾人紛紛鼓掌稱許。

「張通事，我們在這裡成立的新村庄，要不要由您來取個好名字呢？」曾在張鎮庄開墾過的佃農開始鼓譟。

「我想想啊……『河巴』庄……各位覺得如何？」張達京起了個頭：「期許不久後的未來，這裡會是個河道縱橫的良田美地！」

「阿河巴？好名字！」眾人紛紛贊同：「就叫阿河巴庄吧！」

眾鄉民似乎有點會錯意了呢……但將錯就錯也無妨。張達京志得意滿的，微笑著。

第 53 話

漢番界碑難以阻「藍」

　　大肚山南麓，從大肚南社通往猫霧捒社的路途中，一塊新設置的厚重石碑，醒目的阻擋在道路上。

　　「這塊就是……覺羅滿保和陳璸那些老是主張漢番隔離的消極封禁派高官，在台灣從北到南、沿著漢番交界設立的其中一塊界碑。」藍廷珍相當不屑一顧：「哼！張總兵的張鎮庄開墾事業，就這樣毀棄了。」

　　「是啊……沒想到吾之上書申議，仍未能改變高層的做法。」對自己的全面見解頗為自負的藍鼎元，不免也輕嘆一口氣。

　　「賢弟先前倡議以半線為縣治新設立彰化縣、八里坌等地增設巡檢或駐軍，皆已落實。此外，朝廷徵召賢弟上京參與編修志書，閩臺新赴任官員皆向賢弟徵詢治理建議，顯見賢弟之才備受各方倚重。」藍廷珍為藍鼎元打氣著：「所以，還請賢弟繼續發揮所長，為社稷出謀劃策！」

　　「那是當然。」藍鼎元正色回應：「吾居台灣這幾年來，觀察到了許多獨特的風俗民情。臺民好鬥，一點小事就起爭執，動輒村庄彼此攻殺，客庄尤其團結。牛隻為重要財產，偷牛賊盛行，還會重新烙印牛隻編號來混淆，審理案件的官員也難以明辨。臺民好打官司，訟師特多，連最近府城的新港、蕭壠、麻豆、目加溜灣四大社熟番，亦頗擅長訴訟！」

　　「台灣賭風最盛，兵民皆然。廢事失業，損財召禍，爭鬥作非，常由於此。鴉片煙在台灣亦頗為盛行，無賴惡少，群聚夜飲，遂成風俗。誘後來者，初赴飲不用錢，久則不能自己，傾家蕩產矣。」

「凡此種種亂象，吾認為皆因家眷渡臺禁令所致。無宗室家族之累，羅漢腳遊手好閒，不逞凶鬥狠興訟也難。因此，吾將倡議解除家眷渡臺禁令，反倒是無家眷者不許渡臺，如此方能安於家室，消除作亂根源。」

「而新成立的彰化縣境內，尚有大片沃土可供開墾，豈有閒置荒廢之理？因此，吾亦會提出新倡議：若高官仍將番地視為禁地，那就請番人自行開墾成田園，給予一年期限；若未能墾成田園，就改交由漢民來開墾吧！」

「賢弟說得好！」藍廷珍大為讚賞。

「況且內山生番雖矯健嗜殺，仍須依靠深林密箐藏身。若開墾成廣大田園，則生番無處躲藏，就難以隨意出草了。」

「吾聽聞北台灣有竹塹荒埔，地廣百里，可闢千畝良田，又當孔道要衝。然而棄置未墾，導致生番隨意出沒，截殺往來行人。但此大片土地若要開墾成田園，只靠漢民恐怕還不夠力，因此便須出動全台文武官員，各自出錢出力、自備牛隻農具、號召佃農墾地。如此數年、豐收盈利，以天地自然之賦，為官員養廉之銀，又可去除生番危害、增益賦稅、豐足民食，此一舉而數善備者也。」

「因此，吾在此願為兄獻上一計：請吾兄作為表率，率領官兵冒險進入原張鎮庄墾地、或周圍各地，建立屬於吾兄之開墾事業！以吾兄之功績，大業必可成！」

「賢弟之計甚好……」藍廷珍露出意味深遠的微笑。

第 54 話

藍張興庄

雍正二年冬，藍廷珍帶著管事、以及「藍張興墾號」申請書，一同前往彰化縣府衙署。

「縣令大人，藍某有意身先士卒，為朝廷社稷開疆闢土、增加賦稅。日前已令管事前往實地勘查、劃定四至，東至旱溪，西至轆牙溝，南至阿密里烏溪，北至二分埔貓抵。請大人看在藍某平定台灣、安定社稷之微薄功勳，核准此番申請。」藍廷珍面帶微笑地向彰化縣首任知縣談經正提交墾號申請書。

談經正差人拿來地圖，端詳一段時間後，不免輕嘆了口氣。

「藍提督，此處為漢番界外之內山番地，照規定是禁止進入開墾的……」

「縣令大人或許初抵台灣未久，然台灣孤懸海外，更需文武官員通力合作，俾利政通人和。現任臺灣鎮總兵官林亮亦為藍某漳浦同鄉舊識，是否須請林總兵一起來共同會商呢？」藍廷珍仍保持微笑。

談經正又嘆一口氣，再怎麼說，官場打滾多年，不會不知道藍廷珍現下正是雍正帝眼前的大紅人，也很清楚漳浦派系官員如今在閩臺地區的深遠影響力。

「那麼，藍提督是否與當地番社『溝通協調』過了呢？」

「已與大肚南社及貓霧捒社番簽立合同，未來將代大肚南社繳納社餉一百七十兩銀、代貓霧捒社繳納社餉七十兩銀，共二百四十兩。」管事代為回答。

「本府知悉。那麼，待縣府差役至現地訪查，確認民番無礙、四至界定後，即可給印單，准墾執照。」談經正無奈回應。

雍正三年初，農曆新年後。一批又一批的水師小船，頻繁往返著大肚山南側的大肚溪。然而，在渡口下船的，卻非水師官兵，而是偷渡的農民。

　　一群又一群農民，被引導走向新成立的藍張興庄。農民眼中充滿著期待與衝勁，畢竟早已聽聞此地土壤肥沃，辛勤工作個幾年，說不定就能累積不少資本，衣錦還鄉過上好生活。

　　管事依藍廷珍的指示，迎奉媽祖神像到拓墾聚落中心，預計建立起「藍興宮」。多數來自漳州的農民有了信仰寄託，在異地工作的浮躁心情也較為安定了些。

　　眼見開墾事業順利進行，藍廷珍與藍鼎元、管事站在藍興宮附近一個隆起的小土墩上，視野良好，放眼望去盡是美好的開發景象。

　　「兄為何取名藍張興庄？莫非與張鎮庄有關？」藍鼎元好奇一問。

　　「那是當然。前總兵張國待藍某如父兄，在張鎮庄的基業上再向東開拓，飲水本思源，不可忘卻張總兵之遺願。」藍廷珍每當提到張國，總是崇敬有加。

　　「吾深信藍張興庄必能在此蓬勃興業。」藍鼎元微笑地說：「只怕未來丁口日益繁多，藍張興庄勢必會形成無數聚落，甚而熱鬧街市。吾兄是否先為此地命名？」

　　「唔……」藍廷珍踩了踩腳下的土墩，靈機一動：「未來此地就命名為大墩吧！」

　　遠方森林裡的番人，眼看著漢人又一次的入侵，截然對立的心情，難以平抑。

第 55 話

遍地出草

雍正三年秋，沿著大甲溪往上游，樸仔籬社附近一帶，從今年起開始成為漢人的軍工料場。在此大舉砍伐的樟木，由官府指派通事徵調附近村社壯丁搬運到水裡港，再走水路運送到府城的軍工戰船廠維修、製造戰船。搬運巨木的繁重勞役，早已令人們苦不堪言，其中又以地緣之便的水裡社成年男子最多。

「嘿……小夥子，你這年輕力壯的身體，無法成為英勇的獵人，卻只能在這裡整天搬木頭，應該很難受吧？」一名水裡社年輕人才剛搬完，正想喘口氣，身邊卻突然冒出兩名操著奇怪口音拍瀑拉語的男人。

「你們想説什麼？」水裡社年輕人雖然疲累，腦袋仍保持清醒。

「我來自附近的 Tarranoggan，他來自南邊的 Baroch。你可能太年輕，不知道我們以前都是 Lelien 轄下的村社，互相貿易往來，當然多少會説一點 Papora 語。」自稱來自岸裡社的男人低聲説著：「這幾年來，漢人又開始大舉入侵我們的領域，現在還讓你們被可惡的通事逼著整天工作、身體疼痛疲累。難道你們想這樣繼續下去嗎？」

「我們 Baroch，西邊已經被漢人開墾成快官庄，最近東邊又陸續被從藍張興庄南下的漢人開闢成南勢庄、柳樹湳庄，到處都是水稻田，生活空間越來越小、獵物越來越少，族人已經快活不下去了！」自稱來自貓羅社的男人也訴説自己村社的處境。

「那你們有什麼好辦法？」水裡社年輕人無奈反問：「而且，Tarranoggan 不是站在漢人那邊的嗎？」

「不⋯⋯只有頭目家族才總是跟漢人通事站在一起，並非所有 Tarranoggan 都想被漢人通事管。」岸裡社男人無奈回應。

「我們那邊的 Arikun 跟內山的 Thao 和 Bunun 有些交情，他們還有出草的習俗，有時候 Arikun 會出錢請他們幫忙⋯⋯2 個月前他們就出草了一個從打廉庄入侵內山的漢人，這件事你沒聽説？那至少也該知道 Babusaga 前陣子對藍張興庄的反擊吧！」來自貓羅社的男人説著：「這邊 Poaly 跟內山的 Atayal 有些親戚關係，Atayal 也會出草⋯⋯嘿小夥子，聽到其他村社為了對抗入侵的反抗行動，難道你沒有想法嗎？」

「把那個看起來帶頭的漢人幹掉吧！割下他的頭，這樣漢人就會誤以為是生番出草，你就不用擔心 Bodor 被連累懲罰了。」貓羅社男子慫恿著。

雍正四年冬，藍張興庄內。

藍廷珍站在被焚毀殆盡的管事宅面前，看著眼前 10 具失去頭顱的屍體，以及散落一地的番鏢、番刀、番箭和木盾牌。任誰都看的出來藍廷珍已經氣到頭頂冒煙，然而不發一語卻更顯恐怖氛圍。

「誰來稟報最新現況？」藍廷珍終於開口。

「是⋯⋯是的，包含昨日半線庄遇襲事件在內，自去年八月至今，已累計 16 起生番出草事件！死亡人數共 62 人，焚殺耕牛 140 頭，屋舍焚毀 100 間，遺失鳥銃 1 桿！」

「抱歉⋯⋯軍議備戰，兵糧運濟，仍慢了一步⋯⋯」藍廷珍忍住內心的悲痛，對罹難家屬慷慨言辭：「藍某必令水沙連生番，血債血還！」

第 56 話

水沙連之役

　　藍廷珍返回福建任所途中，在府城正好巧遇準備參加軍議的文武官員。與熟識的臺灣鎮總兵官林亮簡單交談後，才得知本次行動他只負責在府城留守調度，實際上的前線總指揮是現任巡臺御史、滿洲鑲紅旗人索琳。

　　「抱歉了，藍老大。這位滿人御史相當於皇上的耳目，只能聽令。本次行動已定調為『順撫逆剿』及『以番制番』，願接受招撫的生番就不會征討，總兵力僅有兩千餘人，其中過半為熟番。因主力仍駐紮府城，故總兵官被上級指示留守。」林亮説道。

　　「沒什麼好抱歉的，藍某並非嗜殺之將，長年南征北討的方針，向來是擒賊先擒王。只要首惡生番血債血還，其餘番人將來不再干擾藍張興庄墾業及軍工料場木業，民番和平共處，有何不好？」藍廷珍無奈地説：「再説，福建巡撫與前任巡臺御史這些文官早就針對我越界私墾之舉奏諂貶了不知道多少次，總不好讓皇上處處為藍某袒護，藍某自知進退應對。」

　　「只是，像淡水同知王汧這類『以撫代剿』型文官，我還聽説他主張要給各番社劃定保留地、供番人自由耕獵。天真文官不懂馴野之道，番人必然樂於接受招撫，只是叛亂也不會就此平息。越是經常送禮安撫，番人就越會得寸進尺，以為只要不時掀起反抗就總能獲得補償好處。長久下來，必養成不良習性，總有一天釀成難以收拾的大動亂。」藍廷珍長嘆一口氣。

　　雍正四年十二月，軍隊、後勤部署皆準備就緒的水沙連剿撫軍，分為南北二

路同日啟行進軍。

南路主力軍由巡臺御史索琳帶領，從府城出發，沿著虎尾溪向東進軍，越過兩山夾峙的牛相觸番界，在漢人違禁越界開墾、前不久才兩度遭到生番出草的竹腳寮聚落暫停休整時，索琳也只能搖頭不語。

南路軍沿途招撫各村社，未遭到任何抵抗。行經稷稷社後再轉往北踏入山徑，最後順利抵達大湖圍繞、中為浮島的水沙連社。

北路軍由台灣北路營參將何勉率領，以淡水同知王汧帶領的 300 名岸裡社熟番為先鋒，從南投社出發，沿著烏溪上溯向東進軍，途經蛤里難社所在地、四周高山圍繞的寬廣平野。

北路軍推進沿途，番社同樣接受招撫。轉往南翻山越嶺，抵達叢山峻嶺中的風光明媚大湖。與水沙連社的戰鬥，才就此展開。

水沙連生番皆居於湖中浮島，往返都依靠被稱為蟒甲的小船。南路軍就地取材急造小船，兩日內就渡過大湖，槍炮併發！水沙連生番驚嚇奔逃，南路軍找到頭目骨宗家的 85 顆頭顱。骨宗本人則在大湖北岸，與北路軍正面交戰，經過一場激烈戰鬥後仍寡不敵眾，全被北路軍逮捕。

此次征討生番進軍，帶領岸裡社戰士的阿藍、敦仔與張達京，沿途見識到了傳說中具「消暑解胲」功效的水沙連茶，以及水沙連生番於湖上耕種的奇特架木浮田。而無論是岸裡社戰士、文武官員或張達京，各方都藉此戰役，暗中打量著彼此的斤兩。

第 57 話

內陸貿易旅行

雍正五年初，水沙連事件結束後，阿舉把比較完整的情報帶回了牛罵社。

「阿舉，辛苦了。」蒲氏悦接下情報文書，一邊閱讀、一邊詢問：「你對於這次水沙連事件，有什麼看法？」

「我覺得官府好像有點棒打出頭鳥的感覺。就我所知道的，從 Tonsiau、Penap 反抗開始，淡水稱王的海盜鄭盡心，南部漢人掀起的朱一貴事件，到這次水沙連事件……只要是掀起亂事的，官府就派兵鎮壓他們。」阿舉回想著：「欸不對，有一個例外耶。朱一貴事件前，Babusaga 曾經嘗試趕走張鎮庄的漢人，最後卻是官府下令漢人離開，這我就想不通了……」

「大雞籠社賴通事常説一句話：農業帝國內部的『穩定』終究是每一任皇帝所必須做出的最根本執政方針。你認為呢？」蒲氏悦微笑的反問阿舉。

「賴通事説的似乎有道理，畢竟張鎮庄就是侵占 Babusaga 原本獵場來開墾的，漢人撤出後那裡就恢復平靜了。」阿舉歪了歪頭思考：「但這樣説起來就怪了，為什麼這次藍張興庄的漢人沒被官府趕走？實際上這次水沙連事件的真正導火線，根本就是漢人再次入侵、建立藍張興庄的關係吧！他們甚至還更進一步深入內山建立了三座伐木工寮，Bodor 那邊的族人都苦不堪言，我們 Papora 都知道的。」

「阿舉，你有在跑官府衙署，應該知道水師提督藍廷珍吧？他可是當今皇上寵信的大將。藍張興庄地位穩固，或許跟他有關。但這也意味著，過去我們熟悉的官府處理方式，可能會有所改變……」蒲氏悦的語氣也轉為有點不確定：「只

怕官府『穩定』的方法不只一種。而在這嘗試調整的過程中，可能會引發很多無法預期的意外⋯⋯」

「baba 我聽不懂了。」阿舉很直接的表達。

「沒關係，我也還沒想通，只是在思考各種可能性而已。」蒲氏悅接著說：「為了因應未來難以預料的變化，我考慮在跟佃農收租之外，把我們家發展成台灣中部各村社的貿易和情報匯集中心。所以，接下來希望你再出去跑一趟。」

「嗯？聽起來跟賴通事的通事屋組織有點像？」阿舉感覺頗為新鮮，但馬上又想到現實問題：「但我沒有相關運作經驗呀，跑去各村社也不知道要怎麼做。」

「呵呵，我早已考慮到這一點。所以，我已經請賴通事那邊派出一位專業職員，專程來台灣中部跟你一起探訪各村社，協助評估哪些村社適合建立貿易據點，以及情報網絡。」蒲氏悅慢慢又露出笑容：「不須趕時間，花上兩三年都沒關係，才能做出合理的評估。這也正好是個讓你深入了解台灣中部各村社實際狀況的好機會。」

「欸？等等⋯⋯baba 你所說的那位專業職員，該不會是⋯⋯」阿舉忽然頭冒冷汗。

「不錯喔，阿舉。當初讓你去參加賴通事的海外貿易旅行果然很有幫助，你的敏感程度跟判斷力都增進了許多。」蒲氏悅臉上堆滿了笑容：「就是——」

「——lpay 對吧？」阿舉眼神死。

「蒲氏悅叔叔好！」

阿舉順著聲音來源回頭一看，發現家門口站著一位年輕女性。雖然打招呼有陽光了一點，但還是老樣子死魚眼。阿舉不禁心想：這兩家家長到底有什麼毛病啊？

第 58 話

首報陞科時局變革

　　規劃行程、盤點貿易商品一段時間後，阿舉和伊排終於登上牛車，準備啟程。蒲氏悅及家丁，都到門口送行。就在出發的前一刻，林秀俊剛好同時也駕著牛車返回蒲氏悅家門前，提供了在彰化縣城打聽到的最新消息。

　　「官府即將開始推行全新的『首報陞科』政策。簡單來說，就是鼓勵漢人佃農向官府登記耕種的土地，以後就每年繳稅給官府，但原本要繳交給番頭家的番租也沒取消。」林秀俊也表達自己的看法：「從官府的角度來說，這個新政策的目的大概是把實際有在耕種的土地明確納入官方統計管理，稅收當然也會增加。我可以理解維持番租的理由，但這樣乖乖登記的漢人佃農不就等於實際上每年要繳交兩種稅？這個政策太怪了！」

　　蒲氏悅神情嚴肅，好一陣子不發一語。

　　「這個政策確實有問題，之後大概還會頒布新的配套措施。只是，我認為還是會有些漢人願意跟官府登記，然後……」蒲氏悅突然身子一軟，坐倒在地上。

　　「baba 你還好嗎？」阿舉立刻從牛車駕駛座跳下來，伊排和林秀俊也圍上來關心蒲氏悅的狀況。

　　「阿舉，你不用擔心。跟 Ipay 照計畫出發吧。」蒲氏悅依然坐在地上，神情略顯不安：「時局可能即將開始動盪不安，連 Gomach 的安穩，我可能也逐漸沒把握了。你們這趟行程正好可以深入各村社，親身了解實際狀況，把消息帶回來吧。」

　　阿舉和伊排面面相覷，最後還是決定聽蒲氏悅的話，回到牛車上，心懷不安

的展開這段新旅程。

「阿舉哥，Gomach 現在的情況如何？」難得伊排主動先開口：「我從五汊港過來這裡的路上，已經感覺到 Gomach 好像沒有以前那麼平靜了。」

「我想，一個是因為 Tarranoggan 的張達京通事，這幾年來陸續帶越來越多漢人到大肚山東側、也就是 Gomach 和 Salach 以前的獵場開墾的關係吧。」阿舉幽幽的說著：「其實他們開墾的不太順利，Adawai 有帶我去看過，他們水圳引水都不太成功。但既然官府公開把那片獵場送給他們，我們也無可奈何。失去獵場的 Gomach 族人，當然會忿忿不平，跟 Tarranoggan 之間的關係也變得越來越差了……」

「再來就是官府指派的出公差吧。Gomach 族人雖然打仗、跑步都不算很優秀，但駕牛車的技術好像蠻受官府信賴的，導致官吏差役或士兵的附近公差行程、一天到晚都找 Gomach 族人來駕牛車載人。這些工作都沒給錢，隨叫隨到的免費服務耶！」阿舉越說越無奈：「妳知道嗎？有一次甚至 Gomach 會駕牛車的男人都被派出去了，士兵急著要搭車巡邏，還直接要求女性駕牛車去載他們！」

「蛤……也太誇張！怎麼可以勉強女生去做這種事？」伊排也發出不平之鳴。

「呃，Ipay 妳有所不知。Gomach 的女性其實很會駕牛車……」阿舉忽然發現需要解釋一下：「只是在 Gomach 女性的地位比較高，所以平常比較少看到她們駕車……」

「不管，欺負女生就是不對。」伊排又死魚眼了。

第 59 話

大甲西社

早春依舊冷涼，時令春雨不多，阿舉和伊排駕駛牛車穿越大甲溪下游大片乾河床，抵達北岸大甲西社。東側的隆起山地、崩塌山壁，就是漢人稱呼的「崩山」了。

大甲西社長久以來作為牛罵社北邊隔一條溪的鄰居，但語言、傳統習俗都大不相同。水量豐沛的大甲溪造成的阻隔，連阿舉都沒到訪過的印象。只曾經聽蒲氏悦提過大甲溪以北有 8 個説道卡斯語的村社，漢人稱為「崩山八社」。在大肚王的時代，還曾經彼此貿易往來過，或許村社中老一輩的長老還會説一點拍瀑拉語。

然而，阿舉跟伊排駕駛牛車沿途看到的，卻是許多年輕男人沿著大甲溪河床、三三兩兩疲累的步行回村社的景象。更驚駭的是，隊伍後方有一根又粗又長的巨木，仔細一看，竟然有接近 100 人扛著巨木緩緩前行！

「請問……你們要把這根巨木搬到哪裡？」阿舉忍不住開口詢問附近一位年輕人。

「哎呀～原來是 Gomach 來的官府駕駛高手啊！坐在牛車上看我們扛木頭，有沒有覺得很輕鬆愉快呀？」年輕人毫不掩飾酸溜溜的語氣：「這根上好巨木可是要運到海邊的大安港，運送給府城的水師提督造大船呢！」

阿舉此時才意識到，大概是大甲溪上游軍工料場的水裡社壯丁不夠用了，這邊又有大甲溪可以放流一段距離的關係，就開始把大甲西社的壯丁也徵召去搬運了……相較之下，被酸了一頓的阿舉，實在也説不出什麼反駁的話。

「我們是要去拜訪你們頭目的商人。請問你可以告訴我們怎麼走嗎？」阿舉仍然保持禮貌地詢問。

「我的兄弟們都累了。載我們一程，就帶你們去。」年輕人回答：「還有，我們是被官府和通事強迫去搬運的，沒錢，不准跟我們收費！」

好個兇悍、有義氣的傢伙呢。阿舉只好無奈地請伊排到駕駛座來擠一下，把後面貨台都讓給這些累得東倒西歪的年輕人了。

牛車駛抵大甲西社頭目家門前，搭便車的年輕人們一哄而散，只有帶路的兇悍年輕人，默默地走進頭目家。

隨後，一位面容威嚴的中年男子走了出來。

「有什麼事嗎？我們很多年前早就沒再跟 Papora 交易商品了。」

「喔，頭目大叔，你兒子剛帶一群朋友搭便車，還沒付錢。」伊排突然冒出來。

「欸？等等 Ipay 妳在說啥⋯⋯」阿舉愣了一下才會意過來，看到大甲西社頭目皺緊眉頭，趕緊拉伊排過來賠罪：「頭目您好！抱歉我這位夥伴冒犯您了⋯⋯」

頭目雖然一臉不悅，仍然回答：「我們會支付的。說吧，你們要多少？」

「頭目大叔，情報也是可以賣錢的。請用你對在地及附近村社所知的完整情報與近況，支付車資吧。」伊排率直回答。

大甲西社頭目和阿舉都愣了好幾下，隨後頭目才放緩語氣說：「我跟官府和漢人打交道多年，從未見過像妳這樣具有膽識的年輕女性。來吧，進門談。」

阿舉和伊排就這樣跟隨這位被稱為交臘貓倫的大甲西社頭目的腳步，入室座談。

第 60 話

貓盂社的阿帶

「既然你們是從 Gomach 來的，應該至少知道這附近有 8 個社吧？這裡的 Taokas 原本是同一個大社，後來分成東西兩社 ⋯」

「等一下，我不是 Gomach，我是 Basay。」伊排很快地打斷並糾正。

「Ipay 妳也等頭目說完好嗎？」阿舉終於忍不住手刀往伊排頭上輕敲下去。

「唉唷！好啦，頭目大叔請你繼續說。」伊排倒有點驚訝阿舉竟然終於出手了。

「東社跟我們明明是同族人，但總愛互相競爭。像我們西社其實很討厭漢人，東社就故意跟漢人打好關係。」交臘貓倫緩緩說道：「北邊幾個社就比較團結一點，特別是快 30 年前的 Tonsiau 事件後，族人死傷頗多，大家對官府都很反感，其中 5 個社就由一個總頭目來領導。所以我想，你們想貿易也好、交流情報也罷，去找那位總頭目會比較好。他是我的好兄弟，由我引薦，你們可以跟他交流。西社這裡除了薯芋和越來越少的鹿皮之外沒什麼物產，沒什麼貿易好談的。」

「倒是你們 Gomach 啊，漢人越來越多，我知道你們族人也有壓力，但也不該放任他們越過大甲溪亂逛。十幾年前官府在我們八社內設立了 3 個營盤，官兵進駐，已經夠讓我們討厭了。總之，回去代我跟你們頭目說說吧。」交臘貓倫竟然還順便抱怨了一頓：「帶漢人過來的年輕人好像叫做⋯⋯林秀俊？大概是這樣唸的吧⋯⋯」

「蛤？」阿舉吃了一驚，這才得知阿俊竟然私下做這種事。

隔天一早，阿舉跟伊排再度駕駛牛車，往北越過同樣乾涸水淺的大安溪，還有接連好幾條小溪的河床。回頭一看，在陽光照射下，大安溪畔一座隆起的山嶺、火焰般紅色的崩塌山壁，令阿舉印象深刻。

　　在大甲西社頭目交臘貓倫指派一位少年隨車引路下，總算順利抵達貓盂社。有了交臘貓倫的口信，很快就見到身兼貓盂社、西邊苑裡社跟房裡社、靠海的雙寮社、以及北方吞霄社的五社總頭目阿帶。

　　「喔⋯⋯兩位 Gomach 來的年輕人，可真是稀客啊⋯⋯」阿帶慈祥的打招呼，原本想直接切入話題，卻發現阿舉很快就示意要打斷。

　　為了避免伊排再度發作，阿舉決定搶先一步：「頭目，不好意思，這個死魚眼很堅持一定要說她是 Basay，還請見諒。請您繼續說～」

　　「啊你這樣不就做跟我一樣的事了嗎？」伊排湊到阿舉耳邊小聲賊笑了一下。

　　阿舉只能死魚眼以對。

　　「呵呵，年輕人就是愛搞怪，沒關係。」阿帶笑笑地繼續說：「不過，想來找我們建立長期的貿易關係呀？嗯⋯⋯即使附近有 5 個村社，我們能拿出來好貨的頂多是把鹿肉醃漬成好吃的肉乾，和魚蝦醃漬的海味，待會是可以賣你們一些當伴手禮。但真要說長期大量供應，恐怕沒有這類的需求。」

　　「倒是⋯⋯我提一個想法，你們參考看看：或許可以考慮結為攻守同盟。」阿帶突然眼神微露鋒芒：「這裡漢人雖然進來的不多，但從 Gomach 繼續往北侵占，恐怕是可以想見的趨勢了。我們是要像 Tonsiau 一樣孤軍被打爆？還是團結合作？不妨想想。」

第 61 話

破敗衰弱的吞霄社

「無論如何，若之後我們八社中任何一個村社被外人欺負，我們都會團結站出來討公道，不會再讓任何一個村社孤軍奮戰了。」阿帶靜靜的說著：「年輕人，建議你們下一站到 Tonsiau 實地走一趟，看看被官方武力鎮壓的下場。明明事件的開端，是漢人通事的惡行，最後的結果卻是……過了快 30 年，還恢復不了。」

「總頭目……不好意思，」阿舉搔搔頭，思索著該怎麼說出口比較好：「我有聽長輩講過，Tonsiau 事件那時官軍只有千人，加上府城附近四大社和中部 Tarronoggan 助陣頂多兩千。但是，前幾年南部的朱一貴事件，官軍出動了超過一萬名士兵……」

「年輕人啊，不錯不錯。聽起來你似乎常跑官府，能打聽到更多官方消息。」阿帶恢復慈祥口吻：「老頭子我並非不瞭解官軍強大，甚至還找到更強大的 Tarronoggan 結盟作戰。只是，當你的家人、族親遭到漢人長期惡劣的對待，你能當作看不到嗎？老頭子我身為五社總頭目，至少會給族人一個交代，再也不允許不戰而降。」

「這樣吧，」伊排突然插進來說話：「不如就讓 Gomach 代表 Papora、總頭目老頭子和西社頭目大叔代表 Taokas，雙方結成攻守同盟。平時情報交流，Gomach 可以提供更多官方情報；若有村社遭到攻擊，雙方互相支援，力量更為強大。如何？」

伊排的突然提議，讓阿舉嚇了一大跳。但不得不承認，伊排平常白目歸白目，但仍相當專注認真的執行這趟旅程的任務，完全無愧通事屋專業職員的身分。

「很不錯的提議。」阿帶微笑著：「不過，請原諒老頭子我仍有疑慮。第一，兩位年輕人是否真的足以代表 Gomach、甚至整個 Papora？第二，我聽說過 Gomach 的漢人很多，雙方關係好像還不錯……萬一 Gomach 反過來把 Taokas 的情報洩漏給漢人或官府，怎麼辦？」

這下連伊排都啞口無言，總頭目的考慮真的比較周到。

「老頭子我想，這事還不急。我看得出你們有心，但還需要雙方展現更多互助實績，正式的攻守同盟才能成立。」阿帶微笑的說著：「那麼，不如由老頭子我親自帶你們去 Tonsiau，你們覺得呢？」

接下來幾天，在阿帶的帶領下，阿舉和伊排走訪了人口最多的貓盂社，西邊的苑裡社和房裡社，西南邊靠海、盛產海鮮的雙寮社，最後才前往北方的吞霄社。

貓盂社東南方還有人口也不少、逐漸分成南北二社的南日社，聽說跟大甲東社比較親近，允許漢人進入。官軍的營盤就位於貓盂社和南日社交界的山腳下，官兵約只有 5 人，說來其實也都忙著傳送公文等聯絡工作，來來去去，與當地人互動不多。

然而，往北抵達吞霄社後，只見吞霄營盤直接設在村社入口處，戒備也較森嚴。牛車駛入村社中，破落的家屋四散，呈現出荒頹的景象。但讓阿舉和伊排都感到奇怪的是，村社所見大部分是 3、40 歲的成年男女和少數小孩，剛成年、未婚的 20 幾歲階層年輕人幾乎都見不到。

「年輕人的觀察很仔細，很好。」阿帶回應：「因為當年的 Tonsiau 事件，幾乎所有成年以上的男女都動員上戰場了。所以，結果就變成某些年齡層『消失』了……」

第 62 話

後壠社總通事張方楷

走訪完吞霄社後，阿舉心情頗為沉重。本想直接驅車南下，照原訂規畫行程從大安溪上溯到岸裡社，卻被阿帶攔了下來。

「年輕人，有沒有興趣繼續往北、前往 Auran 拜訪看看呢？那邊也有 5 個村社，跟我們有點遠親關係，但語言口音已經變得蠻不一樣了。如果你們仍然想尋求貿易對象，Auran 那邊有優良港口，日常生活就常以海維生，甚至會大舉出航『遠征』遠方的村社哩。」阿帶熱心介紹著：「或許，你們到 Auran，又會看到不一樣的事物。」

「總頭目老頭子說的是對的，以前 Auran 曾經多次遠征到北台灣的 Parihoon。老實說我個人也有興趣去看看⋯⋯」伊排在阿舉耳邊小聲表達意見。

「呃，不過老頭子我還有事得回村社處理，無法再陪你們了。」阿帶微笑說著：「Auran 頗為兇悍，語言不通，自己多小心囉。」

「欸⋯⋯？」阿舉和伊排當場傻眼。

隔天一早，阿舉就驅車沿著海岸北上。吞霄社到後壠社頗有一段距離，牛車緩緩走了大半天都還沒到，沿途幾乎沒有任何人煙，倒是看到海邊不時出現石滬。中午左右陽光普照，阿舉才逐漸注意到沿途右側岩層中，似乎有些東西被照耀得發亮。

阿舉趁吃午餐的時候走近岩層觀看，才發現原來裸露岩層中夾著大量各式各樣的貝殼。阿舉心想貝類吃完就露天堆放了，想不通為何這些貝殼為何會深埋在

岩層中。

「喔……這個我看過，我的 tama 家鄉 Kimassauw 南邊的 Pourompon 有座小山丘，上面也有發現大量貝殼堆。tama 說那些是我們很久以前的祖先吃完留下的。」伊排突然出現在阿舉身後，也端詳著這些貝殼：「但是不漂亮，不適合拿來做串珠項鍊。」

阿舉聽到這評語差點跌倒，原來伊排也有愛美的這一面啊。

午餐後，牛車續往前行、開始轉往東方，遇到一條水量不少的溪流，稍微往上游繞行、找到適合的渡河點，勉強渡過了溪流。再往前行不久，一片許多中小型船隻停泊、往返的廣大水域展現在眼前。對岸依稀可見的許多家屋，應該就是後壠社了。

這回阿舉懶得再往上游繞行了，看到水邊有漢人船家的擺渡小船，決定把牛車停到隱密處，跟伊排揹著輕便行囊搭船渡河到對岸。

果然，一上岸就是官軍在後壠社設立的營盤。十多名士兵，在門口悠閒的抽著鴉片煙。營盤附近有一些漢人耕作的水稻田，以及正在陸續開墾的荒地。

阿舉跟伊排假裝只是路過的旅人，逕自繼續往後方的家屋聚落走去。然而，此時一名漢人突然攔住去路，說著阿舉和伊排都聽不懂的道卡斯語，伸手似乎示意要錢。阿舉搖搖頭表示聽不懂，這時候，另一名看起來顯然是現場帶頭的漢人走了過來。

「聽不懂當地番話的外地番人卻敢旅行至此，至少聽得懂官話吧？」帶頭的漢人說話了：「我是張方楷，後壠五社的總通事。」

「你們是外地人，不曉得這裡的規矩，繳交過路費是要換取安全通行牌。如果身上沒有掛牌，後壠五社總頭目烏牌率領的兇猛戰士們，可能會不小心把你們當獵物看待哩。」張方楷提出忠告。

180

第 63 話

強悍的後壟社土官烏牌

　　阿舉跟伊排面對著後壟五社總通事張方楷，相持不下。倒也並非付不出錢，蒲氏悅給兩人的旅費很充足，只是阿舉跟伊排都不想就此屈服。

　　隨著時間一分一秒流逝，四周漢人開始聚集了過來，態勢似乎越來越不妙。

　　同一時間，後壟社的打獵隊伍，帶著好幾隻野鹿和山豬，正好也慢慢走回村社。

　　此時伊排突然用巴賽語大聲說話：「沒想到當年殺遍 Parihoon 的 Auran，現在變成只敢對小動物出手的膽小鬼了啊！」

　　現場所有人都一頭霧水，不知道這個女人在大聲什麼。只有打獵隊伍帶頭的那名上了年紀卻仍一身精壯的頭目，怒目瞪著伊排。

　　「兩個瘦弱小夥子想為 Parihoon 報仇？很可笑。」烏牌不屑的簡單回應。

　　「不，看到你們臣服於漢人腳下的悲哀，我只想喚起 Auran 曾經強悍的驕傲。」伊排無所畏懼的回應。

　　烏牌停頓了一下，隨後跟張方楷說：「這兩個傢伙交給我來教訓。」

　　張方楷意外被伊排擺了一道，臭著臉把來圍觀的漢人都趕回去工作。

　　「我們沒有臣服在漢人腳下！」烏牌把阿舉和伊排帶進村社後，相當義正嚴詞的教訓兩人：「Auran 的強悍，是一次又一次出征建立起來的。只是，現在各地都有官兵，我們無法再像以前一樣自由行動。現在這個漢人通事雖然引進漢人農夫，但我們本來就在山林打獵，平地給他們開墾，還可以交易更多糧食。漢

人通事雖然帶來官府指派的勞役，卻也給了我們配合官兵出征的機會。所以，Auran 跟漢人是結盟關係！要是哪一天這個漢人通事太過分，我們也會把他趕走！」

「只怕到時你們趕走一個漢人通事，但大舉入侵的漢人已經落地生根了。」伊排似乎意有所指的平靜回應。

「你們一個是 Basay、一個是 Papora 對吧？這次就當作你們年輕不懂事誤闖，趕快離開吧！沿著大河往上游走，通過 Bari 再往南走，就會到你們要去的 Tarronoggan 了。」烏牌嚴肅的說著：「下一次，或許就是在戰場上見面了。到時候，就算我們互相認識，也會毫不猶豫把你們宰了！」

離開後壟社之後，阿舉駕著牛車，在獵人們走出來的山徑中緩緩前行。阿舉望著左側平野風光，夾在大河與山丘之間的，正是後壟五社總頭目烏牌所指的內山平原，以及散居其中的貓裏社和嘉志閣社。

「Ipay，這一路上——呃，雖然妳蠻嗆的——還是辛苦妳了。」阿舉苦笑著。

「別吵，我要睡覺。」窩在牛車貨台躺平的伊排只顧著翻身。

阿舉往後看了一下，微笑著。

牛車在山林間穿梭，烏牌給的通行牌確實發揮了作用，讓好幾名埋伏的獵人悻悻然放下弓箭。直到前方的路徑開始變成陡降斜坡，寬廣的河谷逐漸展現。而右側火紅高聳、頂部寸草不生的大山腳下，迷宮般的錯綜複雜谷地，引起了阿舉的注目。

第 64 話

墩仔腳下岸裡社

　　阿舉駕著牛車渡過河床寬廣、水量不多的大安溪，補充清涼的溪水，再把牛車換掛上另一塊木牌。那是敦仔之前給的禮物，也是進入廣大巴宰領域的護身符。

　　不過伊排倒是認為阿舉太過小心翼翼。再怎麼說，早已憑藉無可比肩的武勇、被廣泛認可為岸裡社下一代頭目的敦仔，可是一起從小玩到大的老朋友。

　　「Ipay 妳這樣不行喔。雖然大家都看得出來，妳非常擅長跟頭目、通事、官員那些有點權勢的人互動，利眼發覺他們的弱點或各方矛盾，來增加己方的優勢。但有時也可以試著讓自己站在一般族人的角度，才能看到一般族人眼中所見的那一面喔。」阿舉微笑的回應伊排。

　　「阿舉哥說的是有道理。」伊排仍不甘示弱回答：「可是你就是太過站在普通人角度的極端啦，都不知道適時利用自己手上的資源，其實可以為你的族人做更多事。」

　　阿舉對著伊排展現和煦的微笑，不再回應。

　　「咻！」

　　一支利箭突然從樹林中射過來！定神一看，竟然直接射穿牛車上的木牌！可是放眼四周，沒看到敵人，最接近的樹林至少也有 100 步左右的距離呀！

　　「唷！我還想說是哪來的情侶在這邊偷偷摸摸咧。」從樹林中走出來的，是一臉輕鬆笑容的敦仔：「阿舉、Ipay，歡迎你們到 Tarranoggan！」

　　「跟阿舉哥同行喔……就算我是九命怪貓，命都不夠賠，交往就算了吧。」伊排恢復老樣子死魚眼：「倒是你 Adawai 搞什麼鬼，炫耀射箭很準喔？」

「沒辦法，就是那麼準。」敦仔聳聳肩：「哈哈，其實是我們這邊又換了新木牌，就把舊的射掉，打個招呼嘛！來吧，蒲氏悦叔叔有先來信了，接下來這段時間就讓我帶你們四處逛逛吧。」

阿舉駕駛牛車，跟著敦仔的巡邏小隊進到岸裡社。

「阿舉、Ipay，好久不見！特別是 Ipay，越來越美了。找不到好對象的話，姊姊來幫妳介紹！」已經是兩個孩子母親的阿比，高興的歡迎著：「我來準備餐點，今晚就到我家來敘敘舊吧。張通事今晚也會回來，相信你們應該也有地方事務要談吧？」

確實。無論對於阿舉、伊排甚至敦仔來説，在如今局勢不斷變化、漢人入墾壓力越來越大、官府勞役越來越繁重的當下，張達京都是那個以前不太想去接觸、但未來注定不得不密切互動的權勢漢人。

也是始終對阿比懷著特別情愫的敦仔，一直想刻意保持距離、未來卻不得不為了村社事務必須更加密切合作的姑丈。

從小就深知敦仔喜歡對象的阿舉，如今也因為張達京帶領漢人開墾大肚山東麓、讓牛罵社和沙轆社失去獵場而同樣感到不滿。不過，眼下最擔心的，卻可能是伊排那一副保證可以嗆爆張達京、但也會讓阿比難看的嗆辣口才……

「幹嘛？不用你説，我不會讓姊姊為難的啦。」早就注意到阿舉飄忽不定眼神的伊排，一副無所謂的説著：「我還有其他招呢。」

第 65 話

樸仔籬社望東勢

隔天，敦仔跳上阿舉的牛車，充當探訪附近村社的導遊。

「我說……阿舉啊，你以前跑步跑不贏我沒關係，但現在駕的牛車比 Tarra-noggan 男人走路還要慢耶……」敦仔看起來心情不錯的開玩笑，雖然好像也是事實。

「那 Adawai 你跳上來幹嘛？下去下去，別占用我的睡覺空間。」伊排回嘴。

「Ipay 妹妹還是跟以前一樣很嗆喔。」敦仔笑得更燦爛了：「不過妳昨晚幹得好，一直跟姑姑聊海外的各種神祕香料，之後再由姑姑串連姑丈在其他村社的牽手一起團購，就可以逼得姑丈一定要跟 Gomach 分享官府的最新情報，也可以逼他拿出到內山私下收購的山產、跟 Gomach 定期交易！好久沒看到那個張達京這麼吃鱉，Ipay 我實在太佩服妳了～」

伊排也頗為得意的翹起二郎腿，跟敦仔繼續吵吵鬧鬧。阿舉則是微笑著，年幼時的玩伴難得趁此機會聚在一起愉快閒聊，心情也輕鬆了起來。

「我們去哪裡呀？」阿舉順著敦仔指的方向，卻對新開闢的道路感到陌生。

「先帶你們去看我們正在蓋的新村社！以後我們 Tarranoggan 就會搬到大甲溪南岸囉。」敦仔善盡作為導遊的職責：「然後我們再一路往東，拜訪 Aoran、Poaly 和更東邊內山的 Atayal，最後再往南拜訪 Balis 和 Babusaga！」

「哇，這樣應該會花你不少時間吧？你平常不是還有很多工作？」阿舉好奇。

「我最多只能陪你們去這些村社囉……」敦仔似乎有點難掩落寞：「老實說，我很想陪你們跑更多地方。你們別看我現在嘻嘻哈哈，其實我在族人面前已經很

少開心的笑了。就像阿舉説的，我在 Tarranoggan 有著必須要承擔、帶領族人的重責大任，所以啊……這段時間就讓我好好帶你們一起玩吧。」

　　阿舉和伊排不約而同看著敦仔，開始意識到原來即將逝去的，不只是時間而已。

　　這一天，三人行到達樸仔籬社，敦仔帶阿舉和伊排到山頂的瞭望台。

　　「Poaly 這裡易守難攻，視野最好。」敦仔導覽著：「東勢那邊很多間漢人草屋，就是收集樟木的軍工料場。漢人很會找樟木，這幾年來砍了很多，搬運就變成中部許多村社男人的勞役。不過 Tarranoggan 因為負責出征和巡邏，所以比較不用來搬。」

　　「那邊還有一間我們蓋的交易所，漢人把交易所叫做『社寮』。」敦仔説著：「那個張達京也常常跑來交易所，用漢人的鐵器、鹽巴交換 Atayal 的山產和鹿皮。但老實説，以前我們那裡也有很多鹿的。還不是因為漢人跑進森林伐木，鹿都嚇跑了，變成現在只有內山的 Atayal 才打得到鹿。」

　　「Poaly 原本只跟我們幾個社、以及 Atayal 往來，那個張達京想交易山產，也得靠 Poaly。但現在似乎因為外人經常進出的關係，聽説 Poaly 跟漢人和 Tao-kas 都互相認識了……」敦仔説：「待會我帶你們過去，吃些山上的野味吧。」

　　阿舉和伊排跟著敦仔走著走著，路過軍工料場，突然感覺到好像被熟悉的視線注視著。擦身而過後，阿舉才驚覺——那不是大甲西社的義氣年輕人嗎？是忘記了？還是刻意裝作不認識？只見那人身邊兩名 Poaly 族人，用不懷好意的目光對視著。

第 66 話

山腳下旱溪旁飄著樟腦味的阿里史社

　　牛車沿著山腳下，轉往南行不遠，遇到一條敦仔說漢人稱為旱溪的乾涸小溪。照敦仔沿途的介紹，接下來會先抵達阿里史社；再繼續往南走，才是漢人開墾的藍張興庄東界。於是阿舉駕駛的牛車改沿著旱溪河岸前進。

　　敦仔還說，阿里史社是個人口眾多的大村社，也有自己的漢人通事和被官方派任為土官的頭目，對於這些年來經常獲得官府好處的岸裡社，非常看不順眼。所以待會到阿里史社，敦仔也提醒好友要多小心。

　　但行進途中，阿舉注意到左側山腳下，似乎有著奇怪的動靜。隨後敦仔跟伊排也從後方貨台探出頭，伊排突然要求阿舉停下牛車，悄悄步行靠過去一探究竟。

　　有在密林中穿梭自如的敦仔帶路，阿舉和伊排顯得輕鬆許多。隨著越來越靠近，連鼻子不太靈敏的阿舉，都開始聞到微微刺鼻的味道。

　　「有人在偷偷熬煮樟腦。」伊排肯定的說。

　　「那是啥？」敦仔和阿舉都一頭霧水。

　　「樟腦算是一種藥吧，可以驅蟲和除臭。日本人和西洋人好像都很喜歡收購，所以算是很有貿易價值的商品。」伊排小聲解釋：「我在北台灣見過漢人熬煮樟腦。但他們說在北台灣採樟木很容易被 Atayal 出草，所以產量很少。如果這裡產量多的話……嗯哼，說不定我們找到一個不小的商機呢。」

　　伊排話才剛說完，就立刻向前邁進，準備前往洽談。

　　「欸！Ipay……Adawai 不是才剛說到 Balis 這裡要小心一點？」阿舉比較慢反應過來，但已經攔不住嗅到商機就大膽涉險的伊排。

「沒問題的，這些傢伙是……漢人。其中帶頭的那位，身上掛著通事腰牌。」伊排冷冷地説著。

「原來……除了 Tarranoggan 舊村社附近山腳下、和 Poaly 東勢之外，這裡成了第三個隱密的軍工料場。」敦仔快腳跟上保護伊排，也瞭解了情況。

「我猜想 Poaly 東勢那邊應該也早就有漢人伐木匠在熬煮樟腦，只是那邊來往的人多、族群複雜，有可能晚上才偷偷熬煮，所以我們去的時候沒看到。」伊排邊走邊説出她的推測：「畢竟官府收購樟木的價格很低，他們可能也知道漢人伐木匠會私下偷賣樟腦來賺錢，乾脆睜一隻眼、閉一隻眼當作他們的額外收入。」

「但前方這些漢人大白天就在熬煮樟腦耶？」阿舉感到不解。

「因為 Balis 這裡相對族群單純且隱密，又有漢人通事罩著，膽子就大了。」伊排回應：「但這正是個好機會！他們是要選擇被 Adawai 公開、引入各方來分一杯羹呢？還是選擇跟我們合作、固定運到 Gomach 集貨、再從五汊港用通事屋船隊賣到國外？有價值的商品，搭配穩定的產銷管道，分潤應該很好談吧？相信這些漢人應該也不是傻瓜。」

阿舉跟敦仔看著眼前渾身散發海商氣場的伊排，只能張大嘴巴排排站晾在一邊。

結果，一切盡如伊排所料，阿里史社的漢人通事為了獨佔私售樟腦利益，一面倒的被伊排牽著鼻子走。談成一椿好生意的伊排，似乎也相當自鳴得意。

第 67 話

藍張興庄內的猫霧捒社女子

就在阿舉一行人準備返回牛車時，突然發現牛車被5個阿里史社人包圍起來。

「……沒想到是 Tarranoggan 的 Adawai，另外兩個也不是漢人……」帶頭的那位年輕人看起來跟伊排差不多年紀，全副武裝的說著：「Adawai，雖然我討厭你們跟漢人結盟、破壞我們原本的生活，但今天沒有開戰的理由，你們快離開吧。」

「明明你們 Balis 有漢人通事，頭目也當了官府任命的土官，你們這樣做不就跟頭目作對了嗎？」伊排擔心才剛談好的生意會被這些人破壞，試著打探意圖。

「我們就是要阻止漢人繼續侵占我們的領域！南邊藍張興庄開墾的漢人，不斷往北拓墾；最近又發現有些漢人開始進入 Balis 東邊的山林伐木！那些漢人總以為他們開墾的是 Babusaga 的獵場，實際上他們已經侵犯到 Balis 的獵場！再繼續放任漢人，遲早有一天 Balis 會失去全部的生活空間！」年輕人憤恨不平的說著：「老頭目跟漢人通事勾搭，村裡的年輕人也很不滿！所以，我們要像幾年前的 Babusaga 一樣突襲漢人，讓他們知難而退！」

「我有點忘了你的名字，太長了記不住……這樣好了，我們接下來就是要前往藍張興庄和 Babusaga，你要不要跟我們一起走一段？」敦仔輕嘆了口氣：「你不了解我們 Tarranoggan 跟漢人結盟的原因，但我也不想多解釋，親眼目睹或許會比較快吧。」

「……Adawai，你給我記好了，我叫 Toanihanmoke！我一定會帶領Balis、不依靠漢人，有尊嚴地活下去！」大乳汗毛格滿臉脹紅的自我介紹，眼神

還飄向伊排。

　　阿舉聽了之後則是默默地思考，會不會牛罵社也有抱持這樣觀點的族人呢？

　　牛車沿著旱溪繼續往南行進，大乳汗毛格則隨車步行。雖然嘴上說搭牛車的傢伙根本算不上人、而只是貨物，實際上只是討厭跟敦仔同坐而已。

　　不過這段路程沒有敦仔還真的不行。漢人在路上設立了檢查哨，手持鳥銃的士兵嚴禁番人進入藍張興庄。只因為敦仔的特殊身分，才獲得被允許進入的特權。即使如此，依然有 5 名士兵隨車監視。

　　行至一個三叉路口，敦仔指引牛車轉往西行。不久後，一行人都看到前方一個隆起的小土墩，以及附近的幾棟漢人建築。官兵聚集，遠超過大乳汗毛格的想像。

　　「這裡是被漢人稱為『大墩』的聚落，也是水師提督藍廷珍用武力為開墾漢人撐腰的最前線據點。」敦仔沿途介紹：「聽說這裡之後還打算蓋間媽祖廟呢。」

　　「多謝你的解說啊，以後我就知道要先攻打這裡了。」大乳汗毛格脾氣仍硬著。

　　敦仔不想多回嘴。倒是阿舉突然不知為何，停下了牛車。

　　「Adawai……你不是說這裡管制很嚴格嗎？那這位……？」阿舉指著前方一名從漢人建築走出來、氣質出眾但顯然不是漢人的女性，身上還抱著一些文書。

　　「啊，我去 Babusaga 時見過她，但我也很驚訝她會出現在這裡。」敦仔回答。

　　「那……Adawai 你可以幫我個忙，介紹我跟她認識嗎？」阿舉突然變得有點侷促。

　　「……欸？」敦仔、伊排，連大乳汗毛格都發出一樣的反應：「你該不會……？」

　　「嗯，我對她一見鍾情了。」阿舉輕輕地說出口。

第 68 話

犁頭店與猫霧捒的距離

「阿舉哥這趟旅程除了駕牛車之外都沒啥貢獻，現在還顧著找牽手，無言了。」伊排毫不掩飾表達無奈。

「啊哈哈，我們年紀都到了嘛，這也是人之常情呀。」敦仔總算恢復笑容：「兄弟我來幫你。而且，若能促成這件事，又可以讓那個張達京吃鱉。」

「為啥？」伊排不解。

「因為她是張達京原本想迎娶的第六個牽手，」敦仔回答：「但她拒絕了。」

敦仔拉著阿舉跑到猫霧捒社女子面前自我介紹並說明來意，女子對阿舉的印象也還不錯，便答應先做為剛認識的朋友，一起同行。

「我在藍張興庄大墩這邊幫漢人處理文書工作幾年了，有點倦怠，正打算回老家休息一段時間，不如跟你們一起旅行走走。」自稱阿甲的女子說著：「不過，你們確定不是那些想串連各地村社搞反抗的傢伙吧？」

阿舉和敦仔同時回頭看那個在檢查哨被解除武裝的阿里史社年輕人，才發現大乳汗毛格顧著找話題跟伊排攀談，但伊排老樣子死魚眼。

「我們這趟旅程的目的就是想跟中部各地建立情報交換與貿易往來的關係。無論是出於主動或無奈，確實是比較選擇跟漢人合作。」阿舉回答：「只是，漢人和官府的行為我們也看在眼裡，可以理解部分受害族人的不諒解。」

「那好，我這邊可以提供 Babusaga 和藍張興庄的情報。」阿甲淺淺微笑著，卻似乎也帶點無奈：「Babusaga 領域受到漢人一再侵入，生計變得艱困，確實都是事實。但現在整個村社的主流氣氛是以為可以重複以前的反抗行為，最

好像幾年前一樣官府下令漢人離開，最差官府也會送一些禮物和物資來招撫。但以我在藍張興庄經手的文書來看，漢人這次已經落地生根了。我不希望像之前一樣活在不知何時會遇到出草的恐懼，和官府派兵武力鎮壓的戰亂當中。我作為 Babusaga 進入官府體制的代表，希望能透過體制來改善族人困境，別再永無止盡的互相廝殺了。」

「我也是這麼希望的，我們一起努力吧。」阿舉溫和的對阿甲說著：「但妳這樣應該也會受到許多族人的不諒解吧……這些年來辛苦妳了。」

阿甲一瞬間感受到久違的認同感與溫柔對待，更加深了對阿舉的好感。

接下來，一行人先跟著阿甲駕駛的牛車，把大墩的文書運送到西側的另一個漢人聚落犁頭店。在阿甲的介紹下，眾人才得知犁頭店這裡原本是猫霧捒社的聚落，後來漢人的張鎮庄也是以犁頭店為聚落中心。直到現在的藍張興庄時期，犁頭店已經形成一條熱鬧的市街，街上還有一間才剛落成不久的漢人媽祖廟，人來人往。

阿甲還特別說，連很多漢人都以為「犁頭店」之名是因為街上有許多家賣犁田農具店家的關係。但實際上，是漢人佃農跟占有土地的藍家租用土地的「永佃權」、支付的金額稱為「犁頭銀」的關係。

而早已被迫離開此地的猫霧捒社，搬遷到更西側、許多竹筏往來的溪流對岸，也是大肚山東麓的山腳下。一行人抵達猫霧捒社內一口水井旁暫歇，阿甲返家準備出門行李。阿舉嘗試用拍瀑拉語跟附近族人閒聊，卻已經得不到友善回應。

第 69 話

貓羅社的吟遊旅人

「我聽阿舉説你們還打算繼續往南前往 Baroch、Tausa Bata 和 Tausa Mato，所以接下來由我帶大家走一段水路，順流而下，很快就能抵達大肚溪東渡口。」阿甲引導眾人來到貓霧揀社位於竹筏往來溪流旁的渡口，準備找船家載運。

「欸……等等，牛車又大又重，沒有竹筏能載吧？」阿舉提出疑問。

「貨台跟牛分開就可以囉。」阿甲微笑回答：「所以我打算攔 3 艘大竹筏。」

「我只能陪你們到大肚溪東渡口北岸，大肚溪南岸就已經不屬於 Tarranoggan 的巡守範圍了。而且，我的時間也差不多該回去了。」敦仔這麼説著。

「我也到大肚溪東渡口北岸就可以了。那個三條河流匯聚的河口，中間那條溯溪而上就是旱溪，走旱溪東岸我就能避開漢人檢查哨、回到 Balis 了。」大乳汗毛格回應敦仔：「我已經看過藍張興庄和 Babusaga 的現況，我明白漢人只會越來越多，我知道官府也有可能派官兵鎮壓反抗者。但如果我們不反抗，就只會默許漢人對 Babusaga 的侵害，繼續複製到下一個村社。所以，我反抗的決心，更加堅定了。」

「好的，我的族人。下次若在戰場上見面，我會用 Tarranoggan 最強的武勇來回應你堅定的反抗決心。這是我所能給你的，最真心的尊敬。」敦仔認真回答。

在一旁默默不語的伊排，則是仔細研究著大竹筏。雖然竹筏在海上的操縱靈活度及耐波浪能力都顯然遠遠不如巴賽族的蟒甲，但在河流湖泊等平靜水域的載運量或許就能凸顯優勢。

一行人搭乘大竹筏抵達渡口北岸碼頭，酒足飯飽之後，敦仔和大乳汗毛格就此告別，各奔歸途。阿舉、伊排和阿甲再搭到南岸碼頭，上岸重新組裝牛車，沿著道路向南前進，趕在天黑前抵達一個顯然是才剛形成不久的漢人村庄：快官庄。

嶄新的草屋，密集地群聚。道路進入村庄的入口處，昏暗天色下看起來似乎設置了一座隘門。雖然阿舉一行人不斷表達他們跟漢人和善相處的善意，也有能力支付投宿旅店的費用，仍然被守門人拒於門外。

無奈之下，阿舉只好駕著牛車移動到附近田埂中，露宿野外。此時，一陣停不住的笑聲與自言自語，從背後傳來。

「Baroch 族人覓食去，漢人占地當自家，族人不識漢文字，熟番欲宿詢無家。」

「你是誰？」阿舉想到此時只有他一個男人，更加提高警覺，暗中伸手拿武器。

「我是誰？重要嗎？只是一名遵循傳統四處覓食、到處流浪，早已習慣被外族出草的 Baroch 族人罷了。」那名自稱來自貓羅社的男人回答。

「大哥您好，您有點像是四處吟遊的詩歌旅人呢。請問您是否願意跟我們分享 Baroch 附近這一帶的情報？」阿舉試探性的詢問：「對了，我們有乾糧。」

「有得吃，Baroch 樂於分享情報。有得吃，Baroch 樂於分享土地。結果，情報沒了，土地沒了，沒得吃了。」貓羅社男子自嘲著：「東有柳樹湳，西有快官庄，南勢也成田，北自藍興張。」

此時，在貨台舉槍已久、只露出一點縫隙瞄準的伊排，才靜靜放下手上的短槍。

第 70 話

南北投社

前夜跟貓羅社吟遊旅人暢談一晚，阿舉一行人得知了許多在地的情報。這一帶的貓羅社、北投社和南投社都位於寮望山東側的河谷平原，彼此都是語言、風俗相近的族人。

來自牛罵社的阿舉從小多少都聽長輩提過，這幾個村社百年前都曾經在大肚王轄下，透過河流往來和交易貨物。也因此，貓羅社人才會養成當糧食不足時、整村大舉跑到大肚王轄域內其他地方覓食的奇怪習慣。當然，大肚王失去權威後，各村社就回到自給自足的日常生活。

然而近十年來，漢人開始大舉進入拓墾。先從南邊的虎尾溪越過山口，在南投社南邊建立了竹腳寮聚落。接著又追隨藍張興庄的拓墾腳步，在貓羅社領域內陸續建立了快官庄、柳樹湳庄和南勢庄。

幾年前頻繁發生對入墾漢人出草的事件，隨後導致官府決定派兵攻打內山的水沙連社，其中北路軍的集結地點就在南北投社這邊。這件事阿舉也很清楚，因為敦仔那次就帶領著岸裡社 300 名戰士，成為北路軍的開路先鋒。只是，作戰結束後，官軍還刻意在南北投社境內示威了一段時間，彷彿在警告當地族人別再輕舉妄動。

最新的消息則是，有一名漢人前陣子才剛跟北投社女子結婚，隨後不久就透過這層關係跟北投社私下簽訂贌約，以代為繳交社餉為條件，取得北投社、南投社中間的大片土地，引進漢人開墾，很快就形成了最新的漢人村庄：內四庄。

對在地的貓羅社、南北投社族人來説，這十年來的突然劇烈變化，令許多人

感到相當難以適應。但又懾於之前官軍展現的軍威，族人們普遍對未來感到悲觀。

當初跟漢人簽訂贌約的頭目，後來似乎有點後悔，但簽訂了合約也不方便隨意毀約。於是，北投社頭目決定跟一名平凡的漢人佃農買來一個小孩子、當作頭目養子。等那位養子長大後，就會把他栽培成南北投社的通事，把主導權搶回來。

「聽起來感覺 Tausa Bata 頭目的思考應對方式跟我們類似，都想從體制內爭取回權益。說不定會願意跟我們合作喔～」阿甲聽完阿舉的轉述後，若有所思的說。

「嗯，所以牛車才直直前往 Tausa Bata 頭目家呀。」阿舉微笑回應阿甲。

「等等，我覺得比較怪的是，昨晚那個流浪人怎麼能夠知道這麼多情報？」伊排仍覺得無法理解：「難道他其實只是偽裝成 Baroch，真實身分就是那個頭目養子？」

「Ipay 妳想錯了啦，他昨晚幾乎全程跟我用 Papora 語交談，也不是小孩子，不太可能是那位頭目養子啦。」阿舉難得發現伊排也有想不通的時候。

「哼，誰叫他講著我聽不懂的 Papora 語，可惡。」伊排嘟嘴不甘心：「好啦，我收回之前的批評，阿舉哥你這趟旅程還是有點貢獻的。」

「我一向都不在意誰比較厲害之類的比較喔。」阿舉微笑的回應：「Ipay 妳的才能是很優秀的，我一直都這麼覺得。」

不久後，阿舉一行人抵達北投社頭目葛買奕家，雙方都以官話進行對談，原以為無奈的頭目卻顯得老謀深算。談了幾天後，北投社頭目才答應之後與牛罵社的情報交換，伊排也順勢談成了以水沙連茶跟通事屋運到牛罵社的南洋香料交易的小買賣。

第 71 話

番頭家夢想破滅的東螺社

離開北投社之後，阿舉一行人繼續沿著貓羅溪往南方前進，沿途探訪了漢人新開闢的內凹庄，也必然路過更南邊的南投社。直到牛車抵達虎尾溪北岸，眼前寬廣河流澎湃濁濁，南岸隱約可見漢人聚落竹腳寮的瞭望台，阿舉決定不再渡河，轉往西行。

沿著崩壁山腳下、虎尾溪右岸往下游走，一段時間後，眼前出現一個顯然是漢人開鑿水圳的取水口。跟巡守的漢人打聽後，才得知這是「施厝圳」的源頭水口。

在這兩山夾峙處、被稱為牛相觸的山口，混濁的虎尾溪跟清澈的阿拔泉溪在此匯聚。渡河往南，就能前往諸羅縣城和府城；沿虎尾溪的下游分支東螺溪往西北行，就能返回牛罵社。而身後，則是被稱為水沙連內山的叢山峻嶺。阿舉第一次從這個角度往西方平原展望，不禁心想，以貿易及情報範圍來說，差不多該返程了。

對曾經多次往返諸羅縣城的阿舉來說，從牛相觸北返到半線社的這段路程，沿途的廣大田野風光，既是那麼翠綠，卻也有點感傷。阿舉從小就聽蒲氏悦介紹過，水師提督施琅的家族後代，帶來大批漢人開墾這片廣大土地，開鑿水圳灌溉水稻田。原本在此地生活已久的各村社，早已失去了森林，見不到野鹿，種稻收成也比不上漢人。為了繳交官府每年要徵收的社餉，只能把土地租給漢人佃農，用收取的租穀來繳納社餉，剩餘糧食僅勉強夠用。這，就是台灣中部族人們的未來了吧？

此時阿舉突然想起，這趟旅程出發前，印象中聽到林秀俊回報官府推行新政策，讓蒲氏悅嚇到跌坐地上？阿舉隱約感覺到，越靠近府城、受政策的影響越明顯。不如直接去找處事作風跟蒲氏悅很像的東螺社的頭目斗肉大箸，打聽現況？

　　「阿舉，自從彰化縣城在 Pasua 設立之後，就好久沒見你來 Dobale Baota 啦。」斗肉大箸慈祥微笑地用官話聊了起來：「你來的時機正好。」

　　「發生什麼事了嗎？」阿舉察覺到恐怕不會是好消息。

　　「雍正五年，『首報陞科』這個新政策一實施，原本跟我們租地的漢人佃農很快就跟官府登記耕種的土地。雖然這個政策有優惠，到雍正七年才開始收稅，但佃農後來才發現要繳交兩種稅：給官府的代繳社餉和給我們族人的租穀。那些佃農當然受不了重稅，又不敢違抗官府收稅，結果他們竟然集體決定就不給我們租穀了……」

　　「怎麼這樣？」阿舉不只為東螺社抱不平，也才總算理解蒲氏悅那時為何嚇到。

　　「沒了租穀，我們族人要怎麼活下去？於是我去找官府詢問，才得知官府正準備推動另一個新政策『民番一例』，就是官員口中的熟番可以開始跟漢民一樣登記土地，番漢之間也可以自由買賣土地。我想說由族人當土地的頭家，至少勉強自耕自足。」斗肉大箸接著說：「於是我們在通事的協助下，總算完成了土地登記。沒想到……」

　　「頭目，請繼續說……」阿舉感受到斗肉大箸的情緒低落，但總覺得必須聽完。

　　「沒想到，官府回應因為已經過了雍正七年的優惠期限，雍正八年才完成登記的土地，要一併繳交兩年的稅！」斗肉大箸悲傷的說著：「我們 Dobale Baota 實在繳交不出來……最後只好做出痛苦決定，直接把剛登記好的土地，轉賣給漢人來清繳欠稅……」

　　聆聽至此的阿舉、伊排和阿甲，以及在場的所有東螺社眾，全部陷入一片靜默。

第 72 話

馬芝遴社看起來像農田的魚塭

　　離開東螺社之後，阿舉駕駛著牛車，繼續沿著東螺溪往下游走。一路上，一句話都不說。

　　「阿舉哥，我直說好了。官府盡可能調查出所有土地的運用狀況，建立完整的土地登記統計資料，從商務管理的立場來說，我認為沒什麼不對。而且，用自行申報的方式，大量減輕官吏僕役需要投入的人力調查成本，並不笨。」伊排想了想之後，還是決定直言不諱：「問題終究是上有政策、下有對策吧。」

　　「通事屋對轄下村社推行新徵稅規定時，有遇過類似的情況嗎？」阿舉反問。

　　「印象中沒有。因為 tina、tama 和 Catherine 阿姨他們都會盡量討論出讓多數人覺得有利的方向，而且也會先跟村社溝通……」伊排邊回想邊回答。

　　「這就是差別了。官府沒有嘗試先跟村社溝通、了解族人的實際需求，就貿然推動新政策。就算那是立意良好的政策，結果也會變成這樣。」阿舉的語氣有點嚴肅：「我很擔心，在 Dobale Baota 發生的事，接下來在 Gomach 也會發生。Dobale Baota 頭目建議我再去 Taurinap 看看，我們就順路過去瞧瞧發生什麼事吧。」

　　「喔？到出海口了耶。好幾年沒看到海了呀！ATek 我們去港口那邊吃海產吧～」這陣子來伊排跟阿甲整天窩在牛車貨台，培養起不錯的交情，唯有對阿舉的吐槽還是一如既往：「倒是那個誰……說要去 Taurinap 的？沿路都沒看到耶。」

　　阿舉只能尷尬的承認走錯路，意外發現伊排的吐槽還蠻有讓阿舉脫離沉溺情

緒的效果。阿舉內心也深深感謝著伊排，才能讓剛認識的阿甲願意跟著踏上旅程。

眼前大小船隻聚集的大港口，毫無疑問就是闢建「施厝圳」灌溉彰化大片田園的施家、貨物進出口貿易興盛而發展起來的鹿仔港了。相較於初次到訪的阿舉，經常跟著通事屋船隊出海的伊排，早已到鹿仔港做過幾次貿易。

逐漸形成的熱鬧漢人市街中，有一座香火鼎盛的媽祖廟。廟口向來是漢人的餐飲聚集地，阿舉、伊排和阿甲在此享用海鮮美食的同時，終於打聽到馬芝遴社的真正位置，並在午餐後立刻前往馬芝遴社頭目阿國家。

破落的村社實景，跟方才的漢人市街，形成強烈對比。

「來自 Gomach 的阿舉呀，有看到眼前那片魚塭嗎？」馬芝遴社頭目微笑問著。

「……魚塭？頭目您還好嗎？眼前是一片由漢人開墾的廣大田園……我沒看錯吧？」阿舉對阿國頭目的奇怪問題感到不解。

「但官府卻對那一大片農地收取每年只要 9 文錢的魚塭稅呢。」阿國頭目瞇起充滿皺紋的眼睛微笑說著：「老頭目我，不免也開始懷疑自己老眼昏花了。」

「這是怎麼回事？又是跟官府的土地登記政策有關嗎？」阿舉隱約意識到了。

「雍正二年，有個漢人陳拱來 Taurinap 洽談開闢魚塭的事，並說會代 Taurinap 繳納社餉，於是我們就答應陳拱以『民番無礙』名義，跟官府申報登記那片土地。」

「然而兩年後，陳拱就把那片土地再轉賣給施家的施長齡墾號。施家給 Taurinap 40 兩銀，直接買斷土地。40 兩銀多嗎？Taurinap 每年要繳交的社餉超過 215 兩呢……」

第 73 話

大肚溪南岸的世界

聽聞了馬芝遴社的處境，阿舉瞄一眼伊排、發現伊排完全沒有打算提出意見，於是阿舉突發奇想，主動跟阿國頭目提議，由阿舉來整合台灣中部平埔各村社的力量，集資成立一個全為平埔族人身分、擅長處理跟漢人之間簽訂契約文書或訴訟的扶助團隊，專門來協助陷入困境的台灣中部平埔各村社。阿舉這個提議，馬上就獲得阿甲的熱情支持。

但也很快就被伊排澆了一頭冷水：「提供免費服務，背後誰來長期維持營運支出呢？阿舉哥你嗎？」

貿然提出一個執行層面上有困難的天真提議，阿舉駕著牛車，悶悶不樂的離開馬芝遴社。沒有選擇鹿仔港跟彰化縣城之間已經開闢完善的大車路，而是走小路前往東北方、人口眾多的大村社阿束社前進。

在百年前大肚王的時代，大肚溪南岸的阿束社、半線社和柴坑仔社透過水路跟北岸大肚南社的聯繫，可能比牛罵社跟大肚南社的關係還要更密切。

如今，受到漢人的半線街庄持續擴大發展和彰化縣城設立的影響，許多漢人找半線社男人結為義兄弟，許多半線社小孩不只學漢語、寫漢字，也忙著背誦《三字經》和《論語》、《孟子》等漢人典籍。

而原本扼守直抵大肚南社渡口、往東聯繫貓羅社、背倚寮望山的交通要地柴坑仔社，現在的水路交通也都逐漸被漢人所掌控。

對於從南方洶湧而來的漢人潮流、在可預見的未來將會逐漸吞沒的各村社，阿舉想在大肚溪南岸建立貿易及情報據點的期望，只剩下十餘年前曾經被暴漲的

大肚溪洪流淹沒過的阿束社了。

　　牛車抵達阿束社，阿舉首先看到的，是幾名正在開鑿水圳的阿束社族人。一問之下，才知道腳下是阿束社向官府成功登記土地、族人得以自力開墾的農地。雖然水圳工人自嘲他們開闢的是被漢人帶著貶意稱呼的「番仔溝」，但見到他們仍帶著希望努力工作的景象，總算讓阿舉心情好了一些。

　　隨後在族人的引介下，阿舉一行人見到了阿束社頭目沙末。身強體壯、卻喜怒不形於色的沙末頭目，給人一種高深莫測的印象。對於阿舉希望建立情報交換的提議，沙末頭目只簡短的回應：「你應該到彰化縣城去做這件事才對。」

　　對於沙末頭目惜字如金的回答，阿舉、伊排和阿甲都想不通。然而奇妙的是，沙末頭目卻派了一名年輕族人，帶著阿舉一行人在阿束社內四處遊歷，這才讓三人都有點感到驚訝，所謂的阿束社，地廣、人多到幾乎可以分成四個村社都沒問題！其中還有一個位於大肚溪畔的惡馬渡口，始終被阿束社族人牢牢掌控。

　　一段時日後，阿舉才駕著牛車前往彰化縣城。在這個官府衙署、漢人寺廟和各式店家都越來越多的新興城市，越發龍蛇雜處，卻也是個隱密打探消息的好地方。

　　「Ipay，在這裡開一間類似通事屋的小店舖做為情報據點如何？」阿舉詢問。
　　「不。像阿甲姊姊之前那樣隱藏在官府衙署內更好。」伊排回答。

第 74 話

大肚山上的走標牽田祭

雍正八年農曆六月底，仍是炎熱的夏天。自雍正五年啟程，阿舉跟伊排已經在台灣中部各地闖蕩多年，途中還有敦仔和大乳汗毛格的加入，以及阿甲的隨行。如今往北渡過大肚溪，便會抵達過去大肚王甘仔轄家族所在的大肚南社。

時序正好是拍瀑拉一年一度的走標牽田祭，各社頭目、長老與年輕人都會參與。因此阿舉決定，在回牛罵社之前，要到大肚山上參加今年度的祭儀。過往都只跟著蒲氏悅參加、走標永遠都是最後幾名、跟各社交情不深的阿舉，這次決心要親自跟各社建立良好關係。

拍瀑拉傳統的走鏢牽田祭，上午舉行由各社 17、18 歲的年輕人用賽跑的方式、象徵把請來享用供品的祖靈請回家的「走標」儀式。最快跑回祭儀會場的年輕人奪得頭旗，會被族人們視為優秀的勇士，甚至會獲得年輕女孩的芳心。

「阿舉有沒有懷念以前參加走鏢的時光呢？」在場觀賽的阿甲興味盎然地問著。

「阿舉哥都是吊車尾的，沒看頭啦。」伊排還是老樣子，阿舉也只能苦笑以對。

「阿舉啊，很多年沒見到你來參加祭儀，想不到這次直接帶兩個女朋友來，不簡單喔。」負責主祭的大肚南社頭目、來自大肚王家族的甘仔轄，還是一樣愛開玩笑。

「尊敬的 Camachat 大頭目，少虧我了！這兩位都是一起同行的工作夥伴啦。」阿舉為了避免伊排發作回嗆，趕緊主動切入主題：「久違的參加祭儀，跟

大家再度相聚，真的很開心。不過實不相瞞，這次我是想跟大頭目討論，未來能否建立一個整合的貿易跟情報交換協定，讓我們 Papora 各社互蒙其利⋯⋯」

「等等，這位 Gomach 的年輕人，你這麼說，是要改以 Gomach 為中心、取代 Dorida Camachat 在 Popora 的宗主地位嗎？」大肚南社的漢人通事楊元祖提出質疑。

「年輕人有理想、有抱負是好事，」大肚南社最近才開辦社學的社師溫賜，微笑的說道：「但在祭儀公然挑戰大肚王家族在 Papora 地位，是否稍嫌欠缺思量呢？」

「各位⋯⋯我想小犬並無此意，或許說話上難免還不夠圓滑，但 Lelien 在我們每一位 Papora 心中的地位是無庸置疑的。能否請兩位大人讓我們族人內部多一點討論空間呢？」意外的，剛才一直沒在場的蒲氏悅，此時突然現身，為阿舉的提議緩頰。

「好了⋯⋯都停下，等晚上忙完再來談公事。」甘仔轄展現宗主頭目的風範。

走標通常到中午結束，接下來就是被稱為「圍食」的儀式。傳統上眾人會到獲得頭旗的年輕人家族面前喝酒，再加上各家族各自貢獻的獵物和蔬果，以及村社公費支應的酒食，足以讓大夥飽餐一頓、閒話家常。隨後再繼續前往奪得二旗、三旗的年輕人家族面前，就這樣一路喝到接近傍晚。

晚上，祭儀會場中央升起營火。族人們圍著營火，手挽著手唱著牽田曲、跳著牽田舞，在歡樂的氣氛中完成「牽田」儀式，為這一整天的祭儀活動畫下完美句點。

只是，近年來土地遭到漢人大舉侵占的貓霧捒社、因漢人到內山伐木而大舉徵召水裡社男人搬運到水裡港的無償苦勞公差、選擇順服而倒向漢人的大肚北社和大肚中社、竭力應付著漢人入墾要求又失去獵場的沙轆社和牛罵社、以及透過姻親和出謀劃策逐漸滲入大肚南社的漢人⋯⋯甘仔轄頭目心懷煩憂地，從大肚山頂望著南方夜景。

第 75 話

大肚山西麓的湧泉之路

　　大肚山上的年度祭儀結束後幾天，蒲氏悅搭上阿舉的牛車，一起返回牛罵社。牛車先在林蔭間小路穿梭，路過拜訪水裡社深藏在密林之中的村社聚落，之後才轉往西方、陡下坡直抵山腳下，在一處噴水噴得老高的湧泉旁暫歇。

　　「baba，感謝你在場幫忙協調，才能讓 Papora 各社頭目願意接受我的提議。」阿舉在水池畔洗把臉、醒醒腦：「看來，我的溝通協調能力還是不夠好。」

　　「阿舉，你的提議很好，所以我們各社的老傢伙們才會願意去落實執行。接下來 Dorida、Babusaga、Bodor、Salach 和 Gomach 各社各派 1 名代表到彰化縣府協助官方各種事務，既展現了我們 Papora 的友善合作，也可以私下穩定快速的傳遞官方第一手情報。」蒲氏悅和藹地說著：「溝通協調需要經驗累積，相信你會越來越好的。」

　　「但就算是我們如此努力維護和平相處了，仍然改變不了漢人大舉入墾、壓迫到原有族人生存空間的現況。獵場大幅減少了，捕不到鹿，繳交不了社餉。土地租給漢人佃農來收租，但政策卻造成漢人用各種方式跟官府登記土地並繳稅，各地村社陸續都面臨收不到租金的情況。於是有些村社嘗試自行登記土地、成為番頭家，卻突然遭遇重稅、導致不得不直接把土地賣給漢人，永遠失去祖遺之地……。有些漢人還比較少的村社，也面臨著官府和通事指派的大量勞役，幫忙搬運木頭、到處跑步運送公文、大量牛車被徵召去載運官兵巡邏……就算是跟官府關係最好的 Tarranoggan，平日到處出兵巡邏、有動亂就被押上前線打仗，他們也忙到沒多少時間待在村社過平靜的日常生活。」阿舉一口氣把他這段內陸旅

行的見聞、憂心忡忡地跟蒲氏悅分享：「很感謝 Ipay 在這段旅程中努力地談成一些貿易合作，但能從中獲利多少呢？又這些獲利用於維持貿易管道跟情報據點後，還剩多少能用於協助生活困難的族人呢？生活陷入困境的族人積壓著怒氣，我擔心我們努力維持的和平到最後還是會被打破……」

「阿舉你的擔憂方向很正確。」蒲氏悅平靜的回應：「不過，任何事都有許多不同面向。不如我們繼續沿著這條『湧泉之路』走走逛逛，把事情看得更完整如何？」

蒲氏悅所謂的「湧泉之路」，指的是沿著大肚山腳下沿線多處冒出的湧泉，運用泉水灌溉農田、種植蔬果、供應日常用水而形成的水裡社、沙轆社和牛罵社聚落，串連起來的道路。

阿舉一行人離開水裡社山腳下的湧泉，沿著湧泉之路北上，途經沙轆社的南勢湧泉，還偶而捕得到鹿、被漢人稱為鹿寮和鹿峰的山腳下湧泉，以及最令阿舉懷念、從小到大陪伴成長的牛罵社山腳下靈泉。

阿舉見到了跟小時候印象中略有不同的景象。各個湧泉池四周，陸續修築出許多長短寬窄不一的水圳，讓農田的灌溉範圍更為擴大。稻穀雖然已經收割，依然看得出來插秧的密度和整齊度比過往改善許多。可以想見，產量應該會比以往更高了吧？

「大環境下，我們阻止不了漢人湧入。所以我們更要學習漢人的優點，同時想辦法維持我們在這片土地上的原本優勢。湧泉之路沿線的土地，都還掌握在族人手中，沒有出租給漢人。」蒲氏悅表達出自己的想法：「我們終究不是漢人，漢人也始終把我們當番人看待。只有基本生活先過好，我們的語言和族群才能長久存續下去。」

第　76　話

———— ∘ ————

興直山腳下鬧雙包

「Ipay，妳回來啦？這趟中部的貿易之旅玩得如何？」正在大雞籠社通事屋內辦公的賴科，久違的見到伊排返回北部，微笑的問候。

「喔，中部值得交易的商品不多，只有談成跟 Tarranoggan 通事用南洋香料交易他們的山產、請 Gomach 代為收購 Balis 伐木漢人的樟腦、以及水沙連茶三筆而已。」伊排一副不在乎的模樣說著：「幫忙建立情報網的工作不太順利。漢人在中部拓墾、侵占土地的影響力明顯越來越大，加上官府派遣越來越繁重的勞役，理論上應該會激起內部團結、對外合作對抗意識。但中部有好幾個說不同語言的族群，情報交換和攻守同盟都缺乏互信，同族村社間的競爭意識太強，甚至有的村社本身就內部意見分歧。總的來說就是一盤散沙，各自單打獨鬥跟漢人打交道，武力或訴訟都力量不足。連蒲氏悅叔叔都寧可重視快速完整掌握官方情報，大概最後也意識到中部整合不起來吧。」

「Ipay 第一次到外地獨挑大樑談貿易，能有這樣的成果已經很不錯了喔。特別是樟腦和茶葉，我認為那些都可能是未來有潛力賺大錢的國際貿易商品呢！」賴科微笑的稱讚伊排：「情報工作不順利，別灰心。正如妳的深入觀察，在族群複雜的環境整合不易。而且也有可能妳現在撒下種子，過段時間後才會發芽呢。啊對了，跟阿舉這一路上相處還好嗎？」

「喔，老樣子啊。」伊排又恢復死魚眼：「算了，不想談他。我比較好奇桌上這張新地圖。」

「這個啊，是去年才新開通的『龜崙嶺道路』。其實這條原本就是 Coulon

境內的獵人山徑，後來漢民在 Lamcam 附近逐漸開墾成一個新村庄，原本叫做『虎茅庄』，後來改稱『桃仔園庄』。後來開始有人想抄近路、直接走到海山庄或更下游有河港的新庄，連官兵都在東側山口設立營盤。Coulon 不堪其擾，不時發生一些流箭傷人事件，官府就找我去跟 Coulon 協調。」賴科邊指著地圖邊説：「我後來看了地圖才意識到，這條山徑如果拓寬成主要道路，對於連結陳和議墾號下的海山庄和坑子口庄、陸路運輸往來也很有利。再加上，妳還記得之前南洋之旅意外被我們帶回來的 Homa 嗎？他回到 Coulon 後混得不錯。因為這層關係，通事屋協助官方關建『龜崙嶺道路』的功績又加上一筆囉。」

「還真是意外收穫啊。」伊排不得不佩服。

「龜崙嶺道路開通後，水陸交通匯聚、加上新庄的稻米產量，新庄已經逐漸變成越來越發達的河港。但我認為，之後必然產生糾紛。」賴科分析著。

「為什麼啊？」伊排感到不解。

「因為糊塗官府大出包。」賴科笑著解釋：「妳還記得我們南洋之旅前一年，有個林天成買下陳賴章墾號下的五塊地嗎？其中有一塊是興直山腳下，包含新庄。説來當年我也高估陳賴章墾號那些傢伙了，沒想到他們沒積極開墾，反而直接賣地賺錢。」

「之後雍正五年，另一個叫楊道弘的傢伙也跟官府申請開墾興直山腳下土地，彰化縣府竟然也核准了！大概是彰化縣新成立，跟之前的諸羅縣公文沒交接好。總之，官府行政疏失、又沒實地勘察，日後必然引發訴訟大戰。我們就等著看好戲吧！」

第 77 話

一代知縣周鍾瑄的下場

雍正八年，新接任的漢籍巡臺御史高山抵達臺灣府城拜會各級官員。入夜後，高山秘密前往一戶被查封的宅邸。屋主不是別人，而是曾任諸羅縣令及臺灣縣令、廣受台灣漢民及多數官員好評、如今卻被判處絞刑、等候發監執行的一代知縣周鍾瑄。

「一代知縣，淪落至此，殊為可惜啊。」高山開門見山直說：「您的案件已然結案，並非我任期內需巡察之事。只是我遍閱奏摺後，仍有一事尚無法理解，故想登門拜訪，親自了解您的想法。」

「當年您身為臺灣縣知縣，審理貢生吳素犯姦案，為何不依大清律令判刑，卻改判吳貢生建造木柵城牆數十丈來抵罪？難道府城城牆完工一事，真有重要到您非得做出如此離譜的改判？您可知正因此案，引發民間謠傳您私下收受不當賄絡才做出詭異改判，進而導致當年滿籍巡臺御史禪濟布秘密向聖上奏參您收受賄絡、私藏贓款、放貸圖利、加徵耗羨，最終造成您丟官去職、查封家產、淪落至今嗎？」高山質問著。

「事後諸葛，總是容易。」周鍾瑄冷笑回應：「當年朱一貴事件迅速席捲全臺，府城因無城牆輕易被占領，殷鑑不遠。雍正三年起，水沙連生番頻繁出草，百姓惶恐不安。府城城牆建設經費需銀萬餘兩，臺灣縣地方財政困窘，若因循正規，城牆不知何年何月才能完工，府城不堪再次陷落。時任縣令，壓力又豈是外人可想像？」

「吳貢生品行低劣卻家財萬貫，改判乃應急下策。至於加徵耗羨，乃是明清

以來中央集權、地方財政困窘、任職地方官員皆須面臨之處境。諸多官員私徵耗羨中飽私囊，余用於平抑糧價穩定民心、放貸收利以增益府庫，一切作為皆為城牆早日完工。論處余違法之前，是否先論何以要求地方官短期內完成此艱鉅任務？」

「或許正如您所言，故多數閩臺地方官員、甚至與禪濟布同時來臺的漢籍巡臺御史景考祥皆支持您的作為，僅有少數武官如時任臺灣鎮總兵林亮支持禪濟布。」高山嘆了一口氣：「但卻也正因兩方上奏互參，爭執不下，您的貪瀆案件意外的進一步升級成閩臺地方文武官對立的派系政治風暴。」

「台灣文武官員不合，由來已久。但論及此案，又未免胡扯太過。時任參將之武官呂瑞麟，亦被歸於景考祥派。」周鍾瑄冷靜分析：「以余之見，應是禪濟布之奏參正合聖上急欲財政改革之意，而向來迎合聖上、以藍廷珍為首的漳浦派系附和，久受藍廷珍提拔的林亮自然會選擇跟從禪濟布之見。」

「自古士子相輕，得勢者結黨營派、打擊異己，人之常情。但若只看朋黨之爭，則未免見樹不見林。」周鍾瑄進一步提出自己的見解：「問題的真正根源，還是在臺灣的整體財政收支困境。聖上亦深刻瞭解，只是對財政改革的意欲太急，蒙蔽了視野。從余之案件引爆，進而演變成對閩臺多數地方官不信任，大批官員被撤換。所謂的政治風暴，欲加之罪何患無辭呢？」

「您還真是敢言呢……」高山露出意味深遠的微笑。

「身為整起事件中第一頭待宰羔羊，余已做好上餐桌之準備。」周鍾瑄自嘲。

「好的，承蒙您知無不言，我亦以最新消息做為回報。」高山清了清喉嚨，緩緩說道：「蒙聖上恩德明鑒，經多年審理後結案，聖上已赦免您的所有罪刑。」

第 78 話

改革大旗下獻祭的肥羊

乍聽聞高山攜來的最新消息，周鍾瑄陷入沉默，半晌說不出話。

「方才一席談，已令我明白您的為官之道。」高山微笑的繼續開啟新話題：「身為初次抵臺的巡臺御史，而您又曾經治理熟番及生番遍布、漢民方興入墾的諸羅縣，多次捐穀興水利、益農業，廣受民番好評。因此，我還想向您請教民番之事。」

「現任閩浙總督高其倬，御史大人了解多少？」周鍾瑄反問。

「高總督於雲貴總督任內實行『改土歸流』政策頗受好評，深受聖上信賴，特調任閩浙總督，推行聖上期許的財政改革政策。印象中，高總督也受理多次調查過您的貪瀆案，最後認定禪濟布當年對您的指控多屬查無實證。說起來，也算是還您清白的關鍵人物。」高山應答：「不過，這跟民番之事有何關聯？」

「高總督明察秋毫，乃是優秀官僚之本質學能。」周鍾瑄語氣略顯冷漠說著：「然而『改土歸流』過程中，多次引發當地土司反抗、後派兵鎮壓，順勢改置流官取而代之。對當地民夷而言，是否仍屬『好評』呢？」

「……」高山一陣沉思後，突然盯著周鍾瑄：「對啊……您是貴州人，正是改土歸流的最前線……」

「高總督任職閩浙這些年，先於雍正五年推行『首報陞科』新政策，成功促使諸多原本私下向熟番租地開墾的漢民佃農主動登記申報，大量隱田得以公開納入行政統計，稅收也因此增加。又於雍正八年准許熟番登記申報土地，漢民與熟番從此可自由買賣土地，呈現出把熟番與漢民一視同仁、『民番一例』的平等景

象。」周鍾瑄陳述道：「這些發展看起來都很好，對吧？聖上似乎也對此表示滿意。」

「您的意思是……？」高山似乎意識到某些異曲同工之處。

「且容余再提另一件事。聖上這些年來大力推動『耗羨歸公』之財政改革，同樣意在充實國庫。另再建立由中央統籌分配之『養廉銀』制度，改善明清以來地方官員長期低薪的窘境。余最後被安上『違例加徵耗穀』之罪名，正是『耗羨歸公』改革大旗下的全國性最佳錯誤示範，原本確實是最該被公開獻祭的那頭大肥羊。」周鍾瑄再度自嘲以對：「說不定余之案件，對於養廉銀之制度化亦有一點貢獻。」

「然而，雍正七年，高總督為台灣官員爭取到每年地方稅收十分之一作為養廉銀之優待制度，卻顯然會進一步引發地方官員有意無意中更加『關心』清查出隱藏在熟番土地內的隱田，以增加來自養廉銀的收入。」

「此外，雍正五年以來，藍廷珍把藍張興庄開墾的部分土地自行申報充公，成為官庄後既增加官府稅收，又可杜絕過往批評藍家越界私墾的批評。漳浦藍家，實在很有一套。」

「只是，在這一切漢民積極開墾、從中央到地方財政改革制度化的欣欣向榮景象背後，散布各地的熟番村社，是否能理解官府如此作為的必要性呢？實際受到的衝擊呢？」周鍾瑄正色說道：「或許偶有像大雞籠社通事賴科這般雄才大略、令漢民熟番都信服的角色；但多數村社的漢通事，即使余過去曾嘗試扶持，恐怕仍難以承擔穩定村社之重責大任。特別是藍廷珍帶頭大舉越界侵墾的彰化縣境，來日或需多加留意……」

第 79 話

詭異出現在沙轆社的淡水同知衙署趕工中

雍正九年，阿舉從派駐在彰化縣城內的拍瀑拉 5 人工作小組傳來的情報中，得知幾年前新設立但並無明確劃分轄區的淡水廳，在今年終於明確劃定大甲溪以北作為淡水廳正式轄區的消息。原本一直窩在彰化縣城內的淡水同知衙署，將會移到新的淡水廳治所在地竹塹社。

「Pocael 會如何面對來自官府和漢人大舉入墾的壓力呢？」阿舉一邊輕輕轉動著多年前南洋之旅賴科送給他的地球儀、一邊思索著：「世界上其他地方呢？」

阿舉隨後提筆撰寫情報文書，準備把相關情報再傳遞給大雞籠社通事屋。此時，突然聽到戶外傳來的喧鬧聲。

「發生什麼事了嗎？」阿舉走到牛罵社內南來北往的主要道路旁，映入眼簾的，是超過 100 人扛著巨木、緩緩由北往南走過的驚人景象。阿舉很快就注意到，搬運的其中一人，是之前在大甲西社遇到的那位、兇悍但照顧夥伴的有義氣年輕人！

阿舉詢問路旁的老婆婆，得知巨木要搬運到沙轆社。同時，現場有一位姓金的師爺正在徵召牛車，協助載運臨時來巡察的官兵、以及運送牛車拖得動的木頭，引發在場老中青各階層女性的抗議，因為許多能駕牛車的男性早已都被徵召走了。

「這位師爺，我們牛罵社已經很盡力配合出動牛車，請別再繼續為難她們了。」阿舉上前排解糾紛：「不如，由我來吧。」

於是阿舉駕了牛車趕往沙轆社，只見現場一片雜亂工地，正在起造木屋，抱怨聲不絕於耳。沙轆社盲頭目嘎即，也在現場跟漢人官吏協調處理混亂的場面。

「嘎即頭目！這是什麼情況？」阿舉不解地詢問。

「是阿舉啊……唉……這是新上任的淡水同知張弘章，正在 Salach 蓋起官府衙署。」

「欸……？等等，淡水廳治不是應該在 Pocael？衙署怎麼會建在 Salach？這裡算是彰化縣境內不是嗎？」阿舉感到非常無法理解。

「我不知道原因，也不曉得張同知在急什麼，拼命催促趕工。他調派大量 Taokas 年輕人從大甲溪搬運木頭，徵用大量 Salach 年輕人當工人、強迫我們族人煮好食物供應官吏和工人用餐，你們 Gomach 也很多人被拉去駕牛車不是嗎？」嘎即頭目也有點語帶不滿。

「我就是臨時被找來駕牛車的其中一人啊……」阿舉只能無奈回應。

「唉……張同知還指派一個脾氣暴躁的 Taokas 漢人通事到處找男人來工作，又找女人駕車，不願配合就直接拿藤條抽打！另外，今天早上又有族人找我哭訴，說他家女兒昨晚被一個姓楊的師爺硬拉去陪睡！後來我去找那個姓楊的，他還龜著不出面！」嘎即頭目憂心忡忡地說：「族人的抗議越來越強烈，我還在努力想辦法調解。但官府的惡行再這樣下去，我也不能讓族人覺得我偏袒官方。阿舉，Gomach 那邊，你自己也多注意了。」

阿舉隨後依金姓師爺指示，牛車貨台搭載 10 名巡查官兵，前往大甲西社營盤。隨後再到大甲溪畔綁上多根木頭，繼續運送到沙轆社。接下來連日忙於指派勞役，阿舉也開始感到疲累。暫歇之餘，不禁心想：事情怎麼會演變成這樣？

第四章

大甲西引爆
南北紛響應
血染大肚山
敦仔腳下平

第 80 話

大甲西社箭在弦上

雍正九年 12 月底，大肚山腳下的海風，呼嘯吹過山谷缺口。2 輛由牛罵社年輕人駕駛的牛車，載運著從彰化半線營盤要巡防到大甲西社營盤的 12 名官兵，正緩緩地度過乾涸的大甲溪河床。

隱藏在呼嘯北風之中、順風加速而來的飛箭，宛如暗器一般難以察覺。等到官兵們回過神來，身上早已插滿利箭。

牛罵社年輕人驚恐的發現他們並未中箭，倉皇棄車逃跑。現場只留下氣絕的官兵屍體，與無人驅趕、自顧安穩坐下來休息的老牛。

當晚，才剛落成啟用不久、位於沙轆社內的淡水廳衙署，猝然燒起熊熊烈火。

跟蹌逃出火場的師爺、廚子、胥吏、家丁等人，正想調查失火起因，卻被四周埋伏的殺手們手起刀落，還沒搞清楚狀況前就倒臥血泊。

隨後，駐守衙署的官兵才殺聲震天、向暗夜中的敵人展開反擊。深夜炙亮的火光照耀著刀劍交錯的混亂戰場，此時只見一人騎著衙署內唯一的快馬，迅捷脫離戰場。在場所有人都知道，那名不顧下屬死活、只顧自己逃生之人，正是淡水同知張弘章！

以大甲西社最兇悍的年輕人為首，沙轆社和牛罵社一些不想再被過度勞役的年輕人追隨感召，贏下這場勝利的嘶吼，彷彿把內心積怨已久怨懟不滿都用力宣洩出來。沒有縝密計畫的突襲，冷靜下來後，他們才開始意識到，最想拿來血祭

的張弘章並未逮到，官府的反擊勢必會到。為了避免重蹈 30 多年前吞霄社的慘劇，大甲西社最兇悍的年輕人倡議：「我認識內山長期受到漢人壓迫的 Poaly 和 Balis，他們都會站出來支持我們！把官兵慘敗的消息到處宣揚吧！不願再被漢人欺壓的人們，結盟抵抗吧！」

　　幾天內，樸仔籬社、阿里史社、猫霧捒社的年輕人果然紛紛響應了。意外的是，連大甲東社都有一些人主動加入！加上原有的大甲西社、沙轆社和牛罵社起事者呼朋引伴，短時間內，已經聚集了超過 500 人！此外，貓盂社那邊也傳來阿帶總頭目已經出動戰士打退後壠社、阻擋從北部南下官兵的重要消息，雙方正在對峙中。

　　大甲西社年輕人有點被這意料之外的大場面嚇到，於是決定推派威嚴的交臘貓倫頭目來領導這股難得聚集起來的力量。

　　交臘貓倫心知肚明，現在只是剛好有個共同敵人，才讓眾人因憤怒而聚在一起。這麼多人本質上仍然是為各自的村社而戰，並非是一支團結有紀律的軍隊。此時一名猫霧捒社獵人表示，他看到藍張興庄內的官兵和武器正在集結。於是交臘貓倫抓緊時機，當天晚上就帶領 500 人直衝藍張興庄！

　　交臘貓倫先安排各社戰士分頭到犁頭店四周的漢人聚落放火、突襲，等造成混亂後再往犁頭店會合。聚集在犁頭店的官兵不足百人，夜裡倉皇應戰，帶頭的把總軍官奮力抵抗，但仍寡不敵眾，身受重傷後被下屬抬離戰場。天亮後，清理戰場，一共俘獲了 3 門大砲、27 支火槍等許多難以取得的珍貴武器！

　　一場又一場大勝，年輕人放肆慶祝勝利。只有交臘貓倫沉思著，未知的下一步。

第 81 話

官軍反擊樸仔籬

　　大甲西社為首的熟番突如其來的到處襲擊，引起遇襲漢民村庄的逃難潮。對多數日出而作、日落而息的平凡漢民佃農而言，或許多少聽過許多村社熟番遭受官府過度勞役的壓力，卻沒想到會這麼嚴重。少了剛過世的藍廷珍，失去依靠的藍張興庄漢民大批前往彰化縣城暫時避難。彰化縣知縣陳同善，怒目瞪著獨自逃回的張弘章，也只能無奈的趕緊通報駐臺武官，並先調派縣府附近單薄駐防兵力到大肚溪沿岸佈防。

　　對台灣地方官員來說，這是一場，公開的宣戰。相較於曾經引發大規模反清復明叛亂、令大清帝國皇帝與效忠官僚高度戒備的草莽漢民，近年來在漢民侵墾下逐漸落居劣勢處境的熟番，逐漸成為被官方視為較可以合作、卻過度指派勞役的對象。此次起事，是抱持著比較同情熟番立場的許多地方官員、更難以接受的反叛。

　　新任臺灣鎮總兵呂瑞麟，事發當時正在進行上任後首度北巡到淡水的視察行程，好幾天後都尚未返抵彰化縣城，也沒有任何進一步消息，只能先做最壞打算。前任總兵王郡尚未交接印信無法卸任，聽聞消息後臨時決定暫時留駐府城，先行調派兵力。

　　王郡派遣臺灣北路營參將靳光瀚從駐地諸羅縣城、鎮標遊擊軍官王臣從府城分別趕赴彰化縣城。文武官員們彙整情報商議後，決定兵分兩路：西路由王臣率領 300 名士兵，沿著大肚山西麓逐一搜查沙轆社、牛罵社到大甲西社；東路則由靳光瀚親率北路營主力進入藍張興庄，圍捕叛軍主力。

然而，兩路部隊都撲了空。

東路軍進抵藍張興庄內，始終找不到叛軍身影。一路向北推進到大甲溪畔，阿里史社的通事和土官進入軍營密報，大甲西社勾結樸仔籬社和更內山的紅衣番，主力應該會聚集在樸仔籬社。靳光瀚半信半疑，決定再移師到大甲西社查看。

而西路軍抵達大甲西社境內，竟然空無一人。令武官們鬆一口氣的是，總兵呂瑞麟終於通過貓盂社、與官軍會合。於是官軍焚毀大甲西社所有建築，守株待兔。

幾天後，熟番叛軍果然從東側山區發動突襲！早已佈防周全的軍營，立刻下令大炮轟擊，火槍兵則倚靠防禦工事不斷射擊。攻方發現情勢不利，很快就撤退了。事後清理戰場，發現有一名傷兵真的是紅衣番！武官們這才相信，阿里史社密報屬實。

雍正十年正月中旬，呂瑞麟派遣靳光瀚、王臣先率領千餘名兵力沿大甲溪向東進軍，在烏牛欄社紮營。官軍於 17 日主動進攻位於山頂上的樸仔籬社，沿途焚山開路，果然引起叛軍大舉反擊。前線武官此時才驚覺，叛軍也已經聚集多達千餘人！

17 日的山林惡戰，雖然官軍宣稱番眾敗退，但其實官軍也是撤退下山，損兵百餘名，包含一名守備軍官中箭陣亡。

正月下旬，總兵呂瑞麟再帶大批援軍及多門大炮進駐烏牛欄社軍營，總兵力已逾 3000 名！呂瑞麟事先跟助官熟番打聽小路，2 月 2 日親率大軍再攻樸仔籬社，多路同時發動攻擊！千餘叛軍依舊奮勇反擊，深藏林木中的飛箭、和不時突如其來的近身肉搏，屢屢造成慘重傷亡，連大炮都被搶走 2 門！但官軍仍奮力攻抵山頂，連呂瑞麟都手持藤盾牌、站到第一線廝殺！最後官軍終於攻破樸仔籬社，徹底焚毀屋舍……。只是官軍又損兵三百名，包含一名把總軍官。慘烈的代價，令呂瑞麟也深感挫敗。

第 82 話

神出鬼沒游擊隊

「Tabonno、Bali，你們的人損傷如何？」接連兩場以樸仔籬社為中心的大戰後，大甲西社威嚴的頭目、也是這群反抗軍的暫時總指揮交臘貓倫，以官話向樸仔籬社的 2 名領導人大匏藥、瓦鼇詢問戰力狀況。

「Poaly 再戰好幾場都沒問題！」2 人信心滿滿的回答：「我們早有準備，Poaly 山後還有好幾崁河階地，各村社搬來的老弱婦孺和生活物資都已經分散藏好了。這一次大家難得團結起來，一定要用力打敗漢人，讓他們退出我們的領域！」

交臘貓倫狐疑的看著這兩個過度樂觀的壯漢，不免輕嘆了口氣。來自各地不同村社、說著不同族語，到最後只能用外來的官話作為共同溝通語言，多麼諷刺。

雖然從眾多村社陸續聚集到樸仔籬社、可以投入作戰的男人超過千人，但在經歷了一個多月來的大小戰役後，也損失百餘人了。即使這些獵人們在山林中對官兵總能屢屢以寡擊眾，但若繼續正面對戰消耗，先吃不消的必然是反抗軍。

「官軍接下來應該會打算繼續派大軍來攻打 Poaly，不如我們分散、回到各自村社附近，不同時間、不同地點、頻繁對漢人村庄發動襲擊，就可以讓聚集在 Aoran 的官軍被迫分散救援。而且官軍一定追不上各位優秀獵人們的腳步，最後就能讓官軍反過來被消耗殆盡！」交臘貓倫對著各社領導人宣布新的作戰計畫。

各社領導人紛紛表示贊同，隨即返回各自營地做準備。交臘貓倫獨自抬頭仰望著夜空，思索著北方來的後壟社戰士至少有貓盂五社總頭目阿帶擋著，但那個戰力最強大、最恐怖的岸裡社呢？為何至今仍毫無動靜？而牛罵社那個建立台灣

中部情報網的阿舉，不知能否說服他私下提供官方和岸裡社動向的情報？

　　接下來一個月內，在大安溪以南、大肚溪以北之間的廣大地域，都成了反抗軍發動游擊戰的目標。2月4日、5日在大乳汗毛格帶領下，襲擊到阿里史社調查入山小徑的官軍。2月7日大乳汗毛格又帶著阿里史社和牛罵社獵人趁藍張興庄無兵防備，再跑到犁頭店南來北往的主要道路上劫殺路過的漢人商販。

　　2月10日交臘貓倫率領大甲東西社襲擊大甲溪沿岸取水的漢人，遭到岸裡社黑夜戰士之首敦仔射箭警告驅離，但岸裡社仍謹守村社領域、並未出擊；不過交臘貓倫此次行動終於成功引誘官軍不得不分兵追擊，一路尾隨到大甲東西社，最後進駐到南日社旁官軍營盤。順利的分散了官軍在烏牛欄社營盤的總兵力後，交臘貓倫又悄悄的帶領兩社戰士潛行回樸仔籠社。

　　2月20日，反抗軍斥候發現官軍先派出300名士兵到樸仔籠社山腳下，主力部隊後續跟上——這顯然是獵人常用的誘敵陷阱。於是交臘貓倫、大匏藥、瓦釐分別帶領各自的戰士埋伏到森林中不動聲色，直到官軍主力認為誘敵失敗準備撤退時，屏息已久的反抗軍才從四面八方射箭伏擊！2天後，反抗軍又襲殺取水士兵，官兵追之不及。

　　之後，大乳汗毛格游擊隊繼續襲擊藍張興庄南側的柳樹湳庄、西側的馬龍潭庄，牛罵社和沙轆社的獵人們也分頭襲擊了大肚山西側平原的牛罵庄、武鹿庄、沙轆庄和水裡社內漢人，連貓盂社也開始有人伏擊南日社營盤旁的耕作漢人！

　　反抗軍每個人其實都知道的，對漢人來說，這是不折不扣的恐怖攻擊。

第 83 話

助官熟番出動

　　總兵呂瑞麟早在二月初就意識到，即使身為武官，想單靠官軍武力征服所有反叛番社是不切實際的。因此，早在 2 月 6 日，呂瑞麟就派遣傳令帶著元寶、瑪瑙珠等熟番喜歡的貴重禮物，分別前往岸裡社和後壠社，要求這兩個長期協助官軍的良番村社代為送禮，招撫反叛村社停止繼續作亂。

　　然而，後壠五社總通事張方楷回報雖極有意願助官剿撫，但事變之初就已經為了協助總兵呂瑞麟開路南下，跟貓盂五社打了一仗、損兵折將，土官烏牌負傷未癒，暫時還無法出動。

　　而中部地區最為威名顯赫的岸裡社，通事張達京則回報岸裡社番顧慮與樸仔籬社和阿里史社等同族情誼，不願刀刃相向，尚未能說服岸裡社番出動助官。

　　「達京，你這樣拒絕官方，應該是有什麼考量吧？」看官軍傳令離開後，阿比才私下詢問。

　　「不愧是我最聰明的妻子。」張達京微笑回應：「臺灣鎮總兵官，固然已經是數一數二的大官，但有求於人，卻只派遣傳令……難道妳不覺得有點不夠尊重多年來屢次為官方立下許多功勞的 Tarranoggan 嗎？」

　　「多年來跟官方頻繁往來，我已經跟以前不一樣了。」張達京老神在在的表示：「我會保持高姿態，耐心等待官方派出更高層級的官員、提出更好的待遇，才能配得上請 Tarranoggan 出征該有的價值。我這麼做，都是為了 Tarranoggan 著想。」

牛罵社蒲氏悦家中，大甲西社起事後一個多月以來，阿舉始終苦思著，到底該怎麼做才能恢復和平、又同時讓族人們受到的壓迫處境獲得改善。阿舉阻止不了部分憤怒的族人私下跑去參加反抗軍、到處襲擊漢人，對於受雇於蒲氏悦的平凡漢人佃農受到無端攻擊也感到無能為力。

　　亂事發生後，女友阿甲逃離混亂的藍張興庄，暫時住進蒲氏悦家中。看到阿舉如此煩憂，建議阿舉嘗試向主和派官員訴求招撫行動。於是阿舉帶阿甲一同前往彰化縣府請願，碰巧遇到臺廈道最高文職首長倪象愷道臺進駐彰化縣府商議剿撫事宜。外表一臉老好人、原本就是主和派文官的倪象愷，接納了阿舉的申訴意見。

　　無獨有偶，當天晚上，交臘貓倫突然出現在蒲氏悦家門前，希望打聽情報。阿舉把倪象愷接手平叛事務後改為招撫路線的情報據實以告，讓交臘貓倫彷彿看到雙方終於都能下台階的曙光。然而，當看到阿舉身邊的阿甲，卻又暗自驚訝不已。

　　二月底，倪象愷帶著一眾文官先後拜會後壠社和岸裡社，再到烏牛欄社軍營跟呂瑞麟會商之後以撫代剿的行動方針。三月初，張方楷和烏牌帶領後壠社戰士前往樸仔籬社後山招撫，張達京和敦仔則帶領岸裡社戰士跟官軍一起進駐阿里史社。大乳汗毛格游擊隊堅持不接受招撫投降，於是敦仔主動站了出來。

　　「以我族的武勇，回應你堅定的決心。當年許下的諾言，如今終可實現。」

第 84 話

鳳山吳福生揭竿起義

就在台灣中部戰火尚未停歇之時，南路鳳山縣岡山一帶，吳福生正與結拜兄弟們討論著詭譎的時局情勢。

「大仔，彰化縣那些番仔的作亂，好像已經持續幾個月、官軍都解決不了。我聽說那邊至少有 3000 餘兵力，這樣看來，鳳山和府城的兵力應該抽調過去不少。」平時就到處打聽消息的楊秦勸説著：「大仔，機不可失啊！」

「這我當然知道，前陣子我已經通知廣南國金山堂總舵主了。等更多武器和銀兩到位，我們才有説服各地天地會眾共同起事的本錢。」吳福生沉穩的回應：「要幹，就要幹大的！十餘年前鴨母王愧對會眾的全力支援，這次就由我們自己來揭竿起義！」

3 月 29 日凌晨四更時分，吳福生率領 300 會眾攻打大岡山下的官軍營盤岡山汛，雙方爆發激烈對戰！吳福生原以為白天偵查到岡山汛把總軍官帶兵出巡，應該守備較為薄弱，沒想到官軍竟然埋伏在附近林木中，聽到殺聲震天立刻趕回救援！一陣惡戰後雙方各蒙損傷，吳福生率眾退兵，岡山汛營盤大門則被燒毀。

隔天清晨，追隨吳福生起事的會眾襲擊府城東方不遠處的舊社汛，不僅放火燒了營房，也搶奪到一些兵器。

北路大甲西社掀起的動亂尚未平定，距離府城不遠的地方軍營又陸續遭到意料之外的攻擊。駐紮府城統籌指揮台灣全境官軍兵力、尚未能交接卸任的前臺灣鎮總兵官王郡，對於如此接近府城、對官軍權威大舉挑釁的行為感到益發震怒。

王郡把手下優秀的遊擊軍官王臣從彰化調回府城，隨即兵分二路到舊社、岡山兩地搜捕，但已經追不到吳福生一眾人的蹤跡。

接下來幾天，臺灣縣、鳳山縣各地會眾紛紛響應，依然採用游擊戰法，分頭突襲火攻石井汛、萬丹巡檢衙署後旋即逃逸無蹤，令各地官軍總是追捕不及。直到 4 月 3 日一早，王臣接獲鳳彈汛守備軍官張玉在埤頭汛以北一帶遭到包圍的求援消息，傳令還提到赤山山頂上豎起數面大旗，旗幟上竟寫著「大明得勝」字樣！

接獲軍情的王郡心想，既然賊眾打算把事件升級為反清復明對立，效忠大清的官軍就更不能手下留情了。於是王郡一面從各地繼續調動援軍，另一面親赴前線。在救援張玉突圍後，王郡料想吳福生眾下一個攻打目標必然是守備空虛的鳳彈汛，於是下令星夜兼程趕赴鳳彈汛，兵分四路團團圍住鳳彈山區。

4 月 5 日一早，官軍果然看到鳳彈山上「大明」旌旗遍佈，不知究竟聚集了數百？還是數千人？然而合圍態勢已成，以王郡親率的北路為主力，臺灣南路營參將帶兵到西路，東路為趕回鳳彈汛的守備軍官張玉，南路為負責堵截退路的守備軍官林如錦。堅定主戰的王郡，立刻下令攻擊！於是雙方在鳳彈山區激烈廝殺一整天，官軍損兵折將，包含張玉在內的 3 名軍官激戰陣亡！但賊眾也不支敗退，往南逃竄時遭到南路官軍伏擊，之後又被意外出現在戰場、手持「大清」旗號的神祕義民軍追擊！

大戰一場後，王郡原以為南路就此平定。沒想到鳳山縣知縣此時傳來急報，縣城內逮到吳福生派遣的奸細，說吳福生正準備再集結兵力攻打後防空虛的鳳山縣城……

———————
·

第 85 話

事件落幕和平降臨？

　　山林戰士之間的對決，往往並非正面對戰，而是大量運用神出鬼沒、虛實交錯、陷阱埋伏、暗箭傷人、追獵腳力等多樣化狩獵技巧，把對手當成獵物一般，削弱到逐漸失去反擊力量後，才出面收拾獵物。

　　長年來在台灣中部享譽村際的岸裡社黑夜戰士，再度展現其並非浪得虛名。經過一陣山林獵捕後，大乳汗毛格陣亡，阿里史社游擊隊全面潰敗。3 月 6 日，阿里史社在老頭目帶領下收取禮物、接受招撫，舉社向官軍投降。

　　每個村社中，或多或少都有並非願意起事反抗的人。然而在戰況日趨激烈的處境下，主和派也往往被視同反抗者、只能被迫逃難。2 月在樸仔籬社幾次大戰、以及之後官軍被騙到分兵路過大甲東社時，順勢把當地的家屋、穀倉等維生設施盡皆燒毀，已經令部分心懷求和的族人內心動搖。如今得知官軍提出招撫，加上官軍難以搜索到的森林躲藏處已經被熟悉山林的岸裡社和後壠社找到，樸仔籬社和大甲東社大部分族人終於決定放下武器、停止反抗。

　　眼看各村社陸續投降，反抗行動已經失去成功的希望。交臘貓倫對內溝通到 4 月 22 日，才把一開始就自主響應、對漢人跟官方近年來各種欺壓行為深懷怨恨的牛罵社、沙轆社、貓霧捒社和樸仔籬社族人遣散回各自所屬村社。之後帶領著藏匿已久的大甲西社族人走出山林，遷移到岸裡社原本在大甲溪北岸的舊村社附近山腳下，砍伐林木、新建家屋；並對官員宣稱因為原村社已經被官軍焚毀殆盡，才只好另覓居所。

　　既然大甲西社已經自行安置，顯示倪象愷的以撫代剿策略生效，文武各級官

員只好睜一隻眼、閉一隻眼不多追究，僅交代搬到大甲溪南岸的岸裡社就近監視動向。交臘貓倫這進可攻、退可守的傑出一手，成功掩護了附近山區的藏匿軍火。

原本透過樸仔籬社連繫、暗中協助反抗軍的內山紅衣番，見到所有反抗村社都已投降，回想起幾年前水沙連社的遭遇，加上官軍提供的布疋、好鹽和米糧作為交換，開始欠缺物資的紅衣番再也沒有繼續反抗的理由，最後也接受造冊就撫。

回到彰化縣城，以倪象愷為首的多數文官互相道賀招撫平定之功，令損兵折將卻征討無功、灰頭土臉的武官們頗為不是滋味。

而看在自認為無端遭受番人恐怖攻擊、許多親朋好友遇難、大舉逃到彰化縣城避難的大批漢民而言，官府運送著一車又一車的物資、禮物送給殺人兇番的低聲下氣安撫行為，也讓他們感到強烈的痛恨與相對剝奪感。漢民們忿忿不平的抱怨身為受害者的他們卻得不到官府補償，各自返庄途中怨聲載道。

彰化縣城內幾名經常出入的助官熟番，便經常遭到避難漢民們有意無意的欺侮。

在牛罵社蒲氏悅家中，阿舉和阿甲看著各地傳回來的情報文書，得知了這一切事態。然而，漢人侵墾土地的浪潮能抵擋嗎？官府政策性造成村社流失土地或無力負擔重稅的缺失改善了嗎？官府和通事過度派遣的勞役是否還會持續？阿舉沉思著，這些長期累積下來的問題依舊存在，武力征服或送禮招撫後的平靖……算是真正的和平嗎？

第 86 話

龜崙社的酒後肇事逃逸

　　龜崙嶺道路旁的陡峭山坡上，兩名上了年紀的壯漢，正在喝酒閒聊。看著這些年來越來越多人車往來的繁忙道路，穿插在龜崙社領域正中間，宛如兩個世界。

　　「Homa，之前見到你回來，我簡直不敢相信。小時候的玩伴，怎麼會離開幾十年後，突然以老人的模樣回到村社。哈哈...這個世界真是太奇妙了……」

　　「對我來説也是難以預料的際遇吧。原以為會就此在遙遠的南洋小島終老一生，卻被大雞籠社賴通事撿回台灣。回到這裡後才發現，雖然見識過國外的繁華大城，但還是這片山林生活的比較習慣啊。」虎茅充滿感觸的説著。

　　「是啊……可是，這條道路對外開放後，前往桃仔園庄開墾的漢人越來越多，官府也利用這條道路來來往往。幾年間變化的很快，山腳下的草地都被開墾成田地了，我們的生活空間和獵場，逐漸被限縮在越來越狹窄的僅存山林裡了。獵物已經很明顯變少了，但住在桃仔園庄的那個漢人社丁郭生要求收購的鹿皮數量還是跟以前一樣多，否則他交易給我們的物資就減量……以後村社要怎麼辦呢……」

　　「……Banah，南方最近的反抗事件，你有聽過嗎？」虎茅突然提起。

　　「哈，你可別以為只有你會打聽外界消息喔，我當然知道。」巴辣笑著，隨後又大喝一口酒：「幹嘛？難道你也想跟他們一樣嗎？」

　　「是村社裡那些生猛有力卻沒得打獵的年輕人在整天抱怨吧。」虎茅笑了出來：「但他們還太年輕，不知道如何組織團隊、規劃行動，所以總是只會惹出一些小打小鬧事件。」

「欸？Homa，難道說你……？」巴辣意識到了。

「或許這是祖靈冥冥中的指引吧。當年我還年輕，在 VOC 的 Bitter 長官底下學會的事，當年未能成功；如今，為了守護我們這片僅有的山林，或許正好該輪到我扮演這個引導的角色。」虎茅平靜的說著：「這大概是我人生的最後階段、能留給村社的傳承吧。」

「……好，我們幾個好兄弟都挺你！」巴辣很豪爽的把酒一飲而盡：「就讓我們這群老頭們，帶著村裡的年輕人下山大鬧一場吧！」

5 月 11 日，虎茅、巴辣帶著龜崙社的上百名年輕人，突然跑到桃仔園庄的社丁郭生家中，二話不說直接大開殺戒！附近想逃跑、通報消息的鄰居，也遭到弓箭射傷。隨後郭生家屋陷入大火之中，龜崙社人揚長而去。

同一天，另一群龜崙社人往東跑到新庄的漢人聚落內，放火焚燒漢人家屋。正好待在庄內辦事的新庄一帶大地主、受封功加頭銜的林天成，立即組織庄內壯丁準備反擊，附近的官軍營盤也派兵搜查，但龜崙社人早已消失無蹤。

隔一天，官府差役正沿途趕路、把緊急軍情公文傳遞到南方各地營盤和官府。然而，已經太習慣走龜崙嶺道路的差役，正好被龜崙社一一攔截，總計遺失 17 份公文，差役和護衛也都遭到無情殺害！

龜崙社的行動，已經開始讓北台灣各地村社人心浮動。

第 87 話

錯殺引爆拍瀑拉之怒

　　經過好幾天的延宕，北台灣龜崙社起事的消息才終於傳到彰化縣城。部分始終滯留縣城內、不敢返回村庄的漢民，對兇番殺人的恐懼再度湧上心頭，聚眾向縣城內的文官之首倪象愷抗議，要求嚴懲兇番。城內文武官員商討後，決議一方面派遣北路營參將靳光瀚帶兵北上鎮壓龜崙社，另一方面由倪象愷負責安撫城內漢民訴求。

　　於是，這一天，拍瀑拉五社代表，被倪象愷私下召來衙署議事。

　　「諸位長年來都是安定地方有功的良番，老子深表感激。不過，諸位也看到縣城內漢民的情況……老子夾在兩者之間，左右為難啊。」倪象愷以世故老人的思維說出他的目的：「我聽聞縣城內有拍瀑拉五社熟番，長期助官通報、軍前運糧等雜役，表現優良。此次是否能請諸位允許老子略施小計，令 5 名小番偽裝成大甲西社兇番，在縣城內漢民面前演一齣兇番被官府逮捕、嚴懲入獄之戲，以安撫民心呢？若漢民憤怒激情能平、各歸住所安心生活，此亦為諸位所盼望之民番和平，不是嗎？」

　　「不……我認為還有許多問題尚未處理……」在場最年輕的阿舉嘗試提出意見。

　　「老子知道這麼做對良善諸位很為難，因此亦準備一點小禮物，作為補償。」倪象愷直接打斷阿舉的話，請衙役搬出之前大甲西社戰事中奪得的鹿槍、箭鏃等武器，擺到拍瀑拉五社代表面前，並手持代表官府的令旗微笑地說：「期望未來諸位與官府繼續保持良好關係，為民番和平共處、長治久安持續努力。」

「大人請聽我説……」阿舉還想繼續陳述己見。

「算了吧，阿舉，道臺大人的用意已經很明顯了……」其他村社頭目已默然接受。

幾天後，一名原本要去彰化縣城接班情報工作的牛罵社族人，突然上氣不接下氣的跑到蒲氏悦家門口大喊：「不好了！族人被殺了！」

阿舉聽到後趕緊出門詢問：「彰化縣城發生什麼事了？快説！」

「就是……原本只是説好被官府找去演出被毆打然後關進監獄的 5 名族人，今天早上我到縣城看到漢人在歡呼，才知道那 5 名族人都被殺掉了！」

「等一下！這跟之前道臺大人講的不一樣啊？」阿舉感到一陣頭皮發麻，隨後一股難以抑制的憤怒湧上心頭：「我們被騙了！……那些族人……無辜犧牲了……」

阿舉掄起拳頭，猛力的狂捶家屋門口的木頭，隨後哭了出來：「對不起……是我們之前過度期望和平而接受這種姑息的條件……是我們這些村社代表害你們被殺了……」

彰化縣城中，知縣陳同善調查城內的入獄熟番遇害事件後，隨即逮捕下令動手殺害 5 名效力良番的臺灣道衙役李華。

然而，隔一天，倪象愷就來到縣府衙署要人：「陳縣令啊……這小子乃是倪家表親，不學無術、資質愚鈍，錯誤解讀老子本意，誤以為殺了大甲西社兇番立下大功……老子也深感頭痛。做錯事理當受罰，然亦請法外開恩，交由家族內部自行嚴厲處置。」

陳同善固然不樂見自己的判決遭到外力影響，但倪象愷終究是自己的頂頭上司。

幾經折衝後，李華無罪釋放。

第 88 話

分手的那一夜

族人遭到官府殺害的消息，迅速傳遍了拍瀑拉各村社。

幾天後，阿舉主動號召拍瀑拉各社族人，到大肚山頂上、舉辦祭儀的會場集合。

「相信大家，都已經得知族人被殺消息了。」阿舉人生首次站在會場中央，大聲的向各社族人宣布：「我，Gomach 的阿舉，決定要為族人報仇！跟我有一樣想法的，一直以來受到官府、漢人欺壓的每一位族人，幫助我吧！我需要大家的力量！明天一起到彰化縣城，讓官府和漢人知道我們的憤怒！」

「你們蒲氏悅家一向都跟官府和漢人關係很好，我怎麼知道你是不是騙我們？」一名幾個月前才參加過大甲西社反抗軍的牛罵社獵人大聲表達不信任：「說不定你其實是跟官府勾結，之後又會把我們騙到彰化縣城去被殺掉！」

「對啊！你還跟那個 Tarranoggan 的 Adawai 是好朋友，明明就是站在官府那一邊的人，我們無法相信你的話！」另一名沙轆社的獵人也大聲質疑。

現場眾人一時陷入激烈爭吵，主和派對阿舉的宣言感到不可置信，主戰派也不信任阿舉的立場，甚至還有人往阿舉頭上丟垃圾。

「各位 Papora……現在，是真的到了我族存續的最後關頭了。」各社頭目紛紛站了起來，走向會場中央，由大肚南社的甘仔轄頭目以渾厚的低沉嗓音發表意見：「彰化縣城的族人被殺，我們這些頭目都有責任。所以，這一次，我們 Papora 要團結一致！明天，我們跟阿舉都會到彰化縣城要求官府交出兇手，請大家一起來壯大聲勢。如果官府無法給我們滿意的答覆，那就是我們 Papora 對官府、

對漢人、對大清帝國宣戰的時刻！」

當天晚上，阿甲臉色很難看的找阿舉談話。

「阿舉，告訴我，你是認真的嗎？你真的要反抗嗎？」

「是的，我心意已決。」

「那我們過去一直以來為了和平所做的努力，是為了什麼？」阿甲幾乎都快哭出來了：「不是說好了，要一起從體制內改善族人的處境嗎？之前不就成功說服官府改成招撫平亂嗎？我們一起努力了這麼多年，你現在放棄，先前的努力不就白費了嗎？」

「我知道……彰化縣城的族人被殺，我同樣感到很痛心，也很生氣為何他們做出這種破壞和平的行為！但總要想出解決辦法的，不是嗎？阿舉你很聰明，認真想，總會思考出新的解決之道。」阿甲眼眶泛淚的說著：「可是一旦戰爭爆發，你上了戰場，要是受了重傷、甚至失去生命，你知道我會有多傷心、多難過嗎？」

「阿舉，為了我，請你不要去……」阿甲哭訴著。

「親愛的阿甲，我很抱歉……」阿舉也留著眼淚回應：「但如果我不去做這件事，往後還會繼續發生跟幾個月前 Taokas 類似的反抗，官方一次次武力鎮壓後送禮招撫，問題根源始終無法被官方重視而去改善，最後必然導致漢人淹沒這片土地、族人被迫遷移或原地凋零。那可能會是我們有生之年會看到的下場。所以，我必須去……」

當天深夜，阿甲收拾個人行李，裝載到牛車上，留下分手信後，獨自駕車離去。

第 89 話

彰化縣城引爆戰火

雍正十年農曆五月結束後，閏五月的第一天，牛罵社、沙轆社、水裡社、大肚南社和猫霧捒社的頭目、村社代表、受害者家屬們，一早就進入彰化縣城大聲抗議，要求倪象愷出面說明、交出兇手，否則族人們不會善罷干休！

然而，為了避免再度發生衝突，總兵呂瑞麟早已加派兵丁守衛，衙署門口戒備森嚴。一整天下來，倪象愷不曾露面，只派差役多次表示官府正在開會研議解決方案，請熟番耐心等候。

阿舉不免有點失落，前來聲援的拍瀑拉族人少的可憐，抗爭聲勢小到縣城內路過圍觀的漢人都偷偷竊笑。

直到，夜幕降臨。

「頭目，你們先各自回村社，明天再多帶一些族人來聲援。我會陪著受害者家屬在縣城外野營，明天再繼續抗爭。不論需要多少日子，這次我絕對不會妥協！」阿舉眼神堅定的說著。

「喔，沒什麼抗爭經驗的阿舉哥，口氣倒是不小。」阿舉身後突然傳來熟悉的聲音：「雖然阿舉哥只來信說需要幫忙提供作戰物資，但我想阿舉哥應該是老樣子靠不住，所以過來看看，果然沒我不行。」

阿舉回頭見到熟悉的死魚眼伊排，當下忽然感受到無比溫暖。

「阿舉哥問一下，你們 Papora 村社內有比較支持你們立場的漢人嗎？」

「算有吧，不過我家的佃農應該不行，他們是老實人。倒是 Dorida Camachat 的漢人通事、社師等多位漢人似乎跟 Camachat 頭目關係不錯，或許可以問看

看。」

「沒想到阿舉哥反應很快啊。」伊排難得稱讚起來了。

隔天清晨，阿舉才剛從睡夢中迷糊醒來，注意到帳外的密集的人聲與腳步聲，便走到帳外一探究竟。

在仍未散去的晨霧中，數百名全副武裝的拍瀑拉戰士們，已經陸續抵達營地。

「你們……」阿舉腦袋還沒完全清醒，不敢肯定自己是不是在作夢。

「有看過帶頭反抗卻還在睡覺的嗎？起床了啦！」老獵人已經作勢要踹過來了。

半個時辰後，彰化縣城內好幾棟行政衙署，突然同時燃起烈火！

總兵呂瑞麟很快下令官兵出動，發現是分成好幾個小隊的熟番。一旦官軍靠近，熟番就立刻撤退。沒多久，縣城內外都已經找不到熟番蹤跡。

午後未刻，巡兵通報縣城外發現數十名全副武裝的熟番集結，縣城內數百名官兵隨即出動，先以大炮、火槍一陣火力投射，隨後才組成密集隊形出城搜捕。

等官兵謹慎地抵達剛才的熟番聚集處，發現腳下已經深陷水稻田的爛泥巴中。帶隊幾名軍官才驚覺不妙，四面八方草叢中立刻射出致命的飛箭與槍彈！官兵混亂的往縣城撤退，熟番正好埋伏在道路上堵截退路！一陣戰鬥廝殺，領軍的把總、外委與功加紛紛陣亡，殘餘官兵狼狽不堪的逃回縣城內，緊急大喊：「兇番又殺人啦！」

第 90 話

懷忠里客家義民軍的長征

在伊排的協助下，這一次由拍瀑拉各社組成的反抗軍，以各社為單位分成 5 支百餘人隊伍，3 隊分別把守彰化縣城的西門、南門、東門，2 隊作為機動支援，切斷縣城內外的聯繫。此外，也運用阿舉在台灣中部的情報網廣泛散布再度掀起反抗的消息，吸引對漢人、對官府不滿已久的村社響應起事。

「現在這個時間點起事，可能算是不錯的時機。三月底南部的吳福生事件，讓原本在中部的官軍四月起陸續調回南部，現在數千名官軍留守在鳳山、府城一帶不敢往北調動。五月初北部龜崙社起事，也讓彰化縣城內的數百兵力調往北部。加上今天打完的這一仗，我估計彰化縣城內的官軍大概剩 300 人左右了。」伊排綜合已知情報，跟阿舉討論分析著戰況：「但是，官軍的火槍跟大炮數量多，依靠縣城建築據險防守，我們貿然進攻只會損失慘重。而且，會打仗的多數是獵人，但獵人在山林和深密草叢中伏擊才能發揮最強戰力，因此也要盡量避免跟官軍在空曠大平原正面對戰。」

「所以，現階段我們先盡量聚集人手，包圍彰化縣城，直到他們耗盡糧食後不得不投降。」伊排做出具體作戰指示：「官軍當然會嘗試反擊，我們就盡量用游擊戰的方式來消耗他們的力量！」

然而，伊排對於吳福生方面的認知，也因為情報封鎖而失準了。

當時突然出現在鳳彈山戰場上、手執「大清」旗幟的神祕義民軍，原來是來自下淡水溪對岸、朱一貴事件時為了保衛客籍村庄而組成的客家六堆團練，事後

被官方賜予「懷忠里」之名。

　　此次吳福生事件，在「大總理」侯心富分派義民把守各村庄後，親自帶領900 餘名義民軍渡過下淡水溪，讓逃離鳳彈山戰場的吳福生會眾、進一步遭到慘重打擊！

　　由於鳳彈山戰役後，傳來吳福生還會偷襲後防空虛鳳山縣城的消息，客家義民軍被官軍連夜帶回鳳山縣城內協助防守，嚴陣以待。

　　但傳聞中的襲擊，並未到來。

　　反而在官軍彙整各地傳來的軍情後，判斷吳福生可能沿著漢番界碑山腳下往北移動，尋求重整勢力。

　　得知這個消息後，侯心富二話不說，立刻帶著客家義民軍出動追擊！此時駐紮鳳山縣城的遊擊軍官王臣也感到相當好奇，這批義民軍究竟是抱著什麼樣的深仇大恨？還是急欲立功的動機？才能激起這股追殺到底的動力。

　　客家義民軍就這樣一路從鳳山縣、臺灣縣追殺到諸羅縣，沿途還順手剷除了好幾個天地會據點，令吳福生只能不斷逃竄，無法喘息、聚攏會眾。直到閏五月第二天，義民軍終於在斗六門成功逮到吳福生本人！

　　把吳福生一眾餘黨綁押到附近官軍營盤時，侯心富才得知彰化縣城被起事熟番包圍的消息。於是侯心富把長征後久戰兵疲的部隊遣回六堆休養，親率 300 名精銳再往彰化縣城支援！初三日抵達縣城外時，鹿仔港汛解圍官兵正跟熟番交戰中！

　　又一次扮演奇襲戰場的重要角色，客家義民軍的迢迢長征之旅，尚未完結。

第 91 話

中部平埔族群全面響應

　　拍瀑拉各社包圍彰化縣城、再度掀起反抗的消息，傳遍了台灣中部各村社。首先響應的是彰化縣城附近的柴坑仔社和人多強盛的阿束社，很快的讓圍城反抗軍增加到千餘人。深受官府土地改革政策傷害的東螺社和更南方的西螺社，也開始有響應的聲浪。附近一帶村庄內的漢人得知消息，紛紛逃難到彰化縣城內。

　　面對縣城內越來越增加的糧食壓力，總兵呂瑞麟決定在閏五月初十日派出縣城內官軍與客家義民軍、加上鹿仔港汛的援軍，雖然總兵力不足千人，但擁有數百支火槍與數門火炮，仍嘗試往西門外大車路方向發動打通補給線的有限攻擊行動。

　　阿舉察覺後，快速聚集附近千餘名反抗軍，依靠著平原上已經相當有限的草叢與樹叢，以游擊戰的方式到處伏擊，雙方從早戰到晚！雖然通事屋擁有鐵皮推車、西式火槍大炮等足以對抗的精良武器，但伊排考慮到賴科作為大雞籠社通事的立場，所以只先帶來數量有限的籐盾牌，但許多驕傲的獵人不屑採用。官軍現在已經很習慣靠槍炮先往可能的伏擊處投射火力，反抗軍因此蒙受頗重的死傷。

　　儘管如此，官軍與義民軍依然無法打開一條安全的補給路線，客家義民軍功加中伏身亡，官軍的傷亡人數也持續增加。最後，官軍與義民軍仍然撤回彰化縣城內，突圍行動再度宣告失敗。呂瑞麟忍不住暗自嘆了口氣，早知如此，當初就不該派北路營參將靳光瀚帶那麼多兵力北上。

　　大甲溪以北的貓盂五社和大甲西社，透過阿舉的情報網提出攻守同盟的邀

請，終於獲得響應。而幾個月前曾響應大甲西社、始終想找機會再度起事的大匏藥、瓦罾，也帶著一些深受官府勞役之苦、並非真心歸順官府的樸仔籬社及阿里史社年輕人飛奔下山參與反抗。

在伊排的安排下，由大甲西社負責監視並牽制岸裡社的動向；貓盂五社則在阿帶總頭目的帶領下，加上一些比較晚才追隨起事的牛罵社、沙轆社、水裡社和大肚南社族人，組成聲勢浩大的北路反抗軍，往北攻打總是站在官軍那邊的後壠五社！

經驗豐富的阿帶總頭目深知扼守大河渡口與後壠社村社入口之間的官軍營盤位置絕佳，正面硬攻只會曠日廢時又損兵折將。於是阿帶率眾從淺山丘陵地帶秘密繞過後壠社，傍晚時分，突然在更北邊的中港社現身！此時港口正好有兩艘生理船停泊，阿帶立刻圍攻船上漢人，隨後把船上貨物洗劫一空！

原本受令北上鎮壓龜崙社、行軍到半途得知南方反抗再起、只好暫時駐紮在後壠社官軍營盤待機的靳光瀚接獲通報，才趕緊率兵前往中港社抵禦兇番！

經驗豐富的阿帶並不戀戰，發現正面對戰不利後旋即往丘陵地帶撤退，官軍追之不及。幾天後，阿帶又率北路反抗軍突襲位於貓盂社東南方的南日社官軍營盤。這回沒了外援，南日營盤官軍勢單力孤，當天就被攻破、徹底燒毀！

整個台灣中部，大部分村社都加入了這次的反抗行動。各地響應的反抗軍怒吼著襲擊附近漢人聚落，特別是近十年來漢人大面積新開墾的藍張興庄，6月8日再度慘遭大肆焚殺。誤以為這次亂事只侷限在彰化縣城周圍的漢人佃農，再度踏上逃難旅程。

第 92 話

智破快官庄

　　6 月 11 日當天，阿舉跟伊排意外發現之前內陸貿易旅行途中、曾有過一面之緣的貓羅社吟遊旅人也加入反抗軍，而且又怪腔怪調的吟唱了一首快官庄之歌。大概只有曾經聊過的阿舉和伊排，才能聽出歌曲中的弦外之音。

　　正好位於水路交通要道上、門禁森嚴的快官庄，此時成了貓羅社、北投社和南投社有意響應的族人，前往彰化縣城周圍跟反抗軍會合的阻礙。

　　此時，阿舉突然想起倪象愷曾送給拍瀑拉各社代表、象徵與官方合作的令旗。

　　當天傍晚，在伊排的安排下，阿舉指示貓羅社吟遊旅人帶著令旗，佯裝成協助官軍運送糧食的軍前效力良番，領著 5 輛牛車前往快官庄。嚴守村庄隘門的壯丁再三確認令旗真偽、以及牛車內確定只有米袋之後，才謹慎放行入庄。

　　半夜時分，躲藏在牛車貨台最底部、總共 25 名柴坑仔社特種任務部隊，悄悄爬出車外集結起來，以迅雷不及掩耳的速度殺死值夜守門的 5 名壯丁，隨後從內部打開隘門！埋伏在快官庄外草叢中的上百名柴坑仔社反抗軍，見到隘門打開後，也很快點燃火把，以平埔族人擅長的走標速度、快速奔馳到快官庄內，大肆放火燒屋！

　　這一場裡應外合的奇襲，瞬間讓快官庄內的漢人陷入大亂！夜半火光燒得炙亮，許多漢人拋下一切徒步奔逃，只顧逃往彰化縣城！奇怪的是，攻入的柴坑仔社反抗軍並未關門阻攔，彰化縣城東門外的圍城部隊似乎也在睡覺，逃難的漢人們紛紛湧入彰化縣城。

6 月 12 日白天，新到的難民蜂擁到道臺衙署前聚眾喊冤、要官員主持公道。倪象愷依然選擇暫不出面，衙署差役跟投訴難民發生喧嘩、推擠，最後還是由總兵呂瑞麟派兵阻止雙方繼續擴大衝突。

縣城內的高壓緊繃氣氛，顯然只是暫時被壓制住。圍城中難以宣洩的壓力，不知何時會在城內引爆更難以收拾的內鬨。縣城內文武官員開會一整天後，倪象愷決議由呂瑞麟運用縣城內僅有的數十匹軍馬組成一支騎兵隊，嚴懲攻打快官庄的兇番！

從大甲西社掀起反抗至今，呂瑞麟面對叛番僅僅互有勝負、以官軍顏面來說不甚光彩，但至少還有基本軍事常識。對極度缺乏馬匹的熟番來說，小股騎兵隊固然是強大威脅，但也缺乏固守村庄的能耐。於是 6 月 13 日白天，在遊擊軍官林榮茂率領下，騎兵隊以雷霆之勢衝向快官庄，一陣衝殺後擄獲 3 名柴坑仔社兇番，隨即又如旋風一般迅捷返回彰化縣城內。

不久後，倪象愷終於出面，在縣城內已經累積壓力到逼近爆發臨界點的大批難民面前，公開把抓捕回來的 3 名柴坑仔社兇番斬首示眾！難民們高聲歡呼，一場可能的內鬨危機，似乎暫時解除了一些。

「這就是倪道臺的危機處理之道嗎？」同在現場的遊擊軍官林榮茂問著。

呂瑞麟只能仰天長嘆一聲，苦笑以對。

即使倪象愷再怎麼能言善道、安撫民心，現實情況是縣城外兇番越來越多；坐困愁城，糧食存量估計只能供應到七月中。再無救援，恐怕只剩內戰或投降二選一了。

第 93 話

迷霧中扛炮通番的計中計

　　農曆六月下旬，悶熱午後經常雷陣雨的季節。自從阿舉帶頭反抗、圍攻彰化縣城以來，已經過了快兩個月。雖然阿舉不斷強調避免硬攻縣城，再過不久縣城就會糧盡投降，但有些人已經開始感到不耐。其中，有漢人通事、社師、跟村社女性結婚的漢人女婿等許多漢人加入反抗軍的大肚南社，特別對阿舉的領導感到不滿。

　　「拍瀑拉作主的反抗，理應由大肚王的後裔甘仔轄家族成員來領導才對！怎麼會任由一個牛罵社大地主家族生活優渥不知疾苦、也毫無武勇可言的傢伙領導呢？真不懂甘仔轄頭目為何要處處配合他。」大肚南社漢人女婿林王抱怨著。

　　「是啊……若說阿舉領導有方也就罷了，聚集了這麼多反抗軍應該要速戰速決方為上策；耗在這裡長期圍城乃是下下策，要是大清又像朱一貴那時集結大軍反撲，到時後悔也來不及了！」社師溫賜也表達對整體戰略部署的不滿。

　　「這樣好了，不如我們去找頭目兒子大武厘，由大肚南社打先鋒！」大肚南社通事楊元祖提議：「一旦我們成功，其他村社就會知道阿舉的行為只是膽小鬼，我們就能以大肚王復辟的名義，讓大肚王直系甘仔轄家族名正言順地成為反抗軍領導者！」

　　於是，以大肚南社為主的反抗軍私下集結，利用縣城東邊山坡上的林木和半線社數間家屋做掩護射擊，趁夜從東側直接大舉攻入縣城內！漢人女婿林王的一眾結拜兄弟們割掉髮辮、偽裝成熟番模樣衝進城內四處放火，一時似乎頗有成功希望！

然而官軍和義民軍反應過來後，運用縣城內密集的建築從四面八方射擊入侵者，隨後又出動騎兵堵截退路。徹夜惡戰之後，大肚南社的突擊行動遭到慘敗，為首的大武厘、楊元祖、溫賜、林王等人通通遭到俘虜。倪象愷自然不會放過對內宣傳的好機會，對縣城內難民宣稱意圖擁立大肚番王、密謀推翻大清的番逆漢奸首領已經伏法！

事後才得知大肚南社魯莽行動的阿舉和伊排感到相當挫折，畢竟縣城附近聚集的兩千餘名反抗軍，已經幾乎是人口有限的台灣中部平埔各村社、所能出動的上限了。無論是實質戰力方面、或是士氣方面的損失，都是反抗軍所難以承受的。

於是，伊排決定提早實施她早已佈線完畢的錦囊妙計。

六月底一天夜裡，伊排安排幾位臂力驚人的獵人，把黏上紙條的飛箭，從數個不同方向射向道臺衙署門口一帶，隨即安靜撤離。

7月1日，一個瀰漫大霧的白天，彰化縣城內突然出現5名隸屬道臺衙署的民壯，推著一門大炮和一輛彈藥補給車、以及另外一車的大量弓箭，往縣城西方走去。防守西門的巡兵覺得不太對勁，上前盤查，5名民壯回答是道爺倪象愷要他們到西門外設置埋伏。巡兵繼續追問民壯的部隊番號、以及為何沒有手執旗號，5名民壯似乎有點掰不下去，直接放下武器逃回城內！

巡兵追了上去，把5名形跡可疑的民壯押送到總兵衙署。縣城內難民得知消息，很快就聚眾到道臺衙署門前，大聲鼓譟道臺民壯「扛炮通番」！道臺衙役與抗議群眾發生推擠衝突，情急之下拔出佩刀、彎弓射箭，數名抗議群眾受傷，此時開始有憤怒的難民此起彼落的叫喊：「道爺倪象愷是通番內應！」

第 94 話

福建總督大舉調兵遣將展開反擊

　　雍正十年農曆四月，調派福建的新任總督郝玉麟，武官出身。自雍正年間從雲南提督做起，對大清帝國西南邊疆的改土歸流政策推行，屢以武力鎮壓做出卓越貢獻。

　　郝玉麟抵達福建廈門後，詳閱大甲西社事件過程中各級官員奏報，對於臺灣鎮總兵呂瑞麟屢次征討無功頗多微詞，對於臺灣道道臺倪象愷一昧招撫也感到不以為然。相較之下，南路負責征討吳福生叛亂的前任總兵王郡果決用兵，令郝玉麟較為欣賞。只是大甲西社事件最終以招撫成功勉強結案，郝玉麟一時也不便多做處置。

　　然而，自閏五月起，以牛罵社、沙轆社、大肚南社為首的台灣中部多社熟番再度掀起反叛，且此次番社響應規模更勝前次；彰化縣城一開始就陷入圍城之中，縣城中諸多文武官員，竟然無力退番解圍，令郝玉麟更加不滿。若北台灣龜崙社事件進一步引起範圍更大的響應，只怕繼朱一貴事件後，全台淪陷的窘境將再度上演！

　　到了農曆六月，郝玉麟終於下定決心，撤換成事不足敗事有餘、只知送禮招撫的倪象愷，令官軍顏面掃地的呂瑞麟則調回府城留任查看。而征討叛番的前線總指揮，改由王郡全權負責！

　　官軍兵力方面，先前調派給呂瑞麟征討大甲西社的總兵力三千餘名，損兵折將，於四月陸續調回兩千兵力，以面對吳福生叛亂後用於保衛府城的加強防守；另外約千名兵力暫駐彰化縣城，五月初龜崙社起事後呂瑞麟派遣北路營參將靳光

瀚率數百名北上，據聞可能卡在後壠社附近進退失據。

另四月時王郡用於征討吳福生約千名兵力，為因應南路尚未穩定的局勢，仍應暫留駐鳳山縣城為宜。待穩定後，再由王郡自行調派鳳山、府城兵力北上支援。

因此，郝玉麟綜觀全局，批准福建方面再抽調水陸師共四千名兵力，其中三千名直抵府城供王郡直屬運用；最後千名作為總預備隊，視各地局勢適時投入增援。

當時人在福州城的年輕武官甘國寶，初次見聞福州城內的大規模軍力調動，不禁也開始思考起台灣究竟是個什麼樣的地方。

農曆七月，王郡直屬三千兵，先派守備軍官帶兵 300 名走陸路北上直抵西螺社、東螺社，誘使叛番分兵南下抵禦；隨後於 7 月 4 日，再親率 2700 名主力從府城搭船，於 7 月 6 日直抵鹿仔港，直撲位於彰化縣城周圍、兵力削弱後的叛番主力！

而從大甲西社起事以來始終駐紮府城的兩名巡臺御史，長期視察後，對於解決現況的認知也已經取得招撫手段已然無效、必須武力鎮壓嚴懲叛番的共識！滿籍巡臺御史覺羅柏修將隨王郡大軍同行，漢籍巡臺御史高山則先巡查鳳山縣各地。

不過，或許由於夏日多雨因素，鹿仔港前往彰化縣城的大車路化為一片泥濘，密探偵查回報叛番也並未分兵南下協防東螺社。結果來說，王郡的聲東擊西戰術並未奏效。

但王郡並不特別在意。自基層武官一路升遷至今，身經百戰的王郡熟知戰場迷霧特性與敵軍行動的各種不確定性。王郡的用兵之道向來是從一次又一次的進攻中，逐步摸熟敵人的習性。這一次，王郡同樣冷酷自信的，在滂沱大雨中保持高昂戰意。

第 95 話

強梁阿束社包圍戰

農曆七月的悶熱天氣與西南風帶來的豐沛降雨，讓到處開闢成水稻田的土地化為一片泥濘。向來習慣居住在避開地面濕氣、架高地基家屋的各社反抗軍們，已經受不了長期包圍彰化縣城外的潮濕泥濘野營生活。雖然擅長使用牛車的阿舉傳授把牛車貨台改裝成露營車的小撇步，但牛車終究數量有限，且也還是沒有家屋舒適。於是各社領導人開會討論後，決定讓多數反抗軍移駐到可用家屋眾多的阿束社，改由各社輪派最低必要兵力維持包圍彰化縣城。

七月初獲知有 300 名官軍從府城北上的情報，阿舉和伊排都認為只是聲東擊西，但也煩惱於是否該分兵協防東螺社。阿舉和伊排私下找東螺社頭目斗肉大箸密談，得知斗肉大箸選擇跟蒲氏悅一樣不與官府對抗，阿舉也只好尊重頭目意願。

阿舉也曾經秘密聯繫馬芝遴社頭目阿國響應反抗軍，但阿國頭目回應馬芝遴社被施家開發已久，勇猛的獵人早已絕跡，無奈地婉拒。不過，王郡 7 月 6 日率大軍登陸鹿仔港的情報，阿國頭目仍然私下派人通知阿舉。

阿舉跟伊排總算確認了官軍的主力位置以及兵力武器數量，雖然也感嘆王郡來的時機未免太剛好。根據彰化縣城內的漢人內應趁夜用箭射出情報文書顯示，縣城內的糧食七月中即將耗盡，難民跟官府之間互相懷疑的氣氛也緊繃到了極點。然而，換個角度想，彰化縣城的淪陷投降可能也就只差最後這一步了。

於是，趁著接連幾天大雨、官軍似乎不願出兵的時機，阿舉安排了各社反抗軍沿著鹿仔港到彰化縣城的大車路兩旁，布置了各式各樣的陷阱與伏兵，準備以層層堵截的伏擊戰來耗盡官軍主力。

7月16日，終於雨停。

王郡抵達鹿仔港後得知反抗軍大量聚集在素來被官方視為「強梁」的阿束社，便加派密探仔細偵查，打聽到阿束社分為東崙、西崙、北崙及惡馬渡口四大聚落。當天三更半夜，王郡指揮官軍兵分四路秘密行軍，在黎明前各自抵達聚落外圍。

王郡親率主力位於北崙外，破曉時分，由北路官軍發射第一炮作為信號！隨後，四路官軍同時發動猛烈炮擊，阿束社四大聚落內密集家屋立刻陷入火海地獄！

僥倖逃過第一擊的阿束社人，尖叫、哭喊地四處逃竄。村社內大夢初醒的反抗軍，此時才慌張的躲入草叢中，逐步潛行挨近已把阿束社四周包圍起來、卻只顧著炮擊的官軍。然而王郡早已通令各部隊，此役火槍兵和弓箭兵不需顧慮彈藥箭鏃存量，只要看到草叢中有任何風吹草動就盡管射擊！

在南方埋伏的阿舉和伊排一早聽到北邊傳來陣陣巨響，趕緊帶領偵查小隊前往阿束社附近查看。抵達後，阿舉已經看不到原本的四大聚落，取而代之的，是宛如四座烈焰沖天的火山口，伴隨著轟隆轟隆地持續巨吼。而往四周流謝出來的，則是如同岩漿一般血紅、一個又一個倒下的反抗軍鮮血直流。

伊排把眼神死的阿舉打醒，引導殘兵撤出戰場，倉皇轉移到彰化縣城西側沿路設下埋伏。但在王郡決心夷平眼前一切事物的壓倒性火力面前，反抗軍在這片平原上已經失去任何掩蔽。當天傍晚，王郡率三千大軍雄步踏入彰化縣城，宣告解圍。

第 96 話

大肚溪兩岸的官渡之戰

　　阿束社之戰後，反抗軍撤到柴坑仔社山腳下的渡船頭渡口，準備渡河北上，倚靠大肚溪繼續對抗。王郡的屠村殘殺作風，在反抗軍中激起了廣泛的憤怒。特別是死傷最慘重的阿束社和柴坑仔社人，已經把王郡視為需要血債血償的仇敵。

　　此時阿束社頭目沙束突然向阿舉提出暫停渡河，把反抗軍分為山上、渡口兩支互為倚角部隊的要求，無論官軍先往哪個方向進攻，另一支部隊都能襲擊官軍背後。

　　「反對。王郡一定會直接攻打渡口，而你們現在的衰弱實力破不了官軍後防，只會造成反抗軍半數被封鎖在南岸、最後被殲滅的結局。」伊排直接表達意見。

　　意料之外的，阿舉這次卻罕見否決了伊排的意見：「這是一個很困難的決定……但現在我們唯有互相支持，反抗軍每一個人都要把彼此當成兄弟姊妹，才能團結！」

　　7 月 22 日，王郡再度率軍出征。一如伊排所料，王郡根本不打算理會以柴坑仔社半山腰家屋作為據點的倚角部隊，直撲渡船頭渡口！兵力處於劣勢的反抗軍利用這一帶較為複雜的地形處處干擾官軍大炮部署，但終究只是在爭取且戰且退的拖延時間。

　　早料到結果必然如此的伊排，無奈地盡力在渡口集結了大量竹筏。眼看官軍已經逐漸推進到渡口，沙束頭目把阿束社和柴坑仔社仍頗有戰力的百餘人趕上竹筏，親自率領頭目家族斷後。最後對著官軍直直發起自殺式攻擊，在戰場上求仁得仁。

王郡停頓在水漲船高的大肚溪面前，勒馬返回彰化縣城。

大肚溪以南曾經響應反抗軍的熟番村社，盡皆望風投降。

　　一個月左右的前線無戰事，讓許多反抗軍有點誤以為官軍不敢北渡，甚至樂觀想像大肚溪以北得以恢復往昔的村社盟邦生活，只是這次改以來自牛罵社的阿舉領導團結各村社，並透過伊排帶來珍貴的糧食、軍械和少數戰馬！

　　然而，在大肚山頂向南瞭望對岸的阿舉和伊排，都認為這只是風雨前的寧靜。

　　確實，在寮望山頂向北瞭望對岸的王郡，重新整補軍火物資後，已蓄勢待發。

　　8月15日起，反抗軍發現官軍似乎開始在惡馬渡口收集船隻、準備渡河。但阿舉並不輕舉妄動，仍在大肚溪北岸分散駐防，等確認主攻方向才開始調集反攻。

　　8月20日，官軍突然在大肚溪東渡口和西方最下游出海口的水裡港兩地登陸！根據守軍回報，水裡港登陸官軍約有600人，現場有水裡社、沙轆社和牛罵社約300名反抗軍正在抵禦；東渡口則有長福營參將李陰樾率領的800名官軍登陸，現場貓霧捒社、樸仔籬社、阿里史社共300餘名反抗軍也開始伏擊……兩地都急需支援！

　　但阿舉這回堅信伊排的判斷，只要王郡還沒現身就不是主力，因此仍拒絕分兵！果然等到8月21日凌晨時分，值班守夜的反抗軍發現有大批船隻移動、大量官軍正從大肚中社附近的渡口上岸！向來傾向官方的大肚北社、大肚中社，倒戈接應！

　　王郡上岸後，發現並未遭遇料想中的到處埋伏。千餘名主力部隊謹慎推進到大肚南社聚落前，只見四周林木中幾匹牛馬閒晃，空無一人。王郡暗忖其中必然有詐，仍照慣例先派大炮轟擊；待聚落建築摧毀殆盡後，王郡才下令主力部隊向——並非聚落中心——而是四周林木區域，展開地毯式搜索！雙方互相破解意圖，大戰一觸即發！

第 97 話

被擊破的大肚南社與水裡社

　　背倚大肚山、南朝大肚溪的大肚南社聚落四周，仍保有尚未開闢成田園的稀疏林木。王郡這回下令大炮先朝向林木一角齊射一輪後，再讓部隊集中一擁而上，意圖以數量和火力雙重優勢快速壓倒埋伏叛番！

　　埋伏在稀疏林木中、原本為了三面圍攻而分散至三個隱密據點的反抗軍，面對官軍炮擊、火槍、弓箭連續不間斷的火力壓制，只能一邊以弓箭零星回擊、一邊逐步後撤。阿束社和柴坑仔社殘眾的土墩據點首先被官軍搜到，便趕緊收拾武器撤到下一個據點。幾個小時後，大肚南社的圍柵據點也被官軍逼近，雙方激烈交戰中。

　　這時，始終在半山腰觀察戰況的阿舉，終於下達突擊命令。

　　而待在炮兵陣地督戰、為了讓前線盡可能獲得壓倒性軍力、身邊只留下 200 名親兵的王郡，此時才注意到西邊遠方，似乎有一支部隊正向此地而來，但下午的陽光又強又刺眼，一時看不清楚。只隱約感覺到那支部隊似乎開始加速前進，並逐漸揚起騎兵衝鋒才會引起的煙塵！

　　王郡突然驚覺大事不妙！趕緊把所有親兵派到炮兵陣地西側、嚴守陣地。隨著敵軍越衝越近，王郡才看清是約 10 匹馬組成的衝鋒騎兵帶頭、加上數百名全副武裝卻跑得幾乎跟騎兵一樣快的熟番叛軍！

　　騎兵的震撼力、反抗軍殺聲震天，天地為之震動。這是阿舉和伊排從反抗軍中挑選出來跑得最快的精銳部隊，在官軍主力被誘敵深入山林中纏鬥、一時難以回救的關鍵時刻，這支反抗軍精銳部隊被賦予的任務是：摧毀官軍炮兵、擊殺王

郡！

　　局勢危殆，王郡雖然上了年紀，此刻依然熟練的一邊舉起火槍射擊，一邊下令炮兵轉向、壓低炮管向西方直射轟擊！雙方激戰不絕，眼看鹿角和拒馬被突破，叛軍已經殺到炮兵面前時——

　　王郡事先安排後續接應跟上的 600 名官軍和 250 名客家義民軍，在這千鈞一髮之際抵達戰場！官軍士氣大振，兩面夾擊！最危急驚險的一刻，終於化險為夷。

　　這場大肚南社之戰，反抗軍功敗垂成。但顯然的，王郡再也不會給反抗軍第二次一擊必殺的機會。

　　阿舉跟伊排通令還在水裡港對峙的西路反抗軍撤退到大肚山上隱密的水裡社聚落內，還在東渡口艱苦打游擊的東路反抗軍往北撤退到貓霧捒社確保水源，而阿舉所在的中路反抗軍主力則撤離大肚南社附近最後一個瞭望台寨據點，返抵大肚山頂、拍瀑拉舉行走標牽田祭的祭儀會場。

　　接下來，反抗軍唯一還能依靠的，就只有這片熟悉的大肚山茂密森林了。反抗軍化整為零，每 5 人一小隊在森林裡到處散布，看到官軍就打游擊！

　　只是，官軍推進至此，反抗軍中開始有族人擔心來不及回去保衛自己的村社。阿舉為了安撫軍心，親自帶著牛罵社、沙轆社和水裡社全部族人移駐到水裡社聚落。

　　8 月 25 日，一行人才剛抵達，水裡社四周就傳來陣陣燒焦味。哨兵急忙跑回來通報，説大批官軍在大肚北社、大肚中社族人帶路下，分七支部隊沿路放火燒山！反抗軍立即出動抵抗，卻已經被山林大火包圍！

第 98 話

大肚山下血流成河的處刑場

雍正十年農曆八月底，大肚山時節入秋，雖仍微熱，更乾旱無雨。這場人為引發的森林大火，四處延燒，久久不熄。

還堅守在大肚山頂的大肚南社、阿束社和柴坑仔社共 300 名中路反抗軍，以及防守水源地的貓霧捒社、樸仔籬社和阿里史社共 300 名東路反抗軍，幾天來始終打聽不到水裡社聚落內約 600 名反抗軍下落。還領導著東側兩支反抗軍的大肚南社頭目甘仔轄，連日看到大肚山下的官軍大營內，岸裡社、烏牛欄社、掃捒社、南日社、大甲東社陸續帶著數千人進軍營投誠；可以想像，接下來恐怖的岸裡社黑夜戰士將會開始把反抗軍森林游擊隊當獵物痛宰。

甘仔轄頭目聚集各社反抗軍領導人討論幾天後，深感敵我雙方軍力對比已經嚴重失衡到完全無法逆轉的地步，而且處境四面受敵，彈盡援絕。農曆九月初，殘存堅守的中路和東路各社反抗軍，終於放下武器，走入大肚山下的官軍大營，宣告投降。

只有樸仔籬社的大匏藥、瓦釐兩人堅不投降，循著大肚山東麓往北逃竄。既然大甲西社監視的岸裡社已經行動，大匏藥、瓦釐兩人打算跟大甲西社會合、繼續抵抗！

大肚山下的官軍大營中，王郡領著一眾武官，接連幾天對從未參與亂事、主動來投誠的番社送禮表揚。但對前來投降、以甘仔轄為首 5 名熟番叛軍首領，則被王郡態度嚴厲地逮捕下獄。

令甘仔轄驚訝的是，隔一天，水裡社的眉箸頭目帶 6 名族人前來軍營投降。當天稍晚，沙轆社的嘎即頭目和副頭目被巡邏官兵逮捕、以詐降罪名押入軍營。甘仔轄一方面略感欣慰，水裡社、沙轆社和牛罵社反抗軍並未全被那場大火吞滅；但另一方面也苦笑，沙轆社怎麼可能會派兩眼雙盲的老頭來詐降？嘎即必然是真心為了沙轆社的存續而選擇投降，卻仍被安上莫須有的罪名。

王郡接連幾天訊問投降叛番，嚴詞要求供出叛軍各項細節及後續行動。審訊完畢後，宣告詐降首惡嘎即處以杖刑，當場棍棒毆打致死！另 13 名，公開斬首示眾！

消息一出，各投降村社紛紛為自己的受刑族人感到痛苦、哀傷；尚未投降的牛罵社和沙轆社，則掀起廣泛恐慌！許多族人攜家帶眷，寧願跟著反抗軍逃難，也不願被官軍逮捕後受苦受難！

9 月 9 日，反抗軍發現官軍再度出兵北上。雖然自從那個該死的淡水同知張弘章逃竄後，沙轆社反抗軍就逐漸在被燒毀的衙署原地建起瞭望台、圍柵、營寨，囤積軍事物資，做為長期反抗的重要據點。但在王郡帶來的毀滅性火力面前，沙轆社苦心建設的成果，在猛烈炮火下化為烏有。

反抗軍只能退入沙轆社、牛罵社東方那片熟悉的大肚山森林，繼續游擊抵擋官軍和岸裡社前進。那裡曾是驕傲獵人們大展身手的獵場，曾是伐木工人們哼唱著思歸歌的林場。如今，鹿峰無鹿，鹿寮傾頹，鮮血滲入山腳下湧泉；獵殺與被獵殺的，都是曾在這片森林中以弓箭交心、以斧頭交遊、在大肚山西斜夕陽下同生共處的那群人。

第 99 話

反抗軍的末日與別離

　　王郡跟呂瑞麟兩位前後任總兵，用兵之道有著顯著差異。呂瑞麟出兵盡量避免傷及無辜人民；王郡一旦出兵則必定凶狠無情。呂瑞麟習於集中兵力於一處，雖確保兵力絕對優勢，但面對游擊戰顯得處處被動；王郡則把優勢兵力先用於駐軍各地，鞏固後防後才繼續推進，前線指揮則擅長分兵多路包圍，計策變化多端。

　　曾先跟隨大甲西社對抗官軍的大匏藥、瓦釐，以前次經驗建議阿舉多派游擊隊繞到官軍後方打游擊、甚至可能誘使村社再度響應，讓官軍疲於奔命。但游擊隊每次都發現村社內至少駐紮 200 名以上官軍，被軍力壓制的村社根本不敢再反抗。

　　另外，反抗軍一直沒發現的是，早在大肚南社之戰後，王郡就下令長福營參將李蔭樾率兵快速推進到樸仔籬社山口，提前堵住叛番逃入內山的退路。大甲西社頭目交臘貓倫和貓盂五社總頭目阿帶得知後，只好聚攏所有反抗軍到大甲溪北岸崩山會合。

　　王郡的主力部隊及客家義民軍則沿著沙轆社、牛罵社向北穩固推進，岸裡社戰士持續獵殺潛伏在大肚山區內的游擊隊。9 月 16 日，官軍全面推進抵達大甲溪南岸，正渡河之時，北岸突然飛箭齊發、宛如烏雲密佈後必然降臨的箭雨密集落下！

　　然而這卻是王郡的棉簾環蔽收箭暨誘敵現身之計，渡河官軍紛紛張開棉簾收下飛箭，大炮則往飛箭來源反制炮擊！

　　9 月 18 日，官軍主力進駐大甲西社舊聚落，叛番兩度來襲，都被炮火擊退。

隨後王郡下令官軍出營追擊，攻抵大安溪。平原上僅存的貓盂五社，陷落只是遲早的事。

「好了……Ipay，到此為止，再晚就沒有港口可用了……。接下來我會帶殘餘仍不願投降的反抗軍退到內山，必須在這裡跟妳道別了，否則 Basay 暗中協助反抗軍的事就會曝光。」阿舉語氣平靜地說著：「Ipay，很感謝妳為我們所做的一切。」

「蛤？你說啥？」伊排突然有點失去冷靜的回應：「等等……就算阿舉哥你這樣說，我也不離開！你清楚我的個性，只有我自己才能決定我要怎麼做……唔！」

阿舉猝然靠近伊排的臉龐，用嘴唇堵住伊排的自我主張。

這是多麼深情的一吻，一直以來既堅強又倔強的伊排，終於軟化了。

「Ipay……我一直看在眼裡。如果不是真心愛著對方，就不可能義無反顧、即使陷入艱苦絕境，仍然願意陪伴、支持對方直到最後。」阿舉深情地抱著伊排，溫柔的說著：「我這麼說並非表示 Atek 不好。Atek 選擇分手，是我堅持選擇反抗所必須承受的痛心後果。因此，我必須把握現在這個時刻，回應 Ipay 妳的感情。」

「阿舉哥……你愛我的話，就跟我走……」伊排第一次難過到不經思考就說出口。

「抱歉……這次大反抗，是我起的頭。作為反抗軍的首領，我不能臨陣逃脫，必須帶領最後一批不願投降的族人走到最後。」阿舉微笑的回應，雖然臉頰上已經掛著淚水：「以這次官軍首領王郡的作風，過不久後我被逮捕，我會抬頭挺胸赴死的。」

「Ipay，走吧。只有妳能做到，把我們經歷過的這段故事傳頌給後代……」阿舉語帶哽咽地告別：「謝謝妳，Ipay，再見了……」

伊排隨後被裝入一個貨箱中，在貓盂五社總頭目阿帶的安排下，秘密運送到雙寮港。再由蒲氏悅準備好的接應小船，趁夜搬運到停泊在五汊港的淡水社船。

第 100 話

堅落盤石的負隅頑抗

9月20日，渡過大安溪的官軍和客家義民軍再度出動，兵分三路直抵小坪山、大坪山山腳下；遙望依稀可見熟番叛軍在山頂上忽隱忽現。雙方或許都有共識，負隅頑抗的最後一戰，即將到來。

在大坪山頂上指揮殘存反抗軍的阿舉、阿帶和交臘貓倫，見到官軍開始行動，也下令埋伏在山林各處的反抗軍沿途截擊！這回交臘貓倫把之前俘獲珍貴武器的家底都拿到前線使用，山林間槍炮、箭矢四射，雙方激烈交戰著。

沿途蒙受損傷的官軍見到熟番叛軍且戰且退，仍堅決挺進，直追到陡峭、赭紅的大坪山下，突然間，山上崩落大量落石！意料之外的落石攻擊阻斷山路。然而，積極搜索的客家義民軍竟意外找到僅容單人通行的狹窄山徑，魚貫上山繞到叛軍背後發動猛攻，反倒成了一面倒的奇襲！最後熟番叛軍再度大敗，往更東方的生番地界撤退。

於是王郡下令後壠五社總通事張方楷從生番地界北方堵截叛番往北逃亡的路線；岸裡社的張達京和敦仔則繼續由南方北上、堵截叛番往南撤退的路線。

反抗軍此時已經如同甕中之鱉，山谷中藏匿的存糧被燒盡，火藥、箭鏃也都已用罄。想躲在深山密林努力求生存，卻再也逃不過後壠社和岸裡社的南北夾擊。

9月26日，在徵得阿舉和交臘貓倫同意後，貓盂五社總頭目阿帶率領貓盂社、吞霄社、房裡社、苑裡社、雙寮社5社共千餘名男女老幼，下山向官軍投降。至此，僅剩下牛罵社、沙轆社及大甲西社總計約千人的老弱婦孺，所有勉強能拿起武器的成年男子都集合起來，也只剩近 300 人。反抗的代價，夥伴的屍體橫躺腳下。

這，就是反抗軍的窮途末路了。無止盡的罪惡感湧上心頭，阿舉雙膝跪下。

「起來吧！想當年，我原以為你是個沒救的和平貿易傻瓜，還跟阿帶提什麼攻守同盟，笑死我了。沒想到，如今我們卻真的一起並肩作戰。」交臘貓倫帶了一壺酒來到阿舉身邊坐下：「反正我們再過沒多久都要去見祖靈了，乾脆再告訴你一個祕密吧。幾個月前我去找你的時候，你身邊的那個女人……是我家孩子同父異母的姐姐。只是她的母親是個 Babusaga，所以讓她在那裡長大。」

「蛤？！」阿舉一時感到難以置信，隨後苦笑了起來：「原來如此，難怪那天頭目您神情不安……不過頭目您放心，我的家族會確保她的安全。」

「多謝你了，你這個無緣的女婿，不可思議的傢伙。」交臘貓倫微笑了起來。

話才剛說完，突然林間多支暗箭襲來！交臘貓倫幸運只遭到擦傷，但阿舉不幸身中數箭。才不過一下子，岸裡社黑夜戰士就從四面八方圍了上來。

「全部帶走。」黑夜戰士之首敦仔，冷冷地下達逮捕令。

西部沿海道路打通後，王郡下令長期困守在後壠社一帶的北路營參將靳光瀚，獲得補給後開拔北上；配合福建總督郝玉麟從福建漳州派出循海路直抵淡水的 1000 名援軍，夾擊龜崙社和響應起事的外北投社。勢單力孤下，北台灣的反抗也到了終點。

自雍正九年 12 月底以來，持續近一年，全台灣北中南各地紛起響應的反抗大戰，在王郡率領的八千官軍、客家義民軍和岸裡社、後壠社協力圍剿下，至此全被碾平。

第 101 話

悼念的情歌

　　這一天，巡臺御史高山抵達暫設置於大甲西社的官軍大營，巡訪此次平定台灣北中南各地亂事、戰無不勝攻無不克、即將升任福建水師提督的總指揮官王郡。

　　「王提督，台灣各地終於恢復平靜，恭喜您成就此番豐功偉業！」高山首先自然客套一番，隨後才提及巡臺御史本分：「固然吾輩行前皆有共識，此次熟番叛亂必須嚴懲。然而征討沿途村社，似已殘破不堪，難以恢復生計。既然叛番已受到嚴重打擊，何不順勢宣揚聖上好生之德，令熟番誠心歸順呢？」

　　對於從基層行伍發跡、以千總軍官身分在藍廷珍麾下來台平定朱一貴事件、亦曾任台灣南路營參將討平鳳山縣山豬毛番的王郡而言，數十年軍旅生涯多在台灣建立戰功，並非不了解台灣漢人跟熟番之間難解的衝突。王郡深知此戰後，各社熟番肯定對他恨之入骨；但王郡捫心自問，難道像呂瑞麟那樣始終無法徹底平定會比較好嗎？王郡以武職自豪，向來以完成任務為最優先考量。熟番屠夫之名，王郡慨然承受。

　　「御史大人過獎了，郡僅一介粗鄙武人，只知行伍、不闇文墨，承蒙聖上提拔方有今日。戰場上刀光劍影，官兵難免殺紅了眼；郡必當多加約束，以彰聖上之德。」王郡也客套的回應，隨後才表達個人感受：「叛番雖惡，然戰力不可小覷。當年朱一貴之亂，藍廷珍老長官僅以一萬兩千官兵，即能輕易討平數萬作亂漢民；如今叛番至多兩千餘名，卻須八千官兵暨義民、岸裡社、後壠社各數百名協力，方能平定。」

　　「叛番熟悉山林、迅捷善跑、狡詐埋伏戰技皆稱優秀，來日若能令各社熟番

皆如岸裡社、後壠社一般戰時軍前效力，平時屯田、巡防、守隘、協助公務，或可給予熟番另類生計。郡見識淺薄，武人觀點，僅供御史大人卓參。」王郡提出後續建議。

　　離開了牛罵社後，失蹤一段時間的阿甲，最後仍然被蒲氏悅派出的林秀俊找到。待官軍重新奪回大甲西社後，阿甲聽聞巡臺御史高山將到大甲西社巡察，便決定再嘗試一次向官方陳情。林秀俊聽聞此事，也跟阿甲一起前往大甲西社。

　　「沈唧嘮葉嘆賓呀離乃嘮（夜間聽歌聲），末力哊戈達些（我獨臥心悶）；末里流希馬砌獨夏噫嘎喃（又聽鳥聲鳴，想是舊人來訪），達各犁目歇馬交嘎斗哩（走起去看，卻是風吹竹聲），嘆下遙寧臨律嘆嘈噫嘎喃呀微（總是懷人心切，故爾）。」

　　「番女歌聲甚佳。」結束白天的公務行程後，高山來到大甲溪北岸崩山山腳下，見到這名自稱是大甲西社土官之女、面容美麗卻憂傷的，望著大甲溪南岸的大肚山和牛罵社，不斷地清唱著彷彿思念著舊人的情歌：「悼念舊情人？」

　　「謹奏御史大人，番女悼念的是自30多年前吞霄社受通事壓榨、被迫起事以來，至今大小動亂頻繁，眾多犧牲的各村社、各族人。」

　　「熟番起事，或有別情。然燒殺擄掠行為，即已目無法紀。」高山回應：「漢番爭議，可狀告官府，可據理陳情。且閩粵漢民甘冒黑水溝之險來臺，亦有其苦衷。」

　　「熟番不闇漢文，通事兩面牟利，地契流失土地；山林變良田、獵戶失鹿場，熟番苦於官府勞役。若非生計陷入困境，誰不願和平穩定？」阿甲點出多年來的難題。

　　「所言甚是。」高山回問：「那麼，妳有什麼解決之道嗎？」

敦仔腳下大肚山夕暮

夕陽西斜，黃澄澄的深秋暖陽，灑落在大肚山上。

敦仔獨自揹著身受重傷的阿舉，抵達一片半山腰的小平台。

那裡曾是敦仔、阿比、阿舉、阿良、賴維東、伊排等兒時玩伴，多次一起玩樂、賽跑的秘密遊樂園。

如今，也是這對好兄弟、從小到大的好友，注定要生離死別的告別場所。

「阿舉，告訴我，第一次大甲西社反抗結束後，為什麼你突然個性大轉變，又帶領族人掀起第二次規模更大的反抗？」敦仔把阿舉輕輕放在斜坡草地上，自己躺在旁邊。嗓音雖然一樣雄壯低沉，卻似乎帶著一點哽咽：「你這個聰明人，不可能不知道這樣做的後果……」

「……我知道，所以我才要去做……」身受重傷的阿舉，不知是否已經習慣了痛楚，反而微微地笑了起來。

「你這個笨蛋！為什麼？」敦仔痛心疾首的問著。

「……那個……時候，聽到我們 Papora 五個族人被殺，大家都很……憤怒……一定還會有第二次、更多次反抗……」阿舉喘著氣說著：「可是，光靠一時憤怒……是不夠的……可能又會多幾個族人被抓、被殺，然後我們土地被漢人逐漸侵占的未來不會有太大改變……」

「我曾經跟 Ipay 他們出海……到遙遠的南方大島……參與了當地人的反抗……學到了另一種的做法……一方面反抗要強大到足以讓官府、漢人都感受到我們的強烈憤怒……另一方面要有夠力的主和派跟官府建言、提供根本的解決之

道……兩面手法同時進行……才能讓官府認真去檢討、改變政策……這樣……我們這些官府眼中的『熟番』未來才能獲得比較好的改善對待……」阿舉越說越沒力氣。

「那你要說啊！」敦仔留下了悔恨的眼淚：「連我都信不過嗎？」

「我……不是很會演戲的人……所以我必須騙過大家……拼命的扮演成那個……大家願意相信的反抗領導者……組織起夠大的反抗……才足以宣洩這 20 年來……中部『熟番』們被漢人侵占、壓迫的怒氣……而且……這樣你也才會帶著岸裡社戰士努力的打敗我們……對你們的未來也是好事……」阿舉苦笑：「難怪我現在忽然……覺得輕鬆了呢……哈……哈……」

「阿舉……你說你騙過了大家，那誰去扮演你說的主和派？」敦仔紅著眼眶，想問得更清楚一點。

「有的……我的 baba 蒲氏悅、lpay 那邊的賴科通事……只有他們知道我的計畫……我相信他們已經……私底下給官員完整的善後規劃與政策建議了……」阿舉的聲音顯得越來越微弱：「對了……還有你啊……我的計畫中最後一塊拼圖……就是你帶領岸裡社……這次建立的戰功……要好好善用……以後我們『熟番』的特殊地位……總有一天……你可以取代張達京通事的……咳！……嘔…………」

「答應我……」劇烈吐血的阿舉，大口喘著氣，想盡辦法擠出最後的話語。

「我答應你！我一定會做到！」敦仔淚流滿面，緊握著阿舉的手。

阿舉用盡最後一絲力氣，微笑，看著熟悉的大肚山夕暮，緩緩閉上雙眼。

敦仔站了起來，踏在這片紅土上。這片土地彷彿若有回應似的，輕微震了一下。

| 全文註解中文發音索引 |

ㄅ

冰冷 Penap：為里族社歷代頭目的稱呼，被族人們認為是「能講奇異話語的神」，管轄附近多達 12 個村社，具有相當的權威。歷代冰冷對外來統治者向來頗為抗拒，在西班牙、荷蘭、東寧、清帝國統治時期，都曾掀起反抗。

巴辣 Banah：小說中的虛構人物，龜崙社人。與虎茅 /Homa 為從小到大的玩伴，酒不離身，老年重聚後協助老友的雄心壯志。

崩山八社：清治初期對大甲溪以北、臨海丘陵山地以南的大甲西社、大甲東社、南日社、貓盂社、苑裡社、房裡社、雙寮社和吞霄社，共 8 個道卡斯村社的統稱，在清康熙年間亦為稅收單位。清代文獻有些亦稱為「蓬山八社」。

半線社 Pasua：台灣中部平埔族群巴布薩人（Babuza）的村社之一，位於現今彰化縣彰化市。清康熙年間漢人大量進入半線社地域開墾，導致半線社族人逐漸往東遷移至八卦山腳下。

北投社 Tausa Bata：台灣中部平埔族群阿里坤人（Arikun）村社之一，位於現今南投縣草屯鎮平原地帶。與南投社 /Tausa Mato 關係相當密切，常被並稱「南北投社」，並以同一名通事管理兩社，例如北投社葛買奕的漢人養子三甲，成年後即成為南北投社總通事。

擺接社 Paijtsie：台灣北部平埔族群巴賽人（Basay）村社之一，位於現今新北市板橋區市中心至南邊、大漢溪東岸一帶。清治時期後以保甲制度成立「擺接保」，至清末劉銘傳時期誤植為擺接堡，日治時期沿用，此即為現今板橋區至土城區之間「擺接堡路」的路名由來。

巴宰 Pazeh：位於大肚山東方，分布在現今台中市后里區、豐原區、神岡區、石岡區、潭子區一帶的平埔村社，18 世紀初期包含岸裡社、阿里史社、烏牛欄社、樸仔籬社和掃拺社，「Pazeh」是巴宰村社居民自稱為「人」的意思。

巴布薩 Babuza：位於彰化平原的平埔村社，包含半線社、阿束社、柴坑仔社、馬芝遴社、東螺社、西螺社、眉裡社和二林社，「Babuza」是巴布薩村社居民自稱為「人」的意思。

布農族 Bunun：分布在現今南投縣、高雄市、花蓮縣、台東縣境內中央山脈兩側的高山原住民。

崩山：清治時期對從牛罵社往北前進、所見大甲溪北岸呈現崩塌山地的稱呼。因此，亦有文獻把大甲西社稱為「崩山社」（郁永河《裨海紀遊》）。此外，亦有「蓬山」的寫法，為近似發音、相同含意的稱呼。

半線：明末清初位於台灣中部的一個地域名稱，得名於平埔族半線社，其範圍大致可對應到現今彰化縣彰化市。清康熙年間漢人大量進入半線社地域開墾，逐漸形成半線庄、半線街等漢人聚落。雍正元年新設立彰化縣，縣治即位於半線，並建立了彰化縣城。

笨港：大致為現今雲林縣北港鎮的前身。16、17 世紀時，當地早已成為縱橫東亞海域海盜們的窩藏及開發據點。東寧王國、清治初期，笨港已經成為許多漢人聚居的繁榮港口城市。

巴達維亞 Batavia：位於印度尼西亞群島爪哇島的西北海岸，為現今印尼首都雅加達。17 世紀起成為荷蘭東印度公司（VOC）的總部所在地，逐漸發展成東印度地區的貿易大港及人口眾多族群複雜的大城市。

峇里島 Bali：印尼爪哇島東方的小島，兩島間海峽最窄處僅有 3.2 公里，然而居民卻仍保留了峇里島獨有的語言文化、以及與廣泛信奉伊斯蘭教的印尼諸島迥然不同的印度教信仰。現今為相當知名的觀光景點。

把總（完整軍階編制如後表 1）：清帝國綠營軍隊中的基層軍官，又分正規軍把總以及外委把總，通常率領數十人。

ㄆ

蒲氏悅：18 世紀牛罵社史實人物，與漢人關係良好，擁有牛罵社大片土地，並於大甲西社事件後大量出租給漢人開墾。小說中重要角色之一。

拍瀑拉 Papora：位於大肚山兩側的平埔村社，包含牛罵社、沙轆社、水裡社、大肚北社、大肚中社、大肚南社和貓霧捒社，「Papora」是拍瀑拉村社居民自稱為「人」的意思。

樸仔籬社 Poaly：台灣中部平埔族群 18 世紀初期巴宰人（Pazeh）的村社之一，亦為自稱噶哈巫人（Kaxabu）的起源村社。18 世紀初期居住於現今台中市豐原區以東、石岡區一帶，位於巴宰各社最東邊，與泰雅族群頗有互動。

埠頭：為現今高雄市鳳山區的古地名。清治初期已經形成商貿鼎盛的漢人市街（又稱下陂頭街），清軍便在附近設置「埠頭汛（埠頭仔汛）」駐兵扼守。乾隆年間林爽文事件，南路莊大田會眾攻破鳳山縣舊城（位於現今高雄市左營區），之後改在下埠頭街興建鳳山縣新城。埠頭汛位置則持續作為軍事用途，日治時期作為軍械儲備場、國府時期作為陸軍新訓中心，並定名為衛武營，現今為衛武營都會公園。

葡都麗加：為大明帝國官方對葡萄牙比較正式的稱呼，顯然是 Portugal 的直接音譯。

贌約 Pacht：荷蘭東印度公司（VOC）在台期間，對原住民村社採用「贌社」的間接收稅制度，透過公開招標讓社商（跟原住民村社貿易的商人）取得該村社的獨佔交易權；之後該社商只要繳交得標金額給 VOC，其餘收入或貨物再製品轉賣（例如鹿肉醃製成鹿脯）的收益，都屬於社商的獲利。東寧王國時期延續「贌社」制，直到清康熙年間才取消「贌社」的公開招標性質，改為徵收定額，稱為「社餉」。但清治初期仍有漢人採用私下跟原住民簽訂「贌約」，以代繳社餉為代價取得村社土地，造成村社土地流失；有些漢人更在簽約後未完全履行代繳社餉之約定，造成村社經濟狀況進一步陷入困境。

ㄇ

眉箸：史實人物，水裡社領導人物之一。小說中設定為水裡社頭目。

貓霧捒社 Babusaga：台灣中部平埔族群拍瀑拉人（Papora）村社之一，位於現今台中市南屯區。

貓盂社：台灣中部平埔族群道卡斯人（Taokas）村社之一，為人口眾多的強盛村社，在附近多個村社中經常處於領導地位。位於現今苗栗縣苑裡鎮東部貓盂地區，南與南日社為鄰。

貓盂五社：以貓盂社為中心，加上附近的苑裡社、房裡社、雙寮社和吞霄社，是位於大安溪下游北側平原地帶、互動密切的 5 個平埔村社，不只在清治初期常作為官方的俗稱，5 社對外事務也經常口徑一致，進而形成貓盂五社總通事、總土官、總頭目等職位。

貓羅社 Baroch：台灣中部平埔族群阿里坤人（Arikun）村社之一，主聚落位於現今彰化縣芬園鄉舊社一帶，亦有其他小聚落散布在貓羅溪沿岸各處。「貓羅溪」之名即

是源自貓羅社。亦有一說認為貓羅社與鄰近大肚溪（烏溪）東岸的萬斗六社（另名為清康熙年間曾出現的投捒社 /Tosack，位於現今台中市霧峰區萬斗六、舊社一帶）關係相當密切，清嘉慶年間貓羅社大舉搬遷至萬斗六，因此地契上經常出現「貓羅萬斗六社」的自稱。

貓裏社 Bari：台灣西北部平埔族群道卡斯人（Taokas）村社之一，位於現今苗栗縣苗栗市南苗市場以南平原地帶，北與嘉志閣社為鄰。清乾隆年間，嘉志閣社人口稀少，併入貓裏社，此後改稱為「貓閣社」，原後壠五社也改稱後壠四社，直到清末。現代「苗栗」之名，正是源自「貓裏」發音而來。

馬芝遴社 Taurinap：台灣中部平埔族群巴布薩人（Babuza）的村社之一，位於現今彰化縣鹿港鎮、福興鄉及埔鹽鄉。因位於台灣西部沿海早期即已發展的鹿仔港（現今鹿港），清康熙年間起，鹿港施家即已進入大舉開發，清雍正年間土地已大量流失至漢人手中。

麻豆社 Toukapta：台灣南部最靠近府城的平埔族群四大村社之一，從荷蘭時期開始就跟外來統治者互動密切，位於現今台南市麻豆區。

目加溜灣社 Backloun：台灣南部最靠近府城的平埔族群四大村社之一，從荷蘭時期開始就跟外來統治者互動密切，位於現今台南市善化區。

麻少翁社 Kimassauw：台灣北部平埔族群巴賽人（Basay）村社之一，位於現今台北市士林區、從社子島延伸到天母一帶。

馬龍潭庄／馬龍潭陂：位於現今台中市西屯區筏子溪旁的馬龍潭一帶。清康熙末年，由諸羅縣令周鍾瑄帶頭捐穀促使民間合資、引用大肚山東麓水源建立起馬龍潭陂，對下游的張鎮庄灌溉農田助益甚大，之後附近亦逐漸形成漢人村庄。

明鄉人：明末清初，不願效力大清帝國的大明帝國遺民，陸續從海路遷往越南，在廣南國的允許下，於會安成立「明香社」（維持明朝香火之意）的村社組織，之後逐漸被改稱為明鄉人。

艋舺／蟒甲 bangka：平埔族群巴賽族 /Basay 擅長使用的獨木小船，在外海航行時，還會在兩側外加藤束板，在風濤洶湧的海域仍能來去自如，高超的航行技術令漢人驚嘆不已。現今東南亞地區原住民語同樣稱呼此類船隻為 bangka，亦有命名為 Bangka 的島嶼，可能是來自南島語族的共通語源。

篾籃：竹編籃子，為原住民常用的生活器具。

茅廟金山寺：位於廣南國會安、由福建閩南海商興建的寺廟，亦具有同鄉會和商務議事功能。1757 年改建為福建會館，現今為越南會安的知名旅遊景點。

馬尼拉 Maynila：位於菲律賓呂宋島中部，為現今菲律賓共和國首都。原本是一個小漁村，16 世紀起成為西屬東印度群島（Indias Orientales Españolas）的首府，逐漸發展成東印度地區的貿易大港及人口眾多族群複雜的大城市。

摩鹿加 Maluku：在印尼蘇拉威西大島以東的群島，即是自古以來盛產各種珍貴香料、舉世聞名的摩鹿加 /Maluku 群島，亦稱香料群島。

馬塔蘭蘇丹國 Mataram Sultanate：16 至 18 世紀，存在於印尼爪哇島中部、東部地區的伊斯蘭教國家。自 17 世紀 VOC 抵達巴達維亞建立貿易據點後，雙方在爪哇島上不斷的衝突。

麥哲倫十字架：西元 1521 年，意圖環繞地球一圈的航海冒險家麥哲倫抵達菲律賓群島中部的宿霧，上岸後建立起天主教堂與十字架，此後成為宿霧的知名地標景點。

民番一例：清雍正年間，閩浙總督高其倬在台灣推行的財政改革政策之一。原意是為了因應「首報陞科」政策只有漢人能登記土地、意外造成平埔原住民村社生計陷入困境又流失土地的缺陷，因而開放原住民業主也能跟漢人一樣登記土地、並可以互相自由轉賣，即為「民番一例」政策。這項看似公平的政策，卻又意外造成有意願登記成為「番頭家」的業主負擔不了一時的重稅、隨後只得把土地轉賣給漢人來清繳欠稅，又造成土地流失（小說第 71 話的東螺社困境即為史實改編）。

買斷：對於合約或特定權利（如土地）付費一次後就獲得完整權利的方式。

ㄈ

範星文：朱一貴事件期間，在北台灣響應起事的漢人。

房裡社：台灣中部平埔族群道卡斯人（Taokas）村社之一，位於現今苗栗縣苑裡鎮市街南側區域。村社南方有房裡溪，清治時期曾是大安溪舊河道。

鳳山八社：清治初期對居住在鳳山縣境內、下淡水溪以東平原地帶（現今屏東平原）的上澹水社、下澹水社、阿猴社、塔樓社、茄滕社、放索社、武洛社和力力社，共 8 個平埔村社的統稱，在清康熙年間亦為稅收單位。

鳳彈：清治時期把「鳳山」山形進一步細分為西南端的鳳鼻、鳳冠、鳳頭，中段的鳳肚、鳳脊，以及東北端的鳳彈（鳳蛋、鳳卵之意）、鳳尾。鳳彈山一帶地形險要，為兵家必爭之地，清治初期便在鳳彈山東側設置「鳳彈汛」駐兵扼守。約相當於現今高雄市鳳山區及大寮區交界處的鳳山丘陵東北部。

鳳山縣：清治初期把台灣行政區劃分為一府三縣，府城附近為臺灣縣，二層溪（現今台南市、高雄市交界的二仁溪）以南皆屬鳳山縣，大致包含現今高雄市、屏東縣平原地帶。

番仔駙馬：據説岸裡社通事張達京在台灣總共娶了 6 位番社女性為妻，故被漢人稱為番仔駙馬。

番頭家：清治時期部分還擁有土地的台灣原住民把土地出租給漢人佃農、收取租金，被漢人俗稱為「番頭家」

佛朗機：大明帝國最初對所有西方國家的籠統稱呼，一説來自最早跟大明帝國接觸、意圖以 Frank 為名建立殖民地的葡萄牙人。之後漢人逐漸以紅毛人稱呼荷蘭東印度公司的西方人，明末又大量流入西班牙殖民地帶來的白銀，因此佛朗機逐漸演變成對西班牙的俗稱。

佛頭銀：自從西班牙在墨西哥開採大量銀礦後，鑄造成的西班牙銀元成為世界上廣為流通的貨幣。由於銀幣上印有西班牙國王肖像，看似佛陀頭像，因此俗稱為「佛頭銀」。

分潤：商務上分配利潤的意思，也常被稱為抽成、拆帳。

副將（完整軍階編制如後表 1）：清帝國綠營軍隊中的高階軍官，通常下轄 2 至 5 營、統領兩千至五千兵力，為鎮守一方的重要統兵將領。例如清治初期整個台灣海域劃分為澎湖水師協（2 營）和臺灣水師協（3 營，駐紮安平），各一名副將統領。

ㄉ

敦仔阿打歪 Adawai：岸裡社首任土官阿莫之孫，阿藍之子，為岸裡社第三任土官。小説中重要角色之一。

斗肉大箸：史實人物，清雍正年間東螺社頭目及土官。

大肚王／番長大眉／中晝之王 Keizer van Middag ／ Lelien：17 世紀荷蘭東印度公司 /VOC 把大肚王國首領稱為 Keizer van Middag，大肚溪中下游十餘村社仍為其盟邦範圍。原住民稱其為 Lelien，漢人則稱為大肚番王、番長大眉。

大匏藥 Tabonno：史實人物，樸仔籬社人。小說中與瓦釐為好兄弟，對漢人和官軍始終站在堅決反抗的立場。

大武厘：史實人物，大肚南社人，被大清官方視為起事反抗領導人之一。大肚南社頭目之子為小說設定。

大總理：朱一貴事件期間，在下淡水溪一帶平原開墾的客家村庄決定聯合起來對抗，推舉出仕紳李直三作為「大總理」統領眾人，大敗朱一貴的來犯軍隊。朱一貴事件後六堆義民軍形成常備軍事組織，此後每逢動亂，就推舉出一位「大總理」來統籌運作整個組織、調度人力。

杜君英：原籍廣東潮州，康熙 46 年（1707 年）到台灣開墾，落腳鳳山縣檳榔林（現今屏東縣內埔鄉）。康熙 60 年（1721 年）因被誣陷盜伐山林，又被不堪過度徵稅的鄉民慫恿起事，於是聚眾掀起反抗。相較於較晚起事、軍事行動不順利的朱一貴勢力，杜君英一路連戰皆捷，率先攻入府城。但因朱姓適合做為反清復明的有利招牌，故眾人仍擁立朱一貴為王。隨後兩方在府城發生內鬥，杜君英轄下閩籍將領選擇倒戈朱一貴，落敗的杜君英只能率粵籍將兵北上屯駐貓兒干。最後被來台平亂的藍廷珍用計勸誘投降。

大甲西社：台灣中部平埔族群道卡斯人（Taokas）村社之一，為人口眾多的強盛村社，位於現今台中市大甲區市街一帶。「大甲」之名，正是源自「Taokas」音譯而來。

大甲東社：台灣中部平埔族群道卡斯人（Taokas）村社之一，位於現今台中市大甲區東側、與外埔區交界一帶。

大肚社 Dorida：台灣中部平埔族群拍瀑拉人（Papora）村社之一，位於現今台中市大肚區。荷治時期已經分為大肚北社 /Dorida Amicine、大肚中社 /Dorida Babat、大肚南社 /Dorida Mate/Dorida Camachat，即意味著大肚王甘仔轄 /Camachat 家族居住在大肚南社。

大肚南社 Dorida Mate ／ Dorida Camachat：台灣中部平埔族群拍瀑拉人（Papora）村社之一，位於現今台中市大肚區南側、近烏日區。荷治時期大肚王 Camachat 家族即居住在大肚南社。

東螺社 Dobale Baota：台灣中部平埔族群巴布薩人（Babuza）的村社之一，位於現今彰化縣境內舊濁水溪河道（清治初期為東螺溪）沿溪東岸一帶廣泛分布，現今二水鄉、北斗鎮、溪湖鎮及田中鎮、田尾鄉部分區域皆曾為東螺社活動範圍。因鹿港施家在彰化平原大舉拓墾、且地處「施厝圳」引水口的關鍵位置，較早受漢人入墾的影響，即使村社頭人有意效仿漢人自行登記土地、保存自有社地，卻仍逃不過漢人透過合法管道買賣、導致東螺社流失土地的困境。

大雞籠社 Kimaurri：台灣北部平埔族群巴賽人（Basay）村社之一，位於現今基隆市和平島地區。

打廉庄：位於現今彰化縣埔鹽鄉打廉村一帶，但清治初期可能還包含更東南方的廣泛地帶，因為建立打廉庄的黃仕卿家族同時也是十五庄圳（起點位於現今彰化縣二水鄉）的開闢者，而雍正 3 年打廉庄出草事件的遇害漢民正是在水沙連口（現今彰化縣二水鄉）遭到出草。

道卡斯 Taokas：位於台灣西北部海岸狹窄平原及河谷地，南至現今台中市大甲溪、北至新竹縣市，分布範圍廣泛的平埔村社，包含大甲西社、大甲東社、南日社、貓盂社、苑裡社、房裡社、雙寮社、吞霄社、後壠社、新港社、貓裏社、嘉志閣社、中港社、竹塹社和眩眩社，「Taokas」是道卡斯村社居民自稱為「人」的意思。

大肚王國／中晝王國 Koninkrijk der Middag：為台灣中部曾經統領多達 27 個村社的跨族群盟邦組織，以大肚山兩側的拍瀑拉各村社為核心，傳說中影響範圍最廣到達大甲溪以北的道卡斯村社，大甲溪中游的巴宰村社，以及大肚溪以南的巴布薩村社和大肚溪中游的阿里坤村社。

大浪泵溝：地名源自台灣北部平埔族群巴賽人（Basay）大浪泵社，約位於現今台北市大同區及圓山一帶。清代漢人後來亦稱此地為「大龍峒」，最後演進到現今的「大同」區。而「大浪泵溝」指的應是數百年前基隆河在大浪泵社和社子島之間、曾有一條直接往西銜接到淡水河的古河道，現今尚存一小段廢棄河道，是為台北市「番仔溝」。

大佳臘：語源自巴賽語 Ketagalan（即現今常聽到的凱達格蘭），其語幹為 tagal，沼澤之意。當時漢人大概聽到 tagalan，便把台北盆地一帶稱呼為大佳臘或大加蚋。

大墩：為台中市的舊地名。源自現今台中市台中公園一帶的小土丘，閩南語習慣把土

丘稱為「墩」，故此地被漢人命名為大墩。原為藍張興庄拓墾的前線據點，清雍正11年在大墩設置猫霧捒汛，為官軍首度進入台中盆地駐兵設防。隨後快速發展成大墩街，成為台中盆地內最大的聚落。

大安港：位於現今台中市大安區海邊，自清治初期即為進出大甲一帶的港口。

大車路：位於現今彰化縣北部，自清治初期就連接鹿仔港和彰化縣城、能通行多輛牛車的主要官方道路。

大埔：小說中此地名專指廣東省大浦縣，為張達京故鄉。日後大埔客家人亦多進入台中地區拓墾，形成現今的大浦腔客家話。

東螺溪：清治初期濁水溪往西出牛相觸山口後，主要往西南流向虎尾溪，另有一支流往西北流向鹿仔港出海，被稱為東螺溪；得名自沿岸居住的東螺社。

斗六門：位於現今雲林縣斗六市。「斗六」的稱呼可能是源自此地的平埔族柴裡社（斗六社）；荷治時期早已進出這一帶的漢人，習慣上會把重要的門戶地區加上「門」字，故荷治時期的漢人及荷蘭東印度公司都早已稱呼此地為「斗六門」。

大岡山：位於現今高雄市阿蓮區和田寮區交界處的突起山峰，為當地知名地標及觀光景點。清治時期，曾在山腳下設置軍營，民間俗稱營盤。

淡水廳：清雍正元年新設立之行政區，轄域為大甲溪以北的台灣中北部，廳治設於竹塹社。但初期行政衙署仍在彰化縣城內，直到雍正11年，行政衙署才正式搬遷至廳治，形成竹塹城。

戴天樞墾號：康熙48年（西元1709年）官方核准的在台北盆地開墾的墾號，核准範圍約為現今台北市士林區士林次分區。

淡水社船：清治初期原本規定台灣所有商船都必須先到台江內海鹿耳門港報關後，才能對外轉運。但福建地區經常發生糧荒，台灣北部淡水又常有稻米過剩的情況，於是清康熙末年官府開放從淡水河口直接往返廈門的專屬貿易航線，營運此航線的船隻被稱為淡水社船。

大三巴：為澳門漢人對當地聖保祿學院及教堂的稱呼，出自聖保祿的葡萄牙文「São Paulo」的漢語譯音。西元1835年一場大火燒毀聖保祿學院及教堂，僅存教堂正面牆壁遺跡，當地人認為看起來像是中國傳統牌坊，故被稱為「大三巴牌坊」，現為澳門知名地標及旅遊景點。

淡馬錫 Temasek ╱新加坡 Singa pura：大航海時代 Jawa（爪哇語）稱呼的 Te-masek（音譯淡馬錫，海邊城鎮之意）和 Malay（馬來語）稱呼的 Singa pura（singa 為獅子之意，pura 則是來自印度梵文的城市之意），指的都是現今的新加坡。當時的新加坡處於柔佛蘇丹國 /Johor Sultanate 的統治下，尚未成為重要貿易港口。

淡水同知（文官編制如後表 2）：管轄淡水廳的地方行政首長，先後有淡水海防同知、淡水捕盜同知、淡水撫民同知之職銜，轄域皆大致不變。

都司（完整軍階編制如後表 1）：清帝國綠營軍隊中的中階軍官，通常率領百餘人。偶有機會成為獨守一營的主官，例如康熙末年在北台灣新設立的淡水營，首任軍官即為升任都司的黃曾榮。

ㄊ

談經正：雍正元年（西元 1723 年）新設立彰化縣後，首任彰化縣知縣。後因為打廉庄出草事件被革職。

吞霄社 Tonsiau：台灣中部平埔族群道卡斯人（Taokas）村社之一，位於現今苗栗縣通霄鎮虎頭山下一帶。「通霄」之名，即是從「吞霄」逐漸轉化而來。

桃仔園庄╱虎茅庄：位於現今桃園市桃園區，最早稱為虎茅庄，之後改稱桃仔園庄。龜崙嶺道路開闢為官道後，桃仔園庄快速發展成附近一帶的重要漢人聚落。

他加祿語 Tagalog：原為菲律賓呂宋島中部的原住民語，之後隨著西班牙殖民政府設置在馬尼拉，逐漸成為菲律賓全境使用人口（僅次於官方語言）最多的通用語。

天妃廟：主祀媽祖的寺廟，千年來民間信仰虔誠，由官方進爵為「天妃」。清康熙年間施琅征服臺灣，上奏皇帝進一步加封為「天后」，此後澎湖天后宮及府城大天后宮便成為官方賜封的「天后宮」。但其他地方民間自建、尚未受官方賜封的媽祖廟，仍僅稱為天妃廟。

臺灣廈門兵備道╱臺廈道：清康熙年間成立的一個位階高於臺灣府、但低於福建省的非正式編制，衙署設於廈門。主官為正四品文官，稱為道臺或道員，民間亦有道爺（道臺大爺之意）的俗稱；但因有加「兵備」職銜，故還可以節制正二品武官臺灣鎮總兵。清雍正 5 年（西元 1727 年）後改制為臺灣道，衙署移至府城內，臺灣道道臺仍為台灣地區最高階文職官員。

臺灣鎮：清治時期設置防守整個台灣西部及台灣海峽水域的重要軍事轄區，下轄安平水師協、澎湖水師協、臺灣北路營、臺灣南路營及鎮守府城的鎮標左中右 3 營，約有萬名兵力！只是各地皆須分派兵力駐守，實際能自由調動之機動兵力僅約兩三千，故朱一貴事件、大甲西社事件等大型戰事，仍屢靠外援方能度過危機。

提督（完整軍階編制如後表 1）：清帝國綠營軍隊中的最高階軍官，為明清時期統帥一省或數省、兵力及權力都相當大、由皇帝親自欽點任命的朝廷封疆大吏。康熙年間自施琅起創設福建水師提督，之後平定朱一貴事件而深受雍正皇帝寵信的藍廷珍、平定大甲西社事件的最高指揮官王郡，都曾任職福建水師提督，統轄臺灣鎮總兵及福建沿海各水師鎮。

土司：自大元蒙古帝國起，對邊疆少數民族頭目封授的職位，可以世襲。對於中央政府治理鞭長莫及的邊疆地區，只要承擔一定的稅金、勞役並提供軍隊，仍由當地頭目自治當地，實際上也減輕中央政府的行政治理負擔。但明、清帝國以降，逐漸推行「改土歸流」政策，讓各地土司的權力逐一遭到削弱甚至裁撤，改由中央政府派任的「流官」治理當地。

團練：為漢人自行組織起來、原為保衛村庄和鄉土的民兵組織，之後進一步發展成官軍以外的民間私人武力，例如客家六堆團練、清治中後期的霧峰林家。

天地會：清治時期知名的民間幫派組織，又稱「洪門」。起源說法眾說紛紜，有以明太祖年號「洪武」而取名洪門之說，也有以「一拜天為父，二拜地為母」、立誓「反清復明」而取名天地會之說，倡建者亦與鄭成功、東寧王國名臣陳永華（化名為陳近南）牽連。天地會組織遍布各地，清治台灣時期朱一貴、林爽文、戴潮春三大民變皆與天地會關係密切。在本部小說及《康熙台北湖》小說中，天地會成員亦扮演著推動事件發展的隱密角色。

ㄋ

倪象愷：四川人，大清官員。雍正 8 年升任臺灣廈門兵備道道臺，大甲西社事件期間作為在台最高文職官員，作風備受爭議，為小說後期的重要角色。

牛罵社 Gomach：台灣中部平埔族群拍瀑拉人（Papora）村社之一，位於現今台中市清水區。17 世紀蘇格蘭人 David Wright 來台遊歷，途經大肚王國寫下紀錄，認為牛罵社是全台最美麗的地方。

南日社：台灣中部平埔族群道卡斯人（Taokas）村社之一，約位於現今台中市大甲區北部、大安溪以北的日南地區一帶。清治初期逐漸演變成南日北社、南日南社，後又逐漸簡稱為日北社、日南社。台中市大甲區「日南」之名，即源自日南社。

南投社 Tausa Mato：台灣中部平埔族群阿里坤人（Arikun）村社之一，位於現今南投縣南投市平原地帶。與北投社 /Tausa Bata 關係相當密切，常被並稱「南北投社」，並以同一名通事管理兩社，例如北投社葛買奕的漢人養子三甲，成年後即成為南北投社總通事。

內北投社 Kipataw：台灣北部平埔族群巴賽人（Basay）村社之一，位於現今台北市北投區中心一帶，其實只與外北投社 /Rapan 一山之隔。

南崁社 Lamcam：台灣北部平埔族群巴賽人（Basay）村社之一，位於現今桃園市蘆竹區南崁一帶。

內凹庄：位於現今南投縣南投市內轄地區。清雍正 7 年漢人簡經娶北投社女子為妻，與北投社簽訂贌約，以代為繳交社餉為條件取得北投社土地、招募漢人來開墾，形成「內凹庄」。

南勢庄：位於現今台中市霧峰區南勢地區，近大肚溪（烏溪）畔。清雍正年間，漢人開始進入這一帶開墾，對貓羅萬斗六社開始產生影響；日後形成南勢庄。

牛罵庄：位於現今台中市清水區。清治初期在牛罵社附近開墾漢人聚集形成的村庄。

牛相觸：位於現今彰化縣八卦山山脈南端和雲林縣觸口之間、兩山夾峙處、濁水溪從中流出的山水形勢，宛如兩隻牛互相正面接觸。

南澳鎮：明清時期，設置於福建、廣東交界處外海南澳島的重要軍事轄區。自大航海時代起閩粵沿海屢屢成為世界各國海上強權、縱橫東亞海域各家海盜的兵家必爭之地，故在此設立強大水師。

ㄌ

賴科：大雞籠社通事，為 17 世紀末至 18 世紀初北台灣的知名漢人通事，與北台灣的平埔族群巴賽人（Basay）各村社關係良好，因此才能號召漢番雙方共同創建關渡宮，亦為陳和議墾號創始股東之一。跟 Ghacho 一樣是小說《康熙台北湖》跨過來串場的重要角色。

賴維東：賴科之子，長年在廈門發展，直到賴科死後才回北台灣開墾北投庄。

賴伯謙：賴科族弟，長年在廈門發展，直到賴科死後才回北台灣開墾北投庄。

藍廷珍：福建漳浦人，畬族後裔，率兵平定朱一貴事件的台灣總兵，後成為台中盆地藍張興庄和藍興媽祖萬春宮創建人。

藍鼎元：福建漳浦人，畬族後裔，藍廷珍族弟，自朱一貴事件起做為藍廷珍幕僚而來台。後代定居於屏東北部，形成里港藍家。

林亮：福建漳浦人，大清武官。於藍廷珍之後接任臺灣鎮總兵。

林如錦：廣東饒平人，大清武官。清雍正 10 年時任澎湖水師協左營守備軍官，被王郡派遣到台灣支援，征戰各地。

林榮茂：福建漳州人，大清武官。清雍正 10 年時任澎湖水師協中營遊擊軍官，被王郡派遣到台灣支援，征戰各地。對臺灣道道臺倪象愷行事作為頗多不滿。

林秀俊：福建漳浦人，曾任德化社通事，擅長開鑿水圳，現今台中市大甲區、苗栗縣苑裡鎮一帶早期水圳多與其有關。乾隆 15 年後漸往北台灣擺接、里族一帶發展，富賈一方。現今還留有「林秀俊墓」，位於台北市內湖區。

林天成：為清治初期在北台灣大舉開墾的知名漢人墾首之一。清康熙 59 年（西元 1720 年）林天成招陳鳴琳、鄭維謙合股向陳賴章墾號的朱焜侯、陳夢蘭、陳化伯購買大佳臘、八芝連林、滬尾、八里坌、興直等五庄草地，積極招募佃農開墾。其後也曾招募民壯協助官軍平亂，獲得「功加」職銜。值得注意的是，雖有不少網路資料認為林天成即為林秀俊，但以林秀俊出生於康熙 38 年、雍正乾隆年間曾任台灣中部德化社通事多年、乾隆 15 年後才逐漸轉往北部發展等紀錄而言，小說中採用兩人為不同人的設定。

林王：清雍正年間，與大肚南社女子結婚的漢人。小說中設定立場相當擁戴大肚南社甘仔轄頭目家族，慫恿多名漢人兄弟、追隨大肚南社響應起事。

呂瑞麟：福建人，大清武官。清雍正 9 年接任臺灣鎮總兵，才剛抵達台灣不久就遇到大甲西社事件。為小說後期的重要角色。

李華：史實人物，臺灣道道臺倪象愷的表親，雍正 10 年在道臺衙署內擔任衙役。為求立功殺害 5 名幫助官方的原住民，引爆後續嚴重事件。

李蔭樴：大清武官。清雍正 10 年大甲西社事件期間任職長福營參將，受令調往台灣支援，在王郡麾下多次作為先鋒或獨領一軍迂迴行動，戰功彪炳，雍正皇帝及福建總督郝玉麟都給予高度評價。擅長陸戰，卻缺乏水師歷練。

連富光：18 世紀初巴達維亞當地華人領袖，頗有音樂造詣，對於創作並推廣 Gambang kromong 音樂不遺餘力。

里族社 Lisiouck：台灣北部平埔族群巴賽人（Basay）村社之一，位於現今台北市內湖區近基隆河沿岸。

里腦社：台灣東北部平埔族群巴賽人（Basay）村社之一，約位於現今宜蘭縣冬山鄉境內，17 世紀西班牙、荷蘭時期即已被西方人得知，但與蘭陽平原內大部分的噶瑪蘭人（Kavalan）不同，里腦社與哆囉美遠社為蘭陽平原內少數說巴賽語的村社。

柳樹湳庄：位於現今台中市霧峰區柳樹湳地區。清雍正年間，漢人開始進入這一帶開墾，對貓羅萬斗六社開始產生影響；日後形成柳樹湳庄。

干豆門天妃廟／靈山廟／關渡宮：為位於現今台北盆地淡水河關渡隘口北岸的知名廟宇，主祀媽祖。清康熙 51 年（西元 1712 年）由大雞籠社通事賴科召集原住民跟漢人共同建立，初稱干豆門天妃廟。康熙 54 年諸羅縣知縣周鍾瑄出資改建、並賜予「靈山」匾額，此後亦稱為靈山廟。現今稱為關渡宮，為北台灣最古老、香火相當鼎盛的媽祖廟。

靈泉：牛罵社境內、大肚山腳下知名的湧泉，後來漢人稱呼為靈泉、埤仔口。位於現今台中市清水區清水街與大街路口。

鹿寮：位於現今台中市沙鹿區北側的聚落，大肚山腳下有天然湧泉。因早年大肚山鹿群遍佈，位於此地捕鹿獵人的寮舍便被稱為鹿寮。

鹿峰：位於現今台中市沙鹿區北側、最靠近清水區的聚落，大肚山腳下有天然湧泉。原本也屬於鹿寮聚落，北邊的「頂鹿寮」即為現今鹿峰里，南側「下鹿寮」即為現今鹿寮里。

轆牙溝：台中盆地內的南北向小溪流，現稱南屯溪。雖然大致僅流經台中市南屯區，沿線周遭卻有麻滋埔考古遺址、犁頭店街、水碓聚落等重要史蹟，顯見自古即為人群聚居用水之溪流。

犁頭店：原為猫霧捒社的領域；清康熙末年，漢人進入台中盆地開墾後形成的第一個重要聚落。雍正 10 年猫霧捒巡檢署在犁頭店落成，官方力量首度進入台中盆地，之後繼續發展成具有商業機能的犁頭店街；現為台中市南屯區南屯老街一帶。

鹿仔港：位於現今彰化縣鹿港鎮。清治時期很快就以稻米和移民進出口地利之便，發展成重要港口城市；官軍也早在港口附近設置鹿仔港汛，之後台灣多次事變、成為官軍反攻登陸的重要戰略位置。台灣俗諺「一府二鹿三艋舺」，顯示出鹿仔港僅次於府城的繁榮地位。

寮望山：現今彰化縣彰化市東方的八卦山，早期漢人稱為寮望山，雍正 10 年（西元 1732 年）大甲西社事件後官方改名為定軍山。

雷匣：陳賴章墾號中東側邊界的地名，應為雷里社和龍匣口社的合稱。兩社相鄰，龍匣口社在北、雷里社在南，大致位於現今台北市萬華區南部到中正區公館一帶，皆為台灣北部平埔族群巴賽人（Basay）村社。現今當地尚有龍口市場，為龍匣口社留下地名遺緒。

羅漢內門：現今高雄市內門區。

瑯嶠：為現今屏東縣恆春鎮一帶的舊稱。

六堆：朱一貴事件期間，在下淡水溪一帶平原開墾的客家村庄決定聯合起來對抗，並建立起前、後、左、右、中、巡查、先鋒共 7 營，大敗朱一貴的來犯軍隊。朱一貴事件後，巡查營裁撤，剩餘 6 營改為 6「堆」（隊），從此成為守衛當地客家村庄的固定武力組織，甚至在之後的動亂中屢次出兵協助官軍平亂，建立戰功。

鷺島：為中國福建省廈門島的舊稱與別名。

藍興宮：主祀媽祖，歷史悠久的廟宇。現為台中萬春宮，位於台中市中區。

來遠橋：位於現今越南會安的知名旅遊景點，為 17 世紀時興建，連接日本人町與華人街區的造型獨特、亦兼具大航海時代國際貿易意義的知名橋梁。

犁頭銀：在永佃權制度下，佃農為了獲得永久租用農地權利所支付的金額，就稱為犁頭銀。

老子：小說中特別意指四川話「我」的自稱。

令旗：為號令軍隊的旗幟，後來亦具有官方授予民間信物的功能，地方宮廟也演變出神明號令的令旗。

流官：「改土歸流」政策下，由中央政府派任的地方官員。為避免派任官員與地方利益結合，幾年任期屆滿就改派其他官員接任，故被稱為流官。

《

甘仔轄 Camachat／Lelien：17 世紀荷蘭東印度公司記載的大肚王家族姓氏，也是外界對大肚王的別稱，原住民則稱其為 Lelien。

嘎即：18 世紀初沙轆社知名的盲眼頭目，具有威信，能約束眾人，深受敬重。為小說中重要的角色之一。

骨宗：18 世紀初水沙連社的頭目，被清官方視為雍正 3、4 年間原住民頻繁出草事件的主謀。水沙連之役後遭到逮捕，並被梟首示眾。

葛買奕：18 世紀初北投社的頭目及土官。清雍正 7 年漢人簡經娶北投社女子為妻，與葛買奕簽訂贌約，之後開發成內凹庄。後葛買奕向漢人收養一名養子三甲，刻意栽培成未來的南北投社總通事。

甘國寶：福建閩東人。自幼習武，清雍正元年中武進士，乾隆年間曾任臺灣鎮總兵，頗受百姓愛戴，因此在民間流傳《甘國寶過台灣》的故事，現代亦拍成電視劇。

高其倬：出身鐵嶺高氏，漢軍鑲黃旗人。清康熙 61 年（西元 1722 年）任雲貴總督，任內推行「改土歸流」政策，一旦原本治理當地的「土司」（原住民頭目、土官）絕嗣後繼無人、或犯罪革職、或土司掀起動亂被官軍鎮壓後，就改派中央任命的「流官」取代「土司」治理當地。雍正 3 年（西元 1725 年）調任閩浙總督，任內在台灣推行「首報陞科」、「民番一例」等財政改革政策，影響深遠。

高山：山東人，雍正 8 年至 11 年擔任巡臺御史，經歷大甲西社事件。之後官至福建布政使，上奏〈陳臺灣事宜疏〉，提出「生番在內、漢民在外、熟番間隔其中」的三層式族群分布建議。

高山右近 Takayama Ukon：為日本戰國時期到江戶時期的知名武將、大名。西元 1564 年接受天主教洗禮，此後成為虔誠的天主教徒，但也有迫害佛教徒的傳聞。然

而之後的掌權者豐臣秀吉、德川家康接連頒布驅逐天主教徒的命令，1614 年高山右近帶領家族流亡馬尼拉，不久後因病過世。

高山氏 Takayama：小說中指的是以高山右近 /Takayama Ukon 為首的氏族。《康熙台北湖》中設定高山氏族亦經營朱印船貿易，後代曾秘密返回日本、進出北台灣、與賴科建立關聯。

郭生：漢人社丁，以收購龜崙社物產、代繳社餉為業，但龜崙社人對其頗多不滿。

龜崙社 Coulon：台灣北部平埔族群村社之一，位於現今桃園市龜山區一帶。

溝尾庄：現今嘉義縣太保市。據說是朱一貴戰敗後四處逃亡，最後被逮捕的地方。

岡山：清治初期的岡山，為大岡山、小岡山附近地區，約為現今高雄市阿蓮區、岡山區。清治初期在此設置軍營「岡山汛」，位於大岡山下西側。

龜崙嶺道路：位於台灣北部，自清雍正年間正式開闢成官道，介於現今桃園市桃園區與新北市新莊區之間、穿過桃園市龜山區山谷地間的一條路廊，亦即省道台一線的前身。得名於闢建道路時穿越的龜崙社社域。

干豆門／干脰 Kantaw：位於現今台北盆地淡水河關渡隘口，扼守進出整個台北盆地的水陸交通要衝，地勢險要，清治初期水深可停海舶。

干豆門天妃廟／靈山廟／關渡宮：為位於現今台北盆地淡水河關渡隘口北岸的知名廟宇，主祀媽祖。清康熙 51 年（西元 1712 年）由大雞籠社通事賴科召集原住民跟漢人共同建立，初稱干豆門天妃廟。康熙 54 年諸羅縣知縣周鍾瑄出資改建、並賜予「靈山」匾額，此後亦稱為靈山廟。現今稱為關渡宮，為北台灣最古老、香火相當鼎盛的媽祖廟。

廣南國：16 世紀大越王國（現今越南）內部政治鬥爭，分裂為掌控中央御林軍、統領越南北部的鄭氏家族，及以為了避禍而遷到越南中部的阮氏家族。延續 200 多年的鄭阮紛爭，被稱為越南的南北朝時期。由於阮氏以廣南省作為根據地，其中會安為東亞知名的貿易港口，因此被經常到此貿易、甚至長久定居的華人海商稱為廣南國。

功加（完整軍階編制如後表 1）：清帝國「非」綠營正式軍事編制內、授予自願協助官方的地方義民領袖頭銜。民壯來源、武器、糧草皆須自備，但戰時可被納入官軍指揮體系中成為最基層的義民軍官。

貢生：明清時期，各省選拔成績優秀的秀才進入國子監（古代中國的全國最高學府）讀書，亦即不需經過舉人、進士考試仍能取得任官資格。後來也有透過捐款（稱為納貢或例貢）、或隨軍出征取得軍功的貢生（稱為軍功貢）。

管事：漢人大家族中的管家，或是維持墾號日常運作的實際管理者。

干欄式家屋：台灣平埔各村社於清治初期仍普遍常見的高腳屋建築形式，郁永河在其著作《裨海紀遊》中曾表示「喜其高潔」。清治中後期已逐漸失傳。

蓋倫帆船 Galleon：16 至 18 世紀歐洲各國廣泛使用的帆船類型，調低的船艏、更為修長的船身、方形艉樓的設計，讓蓋倫帆船風阻更低、速度更快，對遠洋貿易或海戰都更為有利。

歸化：清帝國官方對於生番、熟番、漢民的身分，是以漢化程度做為區別，且可以透過官方認證的「歸化」方式轉換。例如康熙 54 年（西元 1715 年）原本被視為生番的岸裡諸社，經過官方認可成為「歸化生番」，日後亦逐漸被視為熟番。相對的，亦有漢人選擇跟內山生番一起生活，也會被官方視為「自棄王化」、或藍鼎元所言「不歸之民，則歸之番」。

改土歸流：自大明帝國永樂皇帝起，在貴州開始推動的治理政策；清雍正年間起，再度重啟大規模推動。一旦原本治理當地的「土司」（原住民頭目、土官）絕嗣後繼無人、或犯罪革職、或土司掀起動亂被官軍鎮壓後，就改派中央任命的「流官」取代「土司」、逐步削弱原住民自治的空間，轉為趨向中央集權治理。

股份：一間公司資本額均分的基本單位。無論是大航海時代西方各國的股份公司、或清治台灣時期多人合股成立的墾號，皆具有相同的股份概念。

股利：原意是指股份公司從獲利中額外分享給股東的利益，後又分為現金股利、股票股利。而現代所稱的股利，一般等同於股票股利，也就是贈送新的股份給股東，又稱「配股」。

股息：股份公司從獲利中額外分享給股東的利益，若以直接發放現金的方式，就稱為現金股利，也就是現代所稱的股息，又稱「配息」。

ㄎ

坑仔社 Mattatas：台灣北部平埔族群巴賽人（Basay）村社之一，位於現今桃園市蘆竹區坑子溪沿岸谷地一帶（Mattatas 是否必然等於坑仔社，學術界尚有爭議）。

坑子口庄：位於現今桃園市蘆竹區坑口里一帶，亦即位於坑仔社社口地帶。為陳和議墾號通過後才形成的漢人村庄。

快官庄：位於現今彰化縣彰化市最東邊快官地區，大肚溪（烏溪）畔。清雍正年間，此地已被漢人開拓成頗具規模的快官庄，令貓羅社感受到相當明顯的生存壓力。

卡加延人 Cagayan：位於菲律賓呂宋島東北部的族群。西班牙統治菲律賓後，對外用兵也會帶上為數不少的菲律賓當地原住民作為傭兵或苦力，卡加延人即曾被西班牙人帶到北台灣。

ㄏ

虎茅 Homa：小說中的虛構人物，出身自龜崙社。因緣際會下四海漂泊，為人謙和，內心卻仍意圖成就一番事業。

黃申：17 世紀末吞霄社通事，因為曾規定社番出外打獵捕鹿前都要先繳交錢、米，又經常配合官方徵召社番從事大量勞役工作，種種行為早就讓吞霄社人相當不滿。1699 年初遭到吞霄社頭目卓介卓霧亞生殺害，引發吞霄社事件。

黃曾榮：臺灣本地漢人，清康熙年間臺灣水師基層軍官，康熙 49 年奉命前往淡水搜捕海盜鄭盡心但無功而返，事後升任新設立的水師淡水營都司。

黃叔璥：北京人。清康熙 60 年，朱一貴事件後，被任命為首任漢籍巡臺御史，在台灣巡察最北到沙轆社，受到當地原住民的熱情招待。著有《臺海使槎錄》，為紀錄清治初期台灣平埔族日常生活、風俗文化的重要文獻。

何勉：福建人。朱一貴事件時為千總，以寡敵眾戰功卓越，後被擢升為臺灣北路營參將，參與水沙連之役。乾隆年間亦曾擔任臺灣鎮總兵。

侯心富：六堆客家人。清雍正 10 年吳福生在鳳山縣起事，六堆推舉侯心富出任第二屆大總理，防守六堆之餘，還率領客家義民軍主動出擊，戰功彪炳。

郝玉麟：奉天漢軍鑲白旗人，深受雍正皇帝倚重。清雍正 10 年調派福建總督後，積極主導以武力鎮壓大甲西社事件。

護國英雄：小說中指的是奧倫治親王威廉三世（荷蘭語 Willem III, Prins van Oranje），原為荷蘭各省的執政官；1688 年英國光榮革命後，與妻子瑪麗二世（英語 Mary II）共同統治不列顛群島。一生致力保護荷蘭本土、對抗積極對外擴張的法國國王路易十四，被荷蘭人普遍尊稱為「護國英雄」。

後壠社 Auran：台灣西北部平埔族群道卡斯人（Taokas）村社之一，位於現今苗栗縣後龍鎮後龍溪下游區域。荷治時期記載後壠社為武力強大的村社，除了經常與竹塹社互相征戰之外，還曾多次遠征到淡水河口，造成八里坌社的遷徙。

後壠五社：以後壠社為中心，加上附近的新港社（非南台灣西拉雅新港社）、貓裏社、嘉志閣社（後合併為貓閣社）和中港社，是位於苗栗縣中部後龍溪中下游沿岸河谷平原地帶、互動密切的 5 個道卡斯村社。在清治初期常作為官方的統稱，5 社對外事務也較為行動一致，進而形成後壠五社總通事、總土官、總頭目等職位。雖同為道卡斯村社，但後壠五社與南方崩山八社、北方竹塹社經常關係不睦、曾經互相征戰，語言口音也有些差異。

蛤里難社：位於南投縣埔里鎮埔里盆地內的原住民村社，後亦被漢人稱為「埔里社」。其發音與「蛤仔難」相當類似，曾經引起伊能嘉矩、劉枝萬等學者誤解為來自宜蘭的原住民村社。

桃仔園庄／虎茅庄：位於現今桃園市桃園區，最早稱為虎茅庄，之後改稱桃仔園庄。龜崙嶺道路開闢為官道後，桃仔園庄快速發展成附近一帶的重要漢人聚落。

海山 Gaijsan：自荷治時期起稱呼台北盆地西南隅的地域名稱，大致位於現今新北市樹林區平原地帶，有時新北市三峽區平原地帶亦被認為屬於廣義的海山地區。

蛤仔難／噶瑪蘭／Kavalan：清治初期漢人對蘭陽平原一帶稱為蛤仔難，源自久居當地的平埔族群噶瑪蘭（Kavalan）人。因村社眾多，亦有「蛤仔難三十六社」的説法。

紅衣番：康熙、雍正年間對內山生番相當不熟悉，以該族群多身著紅色布衣為由，對當時泛泰雅族群的通稱。

海五商：由鄭芝龍、鄭成功家族所建立的貿易組織，內陸地區由金、木、水、火、土五大批發商組成「山五商」，負責收購有價值的貿易商品；海外地區則由仁、義、禮、

智、信五大船隊組成「海五商」，負責運往東亞、南洋各地銷售。山、海五商組織的貿易獲利，源源不絕的供應鄭氏家族的軍事行動及持續發展。

旱溪：位於台中盆地東側、大致呈北往南流的重要河流，正如其名早期水量甚少。流經台中市豐原區、潭子區、北屯區、太平區等地（早期舊河道亦流經南區、大里區、烏日區），最後跟台中盆地各溪流匯入大肚溪。

會安：大航海時代、越南南北朝期間，位於廣南國的東亞知名國際貿易港口，來自福建、廣東、日本、暹羅、柬埔寨、馬尼拉、巴達維亞等各地海商，都曾到此貿易貨物。其中日本商人和華商在會安形成定居社區，並留下來遠橋、福建會館（前身為茅廟金山寺）、關公廟等知名旅遊景點，現今亦以「會安古鎮」登錄為聯合國教科文組織世界文化遺產。

懷忠里：清康熙末年朱一貴事件後，閩浙總督覺羅滿保為了嘉獎抵抗朱一貴軍隊的下淡水客家義民，除了賞賜、封官之外，並賜予「懷忠里」的稱號。

花紅：清治初期，漢人通事為了跟官府保持良好關係，每年換發通事牌照時，縣官往往會跟通事索取賄賂，以原住民村社大小索要銀兩，40 兩至上百兩都有，此即為「花紅」陋規。通事當然不會自己出錢，而是藉各種理由向原住民村社索討，這也進一步造成原住民村社更大的經濟壓力。

耗羨／耗羨歸公：地方官員向百姓徵稅時，經常會以運送或重新鑄造過程中的損耗為由，在本稅之外徵收額外稅金。因穀物運送過程中被麻雀、老鼠啃食而加徵的稱為「雀鼠耗」，銀兩重新鑄造過程中損失而加徵的稱為「火耗」，統稱為「耗羨」。原本這些耗羨都被當成地方官的額外收入，中原歷朝歷代皇帝往往也選擇默許這種行為。直到雍正皇帝上任後進行財政改革、意圖讓長年來的陋規轉為更能明確管理的稅收，才開始推動「耗羨歸公」搭配「養廉銀」制度化等一連串政策。

ㄐ

金賢：里族社通事轄下管理帳務的漢人。曾要求強娶貓裡錫口社 /Malessekou 未成年女子為妻，其父委婉回應須等女兒長大，金賢便把該名父親綁在樹上鞭打。冰冷得知此事後相當憤怒，把金賢等相關人士都殺害，引發 1699 年的里族社事件。

覺羅滿保：愛新覺羅氏，滿洲正黃旗人，大清官員。康熙 50 年（西元 1711 年）任福建巡撫，康熙 54 年（西元 1715 年）任閩浙總督。對臺政策傾向立碑劃界、隔離漢番，被認為是消極封禁派官員，與拓墾開發派官員多所爭執。

覺羅柏修：愛新覺羅氏，滿洲鑲紅旗人，大清官員。雍正 10 年（西元 1732 年）出任滿籍巡臺御史，大甲西社事件後重修六堆忠義亭。

景考祥：河南人，大清官員。清雍正 3 年（西元 1725 年）出任漢籍巡臺御史，與同期另一位滿籍巡臺御史禪濟布互相上奏攻訐，引發爭議，甚至形成閩臺地區的官員派系鬥爭。

靳光瀚：山西人，大清武官。清雍正 7 年（西元 1729 年）出任臺灣北路營參將，臺灣縣以北的諸羅縣、彰化縣直達台灣最北端的廣大地域，皆為臺灣北路營的轄區。在職期間發生大甲西社事件，屢屢陷入苦戰。

交臘貓倫：清雍正年間大甲西社頭目及土官，史實人物，亦為小說中重要角色。

嘉志閣社：台灣西北部平埔族群道卡斯人（Taokas）村社之一，位於現今苗栗縣苗栗市市區北側福星里一帶，南與貓裏社為鄰。清乾隆年間，嘉志閣社人口稀少，併入貓裏社，此後改稱為「貓閣社」，原後壠五社也改稱後壠四社，直到清末。

稽稽社：位於現今南投縣集集鎮。「集集」亦由此原住民村社之名而來。

舊社：小說中指的是自東寧王國時期起，在府城東門外就已經形成的漢人市街：歸仁里（台南市歸仁區之名即由此而來）舊社街。約位於現今台南市歸仁區看東里一帶。清治時期，清軍在此處設立軍營，即為「舊社汛」。

晉江：小說中指的是福建省泉州府晉江縣，位於福建沿海，口音為閩南語泉州腔。山多田少，明末清初常糧荒，居民多往海外發展。小說中施琅及其後代、張國等皆為晉江人。

軍工料場：清雍正年間，為了供應臺灣水師修理、新造戰船所需木料，開始開放漢人（身分為軍工匠）深入內山開採林木，並由平埔各村社協助轉運至港口。這雖然解決了遠從福建運來木料的困境，卻成為平埔村社的勞役壓力來源。

甲必丹 Kapitein der Chinezen：東南亞地區對華人首領的稱呼。「Kapitein」為荷蘭語「首領」、「隊長」之意，亦為軍階「上尉」的稱謂。因此，華人反過來再音譯為「甲必丹」。

架木浮田：在飄浮水面上的木架種植作物，為水沙連嶼（現今南投縣日月潭中心的拉魯島）曾有的獨特景觀。《諸羅縣志》記載：「岸草蔓延，繞岸架木浮水上，藉草承土以種稻，謂之浮田。」

ㄑ

奇武卒社 Kimotsi：台灣北部平埔族群巴賽人（Basay）村社之一，位於現今台北市大同區大稻埕、雙連一帶。17 世紀時與里族社關係較密切。

泉州府：位於福建閩南沿海地區，自 11 世紀起逐漸發展成國際貿易大港。明帝國時期設置泉州府，轄下晉江縣、南安縣、惠安縣、同安縣（含金門、廈門諸島）、安溪縣等地居民，於清治初期大舉湧入台灣拓墾，多在台灣西部沿海平原地帶形成泉州人村庄。清治中期以後漢人械鬥頻仍，除了閩客械鬥、泉漳械鬥之外，亦曾在北台灣艋舺發生同為泉州人的三邑人（晉江、南安、惠安）與同安人之間的「頂下郊拚」械鬥。

千總（完整軍階編制如後表 1）：清帝國綠營軍隊中的基層軍官，又分正規軍千總以及外委千總，通常率領百人左右。

ㄒ

許總／許建總：許總為陳賴章墾號中列名「夥長」職務的漢人；許建總則是清康熙年間到台北盆地塔塔悠社（亦為台灣北部平埔族群巴賽村社之一，位於現今台北市內湖區、整治前的基隆河東岸地帶。）開墾的漢人，現代台北市塔塔悠地區許姓家族多為許建總後代。現存史料尚無充分證據顯示許總與許建總為同一人，但在小說中設定為同一人。

新港社 Sinkangia：台灣西北部平埔族群道卡斯人（Taokas）村社之一，位於現今苗栗縣後龍鎮東部東社、西社、新港、社腳一帶。現今仍有後裔在當地從事道卡斯文化復振、舉辦道卡斯「牽田祭」等活動。

新港社 Sinckan：台灣南部最靠近府城的平埔族群四大村社之一，從荷蘭時期開始就跟外來統治者互動密切，位於現今台南市新市區。

蕭壠社 Saulang：台灣南部最靠近府城的平埔族群四大村社之一，從荷蘭時期開始就跟外來統治者互動密切，位於現今台南市佳里區蕭壠一帶。

西螺社：台灣中部平埔族群巴布薩人（Babuza）的村社之一，位於現今雲林縣西螺鎮及莿桐鄉、二崙鄉部分區域。西方與貓兒干社（現今雲林縣崙背鄉）相鄰，南方以舊虎尾溪跟虎尾壟社（現今雲林縣虎尾鎮）及柴裡社（現今雲林縣斗六市）分界，北方越過舊西螺溪（現今濁水溪）為眉裡社。

新庄：小說中指的是位於現今新北市新莊區新莊廟街一帶、清雍正年間逐漸發展起來的漢人村庄。受益於漢人入墾稻米產量大增、大漢溪河運和龜崙嶺道路開通等諸多因素，迅速發展成北台灣千帆林立的繁榮河港城市。

秀朗：現今新北市永和區秀朗一帶，地名源自台灣北部平埔族群巴賽人（Basay）秀朗社。自荷治時期起，即為附近一帶人口眾多的大村社。

興直山：現今新北市八里區觀音山。然古文書中常見的「興直山腳下」，範圍則包含了現今新北市五股區、泰山區、新莊區平原地帶，亦即整個台北盆地的最西緣、林口台地山腳下的區域。

下淡水溪：現今高屏溪。

下淡水新園：現今高屏溪出海口左岸，屏東縣新園鄉。

西港仔：現今台南市西港區。

西屬東印度群島／ Indias Orientales Españolas：為大航海時代西班牙在東印度地區建立的殖民地，以菲律賓群島為主體、馬尼拉為總督府，運用從美洲殖民地運來的白銀與東亞一帶的國家貿易。西元 1626 至 1642 年亦曾把北台灣納入轄下，惟後來仍被荷蘭東印度公司派兵擊敗。

硝石：以硝酸鉀為主要成分的天然礦物。大航海時代火槍、大炮所使用的黑火藥，就是用硝酸鉀、硫磺、木炭分別以 75：10：15 的比例混合，調製而成。一般木炭較易取得，因此天然硫磺和硝石在當代即為重要戰略貿易物資。

ㄓ

卓個卓霧／卓介卓霧亞生 Tok-e-tobu Aseng：17 世紀末的吞霄社頭目、土官。因長期受到漢人通事黃申對吞霄社的惡劣對待，在 1699 年掀起反抗。

鄭盡心：康熙四十九年至五十年（西元 1710 年至 1711 年）在東亞海域橫行的海盜，神出鬼沒、清軍水師追捕不到，最後卻不明原因落入閩浙總督手中，押送至北京交由康熙皇帝處置。

張國：福建人，大清武官。康熙 44 年（西元 1705 年）任台灣北路營參將，康熙 50 年任臺灣安平水師協副將。為第一位進入台中盆地拓墾的漢人業主，建立張鎮庄。

張方楷：後壠五社總通事，雖曾率領後壠社協助官方南征北討、頗受官方倚靠，仍被官員評為「任意做威、遇事苛索」的不良評價。

張弘章：江蘇人，大清官員。清雍正 9 年（西元 1731 年）任職淡水捕盜同知，同年改制為淡水撫民同知。在沙轆社建造淡水同知衙署，引爆民怨。

張玉：山西人，大清武官。清雍正 10 年台灣南部發生吳福生事件，時任鳳彈汛守備軍官，率兵征討力戰陣亡。

周鍾瑄：貴州人，大清官員。曾任諸羅縣、臺灣縣知縣，政績卓著，廣受好評，並邀請陳夢林合作編纂《諸羅縣志》，為台灣清治史上重要文獻。周鍾瑄、陳夢林、阮蔡文三人被時人稱為「諸羅三賢」。為小說中重要角色。

朱一貴／鴨母王：原籍福建漳州，康熙 52 年（西元 1713 年）到台灣發展。曾在臺廈道衙署擔任小吏，去職後以養鴨為業。傳說朱一貴養的鴨、生下鴨蛋總有雙蛋黃，因此被鄉民俗稱為鴨母王。康熙 60 年（西元 1721 年）在杜君英後起事後亦掀起反抗，但軍事才能不如杜君英。會合攻入府城後，因眾人公認朱姓較適合成為反清復明的招牌，故仍擁立朱一貴為王。隨後雙方不合，人數占優勢的閩籍將領選擇倒向朱一貴，因而擊敗杜君英。後朱一貴率軍攻打下淡水，遭到六堆客家義民軍擊敗。回頭府城也遭到清軍奪回，最後失敗被捕。

竹塹社 Pocael：台灣西北部平埔族群道卡斯人（Taokas）村社之一，曾經歷多次搬遷，17 世紀原位於現今新竹市香山區沿海一帶，後來搬到現今新竹市區城隍廟一帶，雍正 11 年（西元 1733 年）淡水廳竹塹城建城後被迫搬遷到北門外舊社一帶，後又因頭前溪水患再搬到新竹縣竹北市新社一帶，現今尚存采田福地宗祠維繫竹塹社後代。從荷治時期就記載竹塹社為人口眾多的大型村社，與附近村社關係不睦，經常與北方南崁社、南方後壠諸社互相征戰，也曾反抗官方的過度勞役。

中港社 Tokodekal：台灣西北部平埔族群道卡斯人（Taokas）村社之一，位於現今苗栗縣竹南鎮番社一帶，南鄰中港溪。荷蘭時期即已記錄竹塹社與中港社經常交戰；

西元 1656 年後壠社北上攻打八里坌社之戰，中港社亦有參與。清治時期中港溪河口已形成小型貿易港口，漢人生理船會到此進行貿易活動。

張鎮庄：曾任台灣北路營參將、安平水師協副將的武官張國，於康熙 49 年（西元 1710 年）以代替猫霧捒社、大肚南社繳交社餉 240 兩為條件，報墾北至現今台中市南屯區新庄子、南至台中市烏日區大肚溪畔、筏子溪兩側沿岸的土地。然而這片土地原本是猫霧捒社和大肚南社的獵場，因此也埋下了之後一連串事件的起因。

諸羅縣：清治初期把台灣行政區劃分為一府三縣，府城附近為臺灣縣，新港溪（現今台南市境內的鹽水溪）以北直到北台灣大雞籠社的大片土地皆劃歸諸羅縣。清雍正元年（西元 1723 年），才把虎尾溪以北劃歸新設立的彰化縣。

竹腳寮：位於現今南投縣竹山鎮紫南宮附近一帶。清雍正年間已經成為漢人向東越過牛相觸番界所建立的拓墾據點，但也引發內山原住民的出草反抗。

漳浦：小說中指的是福建省漳州府漳浦縣，位於福建沿海，口音為閩南語漳州腔。小說中阮蔡文、藍廷珍、藍鼎元、陳夢林、林亮、林秀俊等文武官員皆為漳浦人，在當代蔚為一股政治勢力。

漳州府：位於福建閩南沿海地區，北鄰泉州府。明帝國時期設置漳州府，轄下龍溪縣、海澄縣、漳浦縣、詔安縣等地居民，於清治初期大舉湧入台灣拓墾，特別是出身自漳浦縣的藍廷珍以藍張興墾號大舉進入台中盆地拓墾、且台灣西部沿海平原一帶多已被泉州人捷足先登，因而在台灣中部內山盆地形成較多漳州人村庄。清治中期以後漢人械鬥頻仍，除了閩客械鬥之外，亦常發生泉漳械鬥。

張振萬墾號：雍正元年（西元 1723 年）官方核准在大肚山東麓、台中盆地北側開墾的墾號（核准年份學術上尚有爭議，小說中設定為雍正元年），以岸裡社通事張達京為墾首，核准範圍東至搭連溝（現今筏子溪上游），西至大肚山山頂，北至岸裡社地界，南至水崛頭（現今台中市西屯區），約為現今台中市西屯區、大雅區至神岡區社口一帶。

鎮標：清軍綠營編制，「標」為提督和總兵的駐地直轄兵力，提督轄下的為「提標」，總兵轄下的即稱為「鎮標」。以臺灣鎮為例，總兵直轄鎮守府城的 3 營即為鎮標左營、鎮標中營和鎮標右營。

陳璸：廣東人，康熙四十九年（西元 1710 年）曾任臺灣廈門兵備道道臺兼任臺灣府知府，為當時台灣最高軍政首長。為官清廉在當代極為有名，但也有才能平庸的批評。逝世後康熙皇帝仍給予相當高的清廉評價。

陳夢林：福建漳州漳浦人，有「漳之奇男子」稱號。康熙年間受諸羅縣知縣周鍾瑄邀請編纂《諸羅縣志》；朱一貴事件期間入藍廷珍帳下，與藍鼎元同為最受藍廷珍倚重的決策幕僚。周鍾瑄、陳夢林、阮蔡文三人被時人稱為「諸羅三賢」。

陳策：福建泉州晉江人，大清武官。朱一貴起事時擔任淡水營守備，為當時唯一未逃離台灣的營級軍官；之後獲得援軍便一路南下掃蕩，與藍廷珍會師。朱一貴事件後陳策被破格拔擢、連跳三級，直接任命為臺灣鎮總兵！不久後卒於任上。

陳同善：陝西人，大清官員。清雍正 9 年出任彰化縣知縣，審案明理，與世故的直屬長官倪象愷發生衝突。

禪濟布：滿洲鑲藍旗人，頗受皇帝寵信。清雍正 2 年（西元 1724 年）出任滿籍巡臺御史，奏參彈劾周鍾瑄瀆職，又與另一位漢籍巡臺御史景考祥互相上奏攻訐，引發爭議，甚至形成閩臺地區的官員派系鬥爭。

柴坑仔社：台灣中部平埔族群巴布薩人（Babuza）的村社之一，位於現今彰化縣彰化市東北，八卦山北麓山坡地到大肚溪渡口一帶。

赤山：位於現今高雄市鳥松區澄清湖北側的小山丘，土壤呈赤紅色而得名，又稱火焰山。清治時期曾經有泥火山噴發紀錄，如《鳳山縣志》卷十：火焰山，港西里赤山之頂，不時山裂湧泥，而火焰隨之，有火無煙。

陳賴章墾號：康熙四十八年（西元 1709 年）北台灣第一個官方核准的土地開發業者，象徵著漢人大規模進入台北盆地開墾的濫觴。然而，陳賴章墾號僅代擺接社繳納極少社餉，就得以開墾「東至雷匣、秀朗，西至八里坌、干脰外，南至興直山腳，北至大龍峒溝」範圍廣大的土地，官方未深入了解實況就「民番無礙、朦朧給照」，釀成日後平埔族群土地流失的開端。

陳國起墾號：康熙四十八年（西元 1709 年）官方核准的在台北盆地開墾的墾號，核准範圍約為現今新北市八里區。

長福營：直屬於福建陸路提督的精銳部隊，由參將統領，官兵共約千人。雍正 10 年大甲西社事件期間，受福建總督郝玉麟之令調往台灣支援。

尸

施琅：福建泉州晉江施家。曾為國姓爺鄭成功部下，後因家仇轉投清軍。清康熙 22 年（西元 1783 年）以水師提督身分率大軍進攻澎湖，擊敗劉國軒領軍的東寧水師，成為大清帝國佔領台灣的頭號將領。之後施家便陸續遷至台灣置產發展。

施世驃：福建泉州晉江施家，施琅之子，追隨施琅從軍，官升至福建水師提督。

施世榜：福建泉州晉江施家，施琅族侄。其父施啟秉與施琅為家族同輩，亦曾參與施琅攻台戰役。施琅征台後先移居至鳳山縣置產收租，後再招募漢人到半線一帶（約為現今彰化縣北半部）拓墾。為「施厝圳」的出資興建者，以及鹿港天妃廟（現今鹿港天后宮）的捐地擴建者。

沙轆社 Salach：台灣中部平埔族群拍瀑拉人（Papora）村社之一，位於現今台中市沙鹿區。早期被認為是相當武勇兇悍的村社。

水裡社 Bodor：台灣中部平埔族群拍瀑拉人（Papora）村社之一，位於現今台中市龍井區。境內曾有個水量豐沛的湧泉，即為現今的龍目井。

雙寮社：台灣中部平埔族群道卡斯人（Taokas）村社之一，位於現今台中市大甲區西北部雙寮地區。清治時期已有小港口雙寮港，村民漁獵維生。之後再分為雙寮東勢社、雙寮西勢社。

水沙連社／邵族 Thao：居住在現今南投縣日月潭一帶的原住民，自清雍正年間開始與官方發生衝突。

山豬毛番：位於現今屏東縣三地門鄉，排灣族語為 Tjimur，清治時期被漢人稱為「山豬毛」的原住民社群。清雍正 6 年（西元 1728 年）底「南路山豬毛生番戕殺漢民二十二人」（《重修福建臺灣府志》卷十九），雍正 7 年初王郡出兵討平。

沙轆庄：位於現今台中市沙鹿區。清治初期在沙轆社附近開墾漢人聚集形成的村庄。

水碓：位於現今台中市南屯區水碓一帶。清康熙末年，張國麾下的客家籍軍官劉源沂在張鎮庄區域內建立起水碓聚落，為台中盆地內第一個客家聚落。現今當地仍存有「繩繼堂」古厝。

水裡港：位於現今大肚溪出海口北岸，水裡社領域內。

石井：位於現今高雄市燕巢區湖內一帶。東寧王國時期即已有漢人入墾成庄，清治初期在此設置軍營「石井汛」。

上淡水：相對於台灣南部、當時距離府城較近的下淡水溪（現今高屏溪），台灣北部淡水河流域有時會被稱為上淡水。

沙馬磯頭：位於台灣恆春半島最南端，南方海域有暗礁，自古以來即為容易發生船難的水域。

施長齡墾號：康熙末年官方核准開墾台灣中部地區、介於東螺溪（濁水溪舊河道）與大肚溪之間（接近現今彰化縣北半部平原地帶）的知名墾號。業主為征台名將施琅家族後輩的施世榜。

施厝圳：清康熙 48 年（西元 1709 年）由施世榜出資闢建、圳路位於東螺溪北側的灌溉水圳（後稱為八堡一圳），與後來興建的十五庄圳（後稱為八堡二圳）、二八水圳，沿線灌溉了彰化地區 8 個保，因此被後世稱為「八堡圳」灌溉系統。

生番：清代官方及漢人對台灣比較深居內山及後山、與官方及漢人接觸較少的原住民之概稱。

熟番：清代官方及漢人對台灣比較居住在平地、自明末以來與官方及漢人已有頗多接觸、需向官方繳交稅金的原住民之概稱。

畬人：中國南方少數民族，現代多數居住在福建，本書中藍廷珍、藍鼎元兄弟即為人後代。清代閩南語章回小說《平閩十八洞》，便是描述西元 7 世紀末畬人反抗漢人、陳元光帶兵平定的故事，陳元光亦被後世尊奉為「開漳聖王」。

山五商：由鄭芝龍、鄭成功家族所建立的貿易組織，內陸地區由金、木、水、火、土五大批發商組成「山五商」，負責收購有價值的貿易商品；海外地區則由仁、義、禮、智、信五大船隊組成「海五商」，負責運往東亞、南洋各地銷售。山、海五商組織的貿易獲利，源源不絕的供應鄭氏家族的軍事行動及持續發展。

首報陞科：清雍正年間，閩浙總督高其倬在台灣推行的財政改革政策之一。原意是希望讓早期向原住民承租土地開墾的漢人佃農，主動跟官府登記所開墾的土地，既增加政府稅收，也讓過去隱而不宣的田地得以公開、納入官方統計管理。但這項政策卻轉而造成漢人佃農只願繳稅給政府、不願再繳交租金給原住民，意外演變成原住民村社的生計陷入困境。

守備（完整軍階編制如後表 1）：清帝國綠營軍隊中的中階軍官，通常率領百餘人。偶有機會成為獨守一營的主官，例如朱一貴事件期間死守北台灣淡水營的陳策，即為守備軍官。

師爺：為明、清時期各級官員聘請的私人幕僚人員，又稱幕賓、幕友。許多地方官員實際上並不很熟悉繁雜的法律、庶務及行政業務，往往需倚賴師爺協助政務。清康熙 36 年（西元 1697 年）來台採集硫磺、著作《裨海紀遊》的郁永河，即任職福建知府王仲千的師爺。

社商：從荷蘭時期開始出現的一種特殊商人，先向 VOC 投標承包特定原住民村社的特定權利，得標後再用原住民日常生活所需的鹽、鐵器等物資來交易村社的鹿皮、鹿肉等物產；收購所得的部分物產作為該村社的稅收上繳給統治者，其餘物產由社商自由出售賺取利潤。社商通常住在城市或漢人聚落，透過熟悉村社事務和原住民語言的通事來進行交易活動。

社餉：從 VOC 到東寧王國時期，社商代繳給統治者的稅收都採用競標的方式。到清康熙年間取消競標，改為各原住民村社每年上繳固定金額的稅收，稱為社餉。

社丁：康熙末年，因社商的貿易活動已經造成許多原住民村社陷入生活困頓，便取消社商制度。但之後仍有漢人繼續從事代替原住民村社繳納社餉、同時仍交易物資的貿易活動，並改稱為社丁。

社學：清治時期在台灣原住民村社內設立的漢式學堂，教授小孩子學漢語、寫漢字、學習漢式傳統典籍。

社師：清治時期在社學內負責教學的老師。

水沙連茶：為台灣原生茶種，《諸羅縣志》中即已記載：「水沙連內山茶甚伙，味別色綠如松蘿。山谷深峻，性嚴冷，能卻署消脹。」現代稱為台灣山茶。而現今相當流

行的「紅玉」紅茶，亦即農委會茶葉改良場所發表的「台茶 18 號」，正是以台灣山茶和緬甸大葉種茶雜交育種而成，風味絕佳。

生理船：「生意船」的閩南語發音，亦即閩南人的貿易商船。

ㄖ

阮蔡文：福建漳州漳浦人，曾任臺灣北路營參將，頗受時人敬重。為清代少數文官轉武職的官員，曾留下《大甲婦》之詩。周鍾瑄、陳夢林、阮蔡文三人被時人稱為「諸羅三賢」。

戎克船：明代、清代在東亞海域廣泛使用的中式帆船，高聳的船艏利於破浪、衝犁小型船隻，獨有的防水隔艙為大航海時代的先進設計，優秀的扶正能力讓戎克船較能耐受大浪衝擊而不易翻覆。

榕城：福建首府福州城的別稱，因城內大量種植榕樹而得名。

日本人町：大航海時代，17 世紀初的日本也大舉進出東南亞各港口城市從事貿易，有些進而定居當地，逐漸形成日本人社區，即為日本人町。越南會安、菲律賓馬尼拉等當時知名的繁榮港口城市，都有日本人町的蹤跡。

日斯巴尼亞：為大明帝國官方對西班牙比較正式的中文稱呼，明顯來自 Hispania 的直接音譯，而 Hispania 其實是源自羅馬帝國時期對西班牙和葡萄牙所在的伊比利半島的稱呼。

ㄗ

走標牽田祭：小說中專指拍瀑拉人所舉辦、年度最盛大的祭儀，包含走標、圍食、牽田等一連串活動。

總兵（完整軍階編制如後表 1）：清帝國綠營軍隊中的高階軍官，為統帥水陸師、兵力雄厚的雄鎮一方統兵大將。清治初期整個台灣的最高軍事將領即為臺灣鎮總兵。

ㄘ

參將（完整軍階編制如後表 1）：清帝國綠營軍隊中的中高階軍官，率領近千人、鎮守一縣的地區性將領。例如清治初期臺灣劃分一府三縣，即部署北路營參將於諸羅縣、南路營參將於鳳山縣。

ㄙ

宋永清：曾於清康熙年間任職鳳山縣知縣，並曾兩度代理諸羅縣知縣職務。康熙 48 年（西元 1709 年）以「民番無礙」為由核准陳賴章墾號（當時屬諸羅縣轄域內）的申請，從此成為「民番無礙、朦朧給照」導致平埔村社土地流失的濫觴。

索琳：滿洲人，清雍正 4 年起任職滿籍巡臺御史，為雍正 4 年征討水沙連社的總指揮官。上奏給雍正皇帝的奏摺內容為後世認識水沙連之役的重要史料。

掃捒社：台灣中部平埔族群巴宰人（Pazeh）的村社之一，18 世紀居住於現今台中市神岡區附近一帶。

宿霧 Cebu：菲律賓群島中部港口大城，現今亦為知名觀光景點。早在麥哲倫抵達前，宿霧就已經與大明帝國、東南亞各國建立貿易往來。西元 1521 年麥哲倫成為首度抵達宿霧的西方人；1565 年西班牙人建立西屬東印度群島殖民地，便先以宿霧為首府，6 年後才遷往馬尼拉。

思歸歌：為首任漢籍巡臺御史黃叔璥在他的著作《臺海使槎錄》中收錄的牛罵社、沙轆社歌曲思歸歌。

一

伊排 Ipay：小說中虛構人物，賴科和 Ghacho 之女，小賴維東 2 歲。取 Basay 名，延續 Basay 由女性繼承的傳統。

朱一貴／鴨母王：原籍福建漳州，康熙 52 年（西元 1713 年）到台灣發展。曾在臺廈道衙署擔任小吏，去職後以養鴨為業。傳說朱一貴養的鴨、生下鴨蛋總有雙蛋黃，因

此被鄉民俗稱為鴨母王。康熙 60 年（西元 1721 年）在杜君英後起事後亦掀起反抗，但軍事才能不如杜君英。會合攻入府城後，因眾人公認朱姓較適合成為反清復明的招牌，故仍擁立朱一貴為王。隨後雙方不合，人數占優勢的閩籍將領選擇倒向朱一貴，因而擊敗杜君英。後朱一貴率軍攻打下淡水，遭到六堆客家義民軍擊敗。回頭府城也遭到清軍奪回，最後失敗被捕。

楊元祖：清雍正年間大肚南社漢人通事，小說中設定立場相當擁戴大肚南社甘仔轄頭目家族。

楊道弘：為清治初期在北台灣大舉開墾的知名漢人墾首之一。清雍正 5 年（西元 1727 年）獲得彰化縣府批准開墾「東至港，西至八里坌山腳，南至海山山尾，北至干脰山」的興直埔土地，然而卻因為這份墾單實際上跟林天成早已取得的興直山腳下土地有所重疊，引發後續纏訟多年。

隱田：雍正之前，漢人在平埔原住民村社內承租耕作的土地，繳交租金給村社、村社再繳交社餉給政府，耕地的實際地點、面積都不在官方掌控內，故被視為隱田。

養廉銀：雍正元年（西元 1723 年）雍正皇帝上任後，開始推動「耗羨歸公」政策，同時為了避免地方官頓失長年來的私下收入而不願執行，於是接著推動「養廉銀」制度化政策，依官職高低給予「養廉銀」作為彌補。

營盤：軍人所建立的臨時官兵駐紮地或永久性軍營。以清帝國綠營而言，有汛、塘、營、協、標各種大小不一的軍事駐地，民間漢人不見得都瞭解，故通稱營盤。

遊擊（完整軍階編制如後表 1）：清帝國綠營軍隊中的中階軍官，通常率領數百人。有時亦能成為一營主官，例如大甲西社事件期間，深受官軍總指揮王郡信賴、頻繁調派南北各地出擊任務的鎮標左營遊擊軍官王臣。

ㄨ

烏牌：清雍正年間後壠社土官，經常與漢人通事張方楷配合，率領後壠社戰士四處出征、協助官方平亂。

瓦鑿 Bali：史實人物，樸仔籬社人。小說中與大匏藥為好兄弟，對漢人和官軍始終站在堅決反抗的立場。

王郡：陝西乾州人。從軍隊最基層的行伍做起，歷任千總、臺灣南路營參將、臺灣鎮總兵等武職。雍正九年底，原已準備赴任福建水師提督新職，只等新接任的臺灣鎮總兵呂瑞麟北巡結束、返回府城交接印信，卻突然發生大甲西社事件，便暫留台灣協助指揮調度，陰錯陽差下成為大甲西社事件期間官軍總指揮。

王臣：福建泉州人。大甲西社事件期間，任職駐守府城、統領鎮標左營的游擊軍官，深受官軍總指揮王郡信賴、頻繁調派南北各地出擊任務。

王汧：山西人。清雍正二年擔任首位淡水捕盜同知，對原住民主張「以撫代剿」。

溫賜：清雍正年間大肚南社的社師，小說中設定立場相當擁戴大肚南社甘仔轄頭目家族。

吳福生：臺灣鳳山縣人。小說中設定具有天地會背景，大甲西社事件期間，在南台灣趁勢掀起風雲。

烏牛欄社 Aoran：台灣中部平埔族群巴宰人（Pazeh）的村社之一，18 世紀居住於現今台中市豐原區一帶。

外北投社 Rapan：台灣北部平埔族群巴賽人（Basay）村社之一，位於現今新北市淡水區東側大屯山麓一帶，其實只與內北投社 /Kipataw 一山之隔。

武鹿庄：位於現今台中市清水區武鹿一帶。清治初期在牛罵社附近開墾漢人聚集形成的村庄。

武吉士 Bugis：原為印尼蘇拉威西島 /Sulawesi 南方的原住民，亦為南島語族的一支，祖源可能來自台灣或中國華南。大航海時代發展成印度尼西亞海域的強大海盜及海上傭兵，曾經擔任過荷蘭東印度公司 /VOC 的傭兵部隊，也曾經受雇於柔佛蘇丹國 /Johor Sultanate。18 世紀初甚至直接介入柔佛蘇丹國 /Johor Sultanate 的王位爭奪並獲得勝利，為鼎盛一時的海上霸權。

五汊港：18 世紀台灣中部西海岸、牛罵社西邊的一個小港口，因為有五條小溪流匯入而得名。位於現今的梧棲漁港、台中港一帶。

烏溪：位於台灣中部的主要河流，因下游流經台中市大肚區，亦稱為大肚溪。上游位於南投縣國姓鄉，北港溪及南港溪匯合後即為烏溪。荷蘭時期，大肚溪兩岸許多村社皆處於大肚王甘仔轄統治下，當時也被稱為甘仔轄河。

萬丹：位於現今屏東縣萬丹鄉。因位居下淡水溪（現今高屏溪）東渡口，自清治初期即成為下淡水溪以東的第一個漢人街市，萬丹巡檢署、萬丹汛等官方設施亦於雍正年間陸續設置，朱一貴事件、吳福生事件期間皆曾遭到戰火波及。

王城：小說中指的是位於菲律賓馬尼拉、由西班牙統治者以石牆圍繞起來的城市中心區，原有許多殖民時期的大教堂等古建築，第二次世界大戰期間大部分被摧毀。

艉樓：位於船隻甲板最後方的架高建築，較高的視野利於船長及舵手觀察海況，對於調低船艏的 Galleon 帆船來說，進一步修改為方形艉樓來降低船尾阻力，為其獨特設計。

ㄩ

郁永河：浙江人，非常喜好四處冒險遊歷。因清康熙 35 年（西元 1696 年）福建福州城火藥庫神秘爆炸事件，主動提出前來台灣採集硫磺的任務。康熙 36 年郁永河從福州至廈門、臺灣府城，再沿著陸路北上，沿途見聞了西部許多平埔村社、後在北台灣與北部原住民互動，並記錄了神秘的「康熙台北湖」。返回福州城後把所見所聞寫成《神海紀遊》一書，為台灣清治史上相當重要的文獻。

苑裡社：台灣中部平埔族群道卡斯人（Taokas）村社之一，位於現今苗栗縣苑裡鎮市街北側區域。「苑裡」之名即由此而來。

永佃權：為一種土地制度，佃農可以支付金額（犁頭銀）獲得永久租用農地的權利，不受土地所有權（業主）轉移的影響。

ㄚ

阿舉：小說中虛構人物，設定為蒲氏悦長子，漢名蒲文舉，為小說主角之一。

阿良：小說中虛構人物，設定為蒲氏悦二兒子，漢名蒲文良，小阿舉 2 歲。影射史實人物蒲文良，為乾隆年間捐地起建清水知名廟宇紫雲巖觀音廟的重要人物。

阿莫 Abok：為台灣中部平埔族群巴宰族岸裡社頭目，首任土官。

阿藍／ Alan：為台灣中部平埔族群巴宰族岸裡社頭目，第二任土官。阿莫之子，敦仔之父。

阿比：小説中虛構人物，岸裡社頭目阿莫最小的女兒，敦仔的姑姑。

阿甲 Atek：小説中虛構人物，氣質出眾的貓霧捒社女子，為小説後期重要角色之一。

阿帶：清雍正年間貓盂五社總頭目及總土官，史實人物，為小説後期重要角色之一。

阿國：清雍正年間馬芝遴社頭目及土官，史實人物。

阿里史社 Balis：台灣中部平埔族群巴宰人（Pazeh）的村社之一，18 世紀居住於現今台中市潭子區、北屯區北部一帶。19 世紀初曾有以阿里史社為主力、中部平埔族群多社響應的武裝移墾團遠征至蘭陽平原，雖然最終並未成功，仍在現今宜蘭縣羅東鎮、三星鄉及蘇澳鎮各地留下阿里史地名。

阿束社 Assock：台灣中部平埔族群巴布薩人（Babuza）的村社之一，位於現今彰化縣和美鎮及附近區域。清治初期為人口眾多、被官方視為「強梁」的強大村社。

阿里坤／ Arikun：大致上位於大肚溪中游、八卦山東方的平埔村社，包含貓羅社、北投社、南投社，以及小説中未出現的萬斗六社、大武郡社、大突社。「Arikun」是阿里坤村社居民自稱為「人」的意思。

阿密里：位於現今台中市烏日區阿密哩地區。

阿拔泉溪：位於現今南投縣境內的清水溪。清治初期早已知其水極清，但仍以其發源地阿拔泉山命名為阿拔泉溪。直到清同治年間才改名為清水溪。

ㄜ

惡馬：阿束社四大聚落之一，亦為大肚溪南岸重要渡口。

ㄠ

澳門 Macau：明末起即成為葡萄牙在東亞的重要貿易據點及殖民地，進而成為歐洲各國與大明、大清帝國貿易往來及傳教士進出的必經之地。

ㄢ

岸裡社／岸里山番 Tarranoggan／Lahodoboo：台灣中部平埔族群巴宰人（Pazeh）的村社之一，17 世紀舊社址為現今台中市后里區墩仔腳一帶，荷治時期稱為 Tarra-noggan。18 世紀歸化後往南搬遷跨越大甲溪，在現今台中市神岡區大社一帶建立新社，並透過官方和通事統合巴宰各社，形成岸裡大社 /Lahodoboo。

安溪：小說中指的是福建省泉州府安溪縣，位於泉州府最內山未靠海，口音為閩南語泉州腔。山多田少，明末清初常糧荒，因此居民亦多離鄉背井往海外發展。福建山區多產茶，安溪茶在明末清初即已頗負盛名。

安汶 Ambon：自古以來即是摩鹿加群島中最主要的港口貿易城市，葡萄牙人首先在此建立安汶城，西元 1609 年後成為 VOC 的重要貿易據點及居住城市。

ㄦ

二分埔貓抵：二分埔、貓抵應為兩個古地名，為藍張興墾號申請的北界，大致位於現今台中市北屯區二分埔附近一帶。

| 全文註解英文發音索引 |

A

阿莫 Abok：為台灣中部平埔族群岸裡社頭目，首任土官。

阿藍 Alan：為台灣中部平埔族群岸裡社頭目，第二任土官。阿莫之子，敦仔之父。

阿甲 Atek：小説中虛構人物，氣質出眾的貓霧捒社女子，為小説後期重要角色之一。

Aguilar：小説中指的是 Domingo Aguilar，為娶了巴賽人三貂社女子為妻的西班牙人，並在 VOC 趕走西班牙駐軍後，繼續替 VOC 工作。《康熙台北湖》中設定 Catherine 為 Domingo Aguilar 的孫女，因此在本部小説中設定 Catherine 想到馬尼拉追尋 Aguilar 家族的族親。

Amangkurat IV：馬塔蘭蘇丹國的第八任國王，西元 1719 年繼承王位，但很快就遭到國內反對者的挑戰，引發為時 4 年、VOC 插手介入的王位繼承戰爭。

Arya：馬塔蘭蘇丹國的皇室成員。西元 1719 年第七任國王駕崩，Blitar、Purbaya 和 Arya 群起反抗第八任國王 Amangkurat IV 的繼位，引發為時 4 年、VOC 插手介入的王位繼承戰爭。

烏牛欄社 Aoran：台灣中部平埔族群巴宰人（Pazeh）的村社之一，18 世紀居住於現今台中市豐原區一帶。

後壠社 Auran：台灣西北部平埔族群道卡斯人（Taokas）村社之一，位於現今苗栗縣後龍鎮後龍溪下游區域。荷治時期記載後壠社為武力強大的村社，除了經常與竹塹社互相征戰之外，還曾多次遠征到淡水河口，造成八里坌社的遷徙。

阿束社 Assock：台灣中部平埔族群巴布薩人（Babuza）的村社之一，位於現今彰化縣和美鎮及附近區域。清治初期為人口眾多、被官方視為「強梁」的強大村社。

阿里坤 Arikun：大致上位於大肚溪中游、八卦山東方的平埔村社，包含貓羅社、北投社、南投社，以及小説中未出現的萬斗六社、大武郡社、大突社。「Arikun」是阿里坤村社居民自稱為「人」的意思。

泰雅族群 Atayal：廣泛分布於台灣中北部山區的原住民族群。

安汶 Ambon：自古以來即是摩鹿加群島中最主要的港口貿易城市，葡萄牙人首先在此建立安汶城，西元 1609 年後成為 VOC 的重要貿易據點及居住城市。

Arabica：現代所熟知的「阿拉比卡」咖啡品種，實際上原產地是東非，只是 15 世紀前咖啡外銷市場都被阿拉伯商人壟斷，故被歐洲人如此命名。小說中由 VOC 移植至印尼的咖啡樹，亦為阿拉比卡品種。

America：小說中指的是美洲，亦即大航海時代歐洲人所謂的「新大陸」。

B

瓦壟 Bali：史實人物，樸仔籬社人。小說中與大匏藥為好兄弟，對漢人和官軍始終站在堅決反抗的立場。

巴辣 Banah：小說中的虛構人物，龜崙社人。與虎茅 /Homa 為從小到大的玩伴，酒不離身，老年重聚後協助老友的雄心壯志。

Bitter：17 世紀荷蘭東印度公司 /VOC 上尉，全名為 Herman de Bitter。1662 年 VOC 戰敗、被國姓爺逐出台灣後，1664 年 VOC 派兵重新佔領雞籠北荷蘭城，任命 Bitter 為雞籠最高司令官；1668 年又因為補給困難，VOC 最終決議撤出台灣。小說《康熙台北湖》中創作一段 Bitter 仍秘密潛藏在台灣內部，透過誘使吞霄社反抗官方等秘密行動，為 VOC 重新奪回台灣的雄偉意圖。

Blitar：馬塔蘭蘇丹國第七任國王的兄弟。西元 1719 年第七任國王駕崩，Blitar、Purbaya 和 Arya 群起反抗第八任國王 Amangkurat IV 的繼位，引發為時 4 年、VOC 插手介入的王位繼承戰爭。

貓霧捒社 Babusaga：台灣中部平埔族群拍瀑拉人（Papora）村社之一，位於現今台中市南屯區。

水裡社 Bodor：台灣中部平埔族群拍瀑拉人（Papora）村社之一，位於現今台中市龍井區。境內曾有個水量豐沛的湧泉，即為現今的龍目井。

阿里史社 Balis：台灣中部平埔族群巴宰人（Pazeh）的村社之一，18 世紀居住於現今台中市潭子區、北屯區北部一帶。19 世紀初曾有以阿里史社為主力、中部平埔族

群多社響應的武裝移墾團遠征至蘭陽平原，雖然最終並未成功，仍在現今宜蘭縣羅東鎮、三星鄉及蘇澳鎮各地留下阿里史地名。

貓羅社 Baroch：台灣中部平埔族群阿里坤人（Arikun）村社之一，主聚落位於現今彰化縣芬園鄉舊社一帶，亦有其他小聚落散布在貓羅溪沿岸各處。「貓羅溪」之名即是源自貓羅社。亦有一說認為貓羅社與鄰近大肚溪（烏溪）東岸的萬斗六社（另名為清康熙年間曾出現的投揀社 /Tosack，位於現今台中市霧峰區萬斗六、舊社一帶）關係相當密切，清嘉慶年間貓羅社大舉搬遷至萬斗六，因此地契上經常出現「貓羅萬斗六社」的自稱。

貓裏社 Bari：台灣西北部平埔族群道卡斯人（Taokas）村社之一，位於現今苗栗縣苗栗市南苗市場以南平原地帶，北與嘉志閣社為鄰。清乾隆年間，嘉志閣社人口稀少，併入貓裏社，此後改稱為「貓閣社」，原後壠五社也改稱後壠四社，直到清末。現代「苗栗」之名，正是源自「貓裏」發音而來。

目加溜灣社 Backloun：台灣南部最靠近府城的平埔族群四大村社之一，從荷蘭時期開始就跟外來統治者互動密切，位於現今台南市善化區。

巴布薩 Babuza：位於彰化平原的平埔村社，包含半線社、阿束社、柴坑仔社、馬芝遴社、東螺社、西螺社、眉裡社和二林社，「Babuza」是巴布薩村社居民自稱為「人」的意思。

布農族 Bunun：分布在現今南投縣、高雄市、花蓮縣、台東縣境內中央山脈兩側的高山原住民。

bula：拍瀑拉語「酒」的意思。

baba：拍瀑拉語「爸爸」的意思。

baki：巴賽語「祖父」的意思。

binay：巴賽語「祖母」的意思。

艋舺／蟒甲 bangka：平埔族群巴賽人擅長使用的獨木小船，在外海航行時，還會在兩側外加藤束板，在風濤洶湧的海域仍能來去自如，高超的航行技術令漢人驚嘆不已。現今東南亞地區原住民語同樣稱呼此類船隻為 bangka，亦有命名為 Bangka 的島嶼，可能是來自南島語族的共通語源。

武吉士 Bugis：原為印尼蘇拉威西島 /Sulawesi 南方的原住民，亦為南島語族的一支，祖源可能來自台灣或中國華南。大航海時代發展成印度尼西亞海域的強大海盜及海上傭兵，曾經擔任過荷蘭東印度公司 /VOC 的傭兵部隊，也曾經受雇於柔佛蘇丹國 /Johor Sultanate。18 世紀初甚至直接介入柔佛蘇丹國 /Johor Sultanate 的王位爭奪並獲得勝利，為鼎盛一時的海上霸權。

巴達維亞 Batavia：位於印度尼西亞群島爪哇島的西北海岸，為現今印尼首都雅加達。17 世紀起成為荷蘭東印度公司（VOC）的總部所在地，逐漸發展成東印度地區的貿易大港及人口眾多族群複雜的大城市。

峇里島 Bali：印尼爪哇島東方的小島，兩島間海峽最窄處僅有 3.2 公里，然而居民卻仍保留了峇里島獨有的語言文化、以及與廣泛信奉伊斯蘭教的印尼諸島迥然不同的印度教信仰。現今為相當知名的觀光景點。

BEIC：不列顛東印度公司（British East India Company）在小說中的縮寫，亦即近世知名的英國東印度公司。西元 1600 年成立，但直到 1608 年在印度建立貿易據點後，英國東印度公司才開始以印度為腹地長足發展，並多次向東亞的商業競爭大敵荷蘭東印度公司（VOC）發起挑戰。1670 年獲得英國國王授予東印度公司鑄造錢幣、建立軍隊、結盟和宣戰、簽訂和平條約和司法審判等各方面權利，幾乎堪稱一個獨立國家。東寧王國鄭經統治時期，曾與英國東印度公司進行一段時間的貿易關係。西元 1711年在澳門建立分公司，以白銀購買大清帝國的棉花、絲綢、靛青、茶葉等商品，銷售鴉片，並從事智利硝石的三角貿易。

C

甘仔轄 Camachat／Lelien：17 世紀荷蘭東印度公司記載的大肚王家族姓氏，也是外界對大肚王的別稱，原住民則稱其為 Lelien。

Catherine：小說《康熙台北湖》跨過來串場的虛構人物，來自三貂社 /St.Jago，為西班牙、巴賽混血後代。平時個性活潑、愛開玩笑、略顯輕浮，實際上管理能力優秀，深受賴科信賴，經常作為賴科不在時的大雞籠社通事屋首席代理人。

哥倫布 Colombo：熱那亞（現今義大利西北部城市）人，在西班牙的資助下，自西元 1492 年起多次橫越大西洋，抵達美洲。哥倫布所開啟的大航海時代，促進了歐亞

非與美洲之間各式各樣物產甚至族群的大規模交流，進而被現代學者稱為「哥倫布大交換」。

龜崙社 Coulon：台灣北部平埔族群村社之一，位於現今桃園市龜山區一帶。

卡加延人 Cagayan：位於菲律賓呂宋島東北部的族群。西班牙統治菲律賓後，對外用兵也會帶上為數不少的菲律賓當地原住民作為傭兵或苦力，卡加延人即曾被西班牙人帶到北台灣。

宿霧 Cebu：菲律賓群島中部港口大城，現今亦為知名觀光景點。早在麥哲倫抵達前，宿霧就已經與大明帝國、東南亞各國建立貿易往來。西元 1521 年麥哲倫成為首度抵達宿霧的西方人；1565 年西班牙人建立西屬東印度群島殖民地，便先以宿霧為首府，6 年後才遷往馬尼拉。

D

大肚社 Dorida：台灣中部平埔族群拍瀑拉人（Papora）村社之一，位於現今台中市大肚區。荷治時期已經分為大肚北社 /Dorida Amicine、大肚中社 /Dorida Babat、大肚南社 /Dorida Mate/Dorida Camachat，即意味著大肚王 Camachat 家族居住在大肚南社。

東螺社 Dobale Baota：台灣中部平埔族群巴布薩人（Babuza）的村社之一，位於現今彰化縣境內舊濁水溪河道（清治初期為東螺溪）沿溪東岸一帶廣泛分布，現今二水鄉、北斗鎮、溪湖鎮及田中鎮、田尾鄉部分區域皆曾為東螺社活動範圍。因鹿港施家在彰化平原大舉拓墾、且地處「施厝圳」引水口的關鍵位置，較早受漢人入墾的影響，即使村社頭人有意效仿漢人自行登記土地、保存自有社地，卻仍逃不過漢人透過合法管道買賣、導致東螺社流失土地的困境。

Dilao：位於菲律賓首都馬尼拉市區內，Paco 區的舊地名。16 世紀起即成為到海外貿易的日本人在馬尼拉的聚居地，亦即日本人町。

E

Español：西班牙語、西班牙人（男性）、西班牙的（陽性形容詞）之意。

F

Fuerte de San Salvador：西班牙語的聖薩爾瓦多城，為 17 世紀初西班牙人佔領北台灣後在大雞籠社附近建立的一座雄偉城堡。西元 1642 年荷蘭東印度公司把西班牙人擊敗後，改名為北荷蘭城；後東寧王國、大清帝國時期就任其荒廢。現今位於基隆市和平島西南隅台灣造船廠廠區內地底下，尚待考古挖掘。

G

牛罵社 Gomach：台灣中部平埔族群拍瀑拉人（Papora）村社之一，位於現今台中市清水區。17 世紀蘇格蘭人 David Wright 來台遊歷，途經大肚王國寫下紀錄，認為牛罵社是全台最美麗的地方。

Ghacho：小說《康熙台北湖》跨過來串場的虛構人物，台灣北部平埔族群巴賽人、麻少翁社頭目，與大雞籠社通事賴科關係密切。

海山／ Gaijsan：自荷治時期起稱呼台北盆地西南隅的地域名稱，大致位於現今新北市樹林區平原地帶，有時新北市三峽區平原地帶亦被認為屬於此地區。

蓋倫帆船 Galleon：16 至 18 世紀歐洲各國廣泛使用的帆船類型，調低的船艏、更為修長的船身、方形艉樓的設計，讓蓋倫帆船風阻更低、速度更快，對遠洋貿易或海戰都更為有利。

Gambang kromong：印尼的傳統音樂，揉合巴達維亞當地華人及爪哇人音樂風格而形成的一種獨特音樂形式，以樂團的方式演奏。

H

虎茅 Homa：小說中的虛構人物，出身自龜崙社。因緣際會下四海漂泊，為人謙和，內心卻仍意圖成就一番事業。

嘎嘮別社 Halapei：台灣北部平埔族群巴賽人（Basay）村社之一，位於現今台北市北投區貴子坑溪沿岸一帶。源自淡水河口左岸的八里坌社 /Parihoon，17 世紀時經常遭受後壟社、甚至噶瑪蘭人多次出草，之後部分社人選擇逃難至貴子坑溪建立新村社。

h-m-an：拍瀑拉語「吃」的意思。

hoi：荷蘭語打招呼之意，類似英語的 hi。

I

伊排 Ipay：小說中虛構人物，賴科和 Ghacho 之女，小賴維東 2 歲。取 Basay 名，延續 Basay 由女性繼承的傳統。

西屬東印度群島 Indias Orientales Españolas：為大航海時代西班牙在東印度地區建立的殖民地，以菲律賓群島為主體、馬尼拉為總督府，運用從美洲殖民地運來的白銀與東亞一帶的國家貿易。西元 1626 至 1642 年亦曾把北台灣納入轄下，惟後來仍被荷蘭東印度公司派兵擊敗。

J

爪哇人／爪哇語 Jawa：為主要居住在印尼爪哇島中部和東部的原住民，亦為南島語族的一支，祖源可能來自台灣，使用的語言為爪哇語。由於地理位置關係，早期即受到印度文化影響，信奉印度教及佛教，並形成馬塔蘭王國、滿者伯夷 /Madjapahit 等印度教國家。15 世紀後，大部分爪哇人逐漸改信仰伊斯蘭教，伊斯蘭教國家成為主體，例如馬塔蘭蘇丹國 /Mataram Sultanate、淡目蘇丹國 /Demak Sultanate。

柔佛蘇丹國 Johor Sultanate：前身為 15 世紀馬來人 /Malay 建立的麻六甲王國（大明帝國稱為滿剌加國）。16 世紀葡萄牙人抵達東亞，攻佔麻六甲 /Melaka 作為貿易據點，王國繼承人逃到馬來半島最南端建立柔佛蘇丹國 /Johor Sultanate。17 世紀末招募武吉士人 /Bugis 成為國家雇傭兵，之後卻逐漸被奪取軍政大權。

jukung：峇里島人使用的傳統小船，船身之外兩翼增添浮木，與東南亞其他地區稱呼 bangka 的小船相當類似。現代俗稱螃蟹船，為到峇里島觀光旅遊的特色之一。

K

大雞籠社 Kimaurri：台灣北部平埔族群巴賽人（Basay）村社之一，位於現今基隆市和平島地區。

麻少翁社 Kimassauw：台灣北部平埔族群巴賽人（Basay）村社之一，位於現今台北市士林區、從社子島延伸到天母一帶。

內北投社 Kipataw：台灣北部平埔族群巴賽人（Basay）村社之一，位於現今台北市北投區中心一帶，其實只與外北投社 /Rapan 一山之隔。

奇武卒社 Kimotsi：台灣北部平埔族群巴賽人（Basay）村社之一，位於現今台北市大同區大稻埕、雙連一帶。17 世紀時與里族社關係較密切。

干豆門／干脰 Kantaw：位於現今台北盆地淡水河關渡隘口，扼守進出整個台北盆地的水陸交通要衝，地勢險要，清治初期水深可停海舶。

蛤仔難／噶瑪蘭 Kavalan：清治初期漢人對蘭陽平原一帶稱為蛤仔難，源自久居當地的平埔族群噶瑪蘭（Kavalan）人。因村社眾多，亦有「蛤仔難三十六社」的説法。

甲必丹 Kapitein der Chinezen：東南亞地區對華人首領的稱呼。「Kapitein」為荷蘭語「首領」、「隊長」之意，亦為軍階「上尉」的稱謂。因此，華人反過來再音譯為「甲必丹」。

Kopi：印尼人對咖啡（coffee）的特殊唸法。

L

甘仔轄 Camachat／Lelien：17 世紀荷蘭東印度公司記載的大肚王家族姓氏，也是外界對大肚王的別稱，原住民則稱其為 Lelien。

里族社 Lisiouck：台灣北部平埔族群巴賽人（Basay）村社之一，位於現今台北市內湖區近基隆河沿岸。

南崁社 Lamcam：台灣北部平埔族群巴賽人（Basay）村社之一，位於現今桃園市蘆竹區南崁一帶。

M

麥哲倫 Magallanes：葡萄牙人，意圖環繞地球一圈的航海冒險家。曾在葡屬東印度服兵役，但提出繞地球一圈航行計畫被葡萄牙國王否決，轉向西班牙尋求資助，並於

西元 1719 年啟航。1721 年抵達菲律賓群島中部的宿霧，卻插手當地原住民的紛爭而遭到殺害。剩餘船員之後返回西班牙，完成首度環繞地球一圈的壯舉。

坑仔社 Mattatas：台灣北部平埔族群巴賽人（Basay）村社之一，位於現今桃園市蘆竹區坑子溪沿岸谷地一帶（Mattatas 是否必然等於坑仔社，學術界尚有爭議）。

澳門 Macau：明末起即成為葡萄牙在東亞的重要貿易據點及殖民地，進而成為歐洲各國與大明、大清帝國貿易往來及傳教士進出的必經之地。

文島 Muntok：位於印尼邦加（Bangka）島西北端的小城鎮。自從 18 世紀初島上發現錫礦後，便逐漸成為出口礦產與胡椒的貿易港口。居民除了本地信奉伊斯蘭教的馬來人之外，還有許多前來打工的客家人。

馬尼拉 Maynila：位於菲律賓呂宋島中部，為現今菲律賓共和國首都。原本是一個小漁村，16 世紀起成為西屬東印度群島（Indias Orientales Españolas）的首府，逐漸發展成東印度地區的貿易大港及人口眾多族群複雜的大城市。

摩鹿加 Maluku：在印尼蘇拉威西大島以東的群島，即是自古以來盛產各種珍貴香料、舉世聞名的摩鹿加 /Maluku 群島，亦稱香料群島。

馬來人／馬來語 Malay ／ Melayu：原為主要居住在馬來半島和蘇門答臘島（Sumatra）一帶的原住民，祖源可能來自南亞或台灣，使用的語言為馬來語，為現今為馬來西亞、新加坡及汶萊的官方語言（但馬來語族人廣泛分佈東南亞各地，不能直接視為現今馬來西亞國人）。由於地理位置關係，很早就受到印度文化影響，西元 7 世紀即已存在以蘇門答臘島（Sumatra）巨港（Palembang）為中心的印度教古國三佛齊 / 室利佛逝（Sri Vijaua）。14 世紀三佛齊遭到爪哇人建立的滿者伯夷 / Madjapahit 滅國，一位王子輾轉流亡到馬來半島西南岸的麻六甲 /Melaka，於 15 世紀建立新的麻六甲王國（大明帝國稱為滿剌加國）。16 世紀葡萄牙人攻佔麻六甲 /Melaka 作為貿易據點，王國繼承人逃到馬來半島最南端建立柔佛蘇丹國 /Johor Sultanate。

馬塔蘭蘇丹國 Mataram Sultanate：16 至 18 世紀，存在於印尼爪哇島中部、東部地區的伊斯蘭教國家。自 17 世紀 VOC 抵達巴達維亞建立貿易據點後，雙方在爪哇島上不斷的衝突。

N

Newton：小說中指的是知名的英國大科學家牛頓。

O

Ottoman：小說中指的是 15 至 19 世紀，雄踞西亞、強盛的鄂圖曼土耳其帝國。然而也正因為鄂圖曼土耳其帝國的存在，歐洲各國與東方世界的貿易遭到阻斷或被賺取高額價差，成為引發歐洲各國自 15 世紀末起積極尋找透過海路建立貿易航線，開啟了西方的大航海時代。

P

冰冷 Penap：為里族社歷代頭目的稱呼，被族人們認為是「能講奇異話語的神」，管轄附近多達 12 個村社，具有相當的權威。歷代冰冷對外來統治者向來頗為抗拒，在西班牙、荷蘭、東寧王國、大清帝國統治時期，都曾掀起反抗。

Purbaya：馬塔蘭蘇丹國第七任國王的兄弟。西元 1719 年第七任國王駕崩，Blitar、Purbaya 和 Arya 群起反抗第八任國王 Amangkurat IV 的繼位，引發為時 4 年、VOC 插手介入的王位繼承戰爭。

樸仔籬社 Poaly：台灣中部平埔族群 18 世紀初期巴宰人（Pazeh）的村社之一，亦為自稱噶哈巫人（Kaxabu）的起源村社。18 世紀初期居住於現今台中市豐原區以東、石岡區一帶，位於巴宰各社最東邊，與泰雅族群頗有互動。

半線社 Pasua：台灣中部平埔族群巴布薩人（Babuza）的村社之一，位於現今彰化縣彰化市。清康熙年間漢人大量進入半線社地域開墾，導致半線社族人逐漸往東遷移至八卦山腳下。

竹塹社 Pocael：台灣西北部平埔族群道卡斯人（Taokas）村社之一，曾經歷多次搬遷，17 世紀原位於現今新竹市香山區沿海一帶，後來搬到現今新竹市區城隍廟一帶，雍正 11 年（西元 1733 年）淡水廳竹塹城建城後被迫搬遷到北門外舊社一帶，後又因頭前溪水患再搬到新竹縣竹北市新社一帶，現今尚存采田福地宗祠維繫竹塹社後代。

從荷治時期就記載竹塹社為人口眾多的大型村社，與附近村社關係不睦，經常與北方南崁社、南方後壠諸社互相征戰，也曾反抗官方的過度勞役。

八里坌社 Parihoon：台灣北部平埔族群巴賽人（Basay）村社之一，村社原位於現今新北市八里區淡水河口沿岸地帶，但在 17 世紀就經常遭受後壠社、甚至噶瑪蘭人到此出草，族人分別搬遷到現今新北市淡水區竹圍一帶建立小八里坌社、以及現今台北市北投區貴子坑溪一帶建立嘎嘮別社。

大浪泵社 Pourompon：台灣北部平埔族群巴賽人（Basay）村社之一，位於現今台北市大同區北部大龍峒、圓山一帶。「大龍峒」之名正是源自此村社名，「大同」區名也正是「大龍峒」簡化後的名稱。範圍內有圓山貝塚遺址，年代約為距今四千至兩千五百年前。

擺接社 Paijtsie：台灣北部平埔族群巴賽人（Basay）村社之一，位於現今新北市板橋區市中心至南邊、大漢溪東岸一帶。清治時期後以保甲制度成立「擺接保」，至清末劉銘傳時期誤植為擺接堡，日治時期沿用，此即為現今板橋區至土城區之間「擺接堡路」的路名由來。

拍瀑拉 Papora：位於大肚山兩側的平埔村社，包含牛罵社、沙轆社、水裡社、大肚北社、大肚中社、大肚南社和猫霧拺社，「Papora」是拍瀑拉村社居民自稱為「人」的意思。

巴宰 Pazeh：位於大肚山東方，分布在現今台中市后里區、豐原區、神岡區、石岡區、潭子區一帶的平埔村社，18 世紀初期包含岸裡社、阿里史社、烏牛欄社、樸仔籬社和掃拺社，「Pazeh」是巴宰村社居民自稱為「人」的意思。

阿美族群 Pangcah：居住在花東縱谷一帶，「Pangcah」是阿美族居民自稱為「人」的意思，亦有舟船的含意，反映出阿美族人搭乘舟船抵達台灣東部海岸的起源。相對於台東的卑南族，阿美族普遍居住在「北方/Amis」，故音譯為「阿美」。

巨港蘇丹國 Palembang Sultanate：17、18 世紀位於蘇門答臘島（Sumatra）南部，以巨港（Palembang）為首都的伊斯蘭教國家。18 世紀初領域內的邦加島（Bangka）發現錫礦，荷蘭東印度公司（VOC）立刻與巨港蘇丹國簽訂獨佔錫礦的合約。

R

外北投社 Rapan：台灣北部平埔族群巴賽人（Basay）村社之一，位於現今新北市淡水區東側大屯山麓一帶，其實只與內北投社/Kipataw 一山之隔。

S

沙轆社 Salach：台灣中部平埔族群拍瀑拉人（Papora）村社之一，位於現今台中市沙鹿區。早期被認為是相當武勇兇悍的村社。

新港社 Sinckan：台灣南部最靠近府城的平埔族群四大村社之一，從荷蘭時期開始就跟外來統治者互動密切，位於現今台南市新市區。

蕭壠社 Saulang：台灣南部最靠近府城的平埔族群四大村社之一，從荷蘭時期開始就跟外來統治者互動密切，位於現今台南市佳里區蕭壠一帶。

斯卡羅 Seqalu：位於台灣最南端恆春半島一帶、自稱為斯卡羅的盟邦組織，首領大股頭統領約 18 個村社。17 世紀中葉在荷蘭東印度公司的影響下，卑南族部落間發生征戰，戰敗的知本部落部分族人選擇南下，以強大的巫術及武力征服當地的排灣族村社，之後逐漸形成斯卡羅。

淡馬錫 Temasek／新加坡 Singa pura：大航海時代 Jawa（爪哇語）稱呼的 Temasek（音譯淡馬錫，海邊城鎮之意）和 Malay（馬來語）稱呼的 Singa pura（singa 為獅子之意，pura 則是來自印度梵文的城市之意），指的都是現今的新加坡。當時的新加坡處於柔佛蘇丹國/Johor Sultanate 的統治下，尚未成為重要貿易港口。

蘇拉威西島 Sulawesi：位於印尼東北方、菲律賓南方的一座大島，頻繁的地震、火山活動形成非常特殊島嶼地形，四個半島彼此難以陸路連通，反而海路較為便利，因此自古以來就形成相當發達的海洋商貿及海盜活動。大航海時代知名的海上傭兵武吉士人/Bugis 便是起源自蘇拉威西島西南方。

蘇門答臘島 Sumatra：位於印尼群島西部的大島，因接近印度半島及中南半島的地緣關係，深受外界輸入文化、宗教的影響。

泗水 Surabaya：15 世紀起即成為爪哇島東部大城。明末清初戰亂，大批閩粵漢人遷移至此，並建立主祀觀音的「泗水廟」，此即為中文稱呼「泗水」的由來。現今泗水仍是印尼第二大城、貿易大港。

SSC：西元 1711 年在英國創立的南海公司（South Sea Company），簡稱 SSC。英國南海公司於 1720 年引發了一場舉世聞名的泡沫經濟事件。

T

卓個卓霧／卓介卓霧亞生／ Tok-e-tobu Aseng：17 世紀末的吞霄社頭目、土官。因長期受到漢人通事黃申對吞霄社的惡劣對待，在 1699 年掀起反抗。

大乳汗毛格／ Toanihanmoke：小說中虛構人物，阿里史社年輕人，對漢人的入侵抱持敵視與反對的態度。

大匏藥／ Tabonno：史實人物，樸仔籬社人。小說中與瓦礫為好兄弟，對漢人和官軍始終站在堅決反抗的立場。

高山右近／ Takayama Ukon：為日本戰國時期到江戶時期的知名武將、大名。西元 1564 年接受天主教洗禮，此後成為虔誠的天主教徒，但也有迫害佛教徒的傳聞。然而之後的掌權者豐臣秀吉、德川家康接連頒布驅逐天主教徒的命令，161 年高山右近帶領家族流亡馬尼拉，不久後因病過世。

高山氏／ Takayama：小說中指的是以高山右近 /Takayama Ukon 為首的氏族。《康熙台北湖》中設定高山氏族亦經營朱印船貿易，後代曾秘密返回日本、進出北台灣、與賴科建立關聯。

吞霄社／ Tonsiau：台灣中部平埔族群道卡斯人（Taokas）村社之一，位於現今苗栗縣通霄鎮虎頭山下一帶。「通霄」之名，即是從「吞霄」逐漸轉化而來。

中港社／ Tokodekal：台灣西北部平埔族群道卡斯人（Taokas）村社之一，位於現今苗栗縣竹南鎮番社一帶，南鄰中港溪。荷蘭時期即已記錄竹塹社與中港社經常交戰；西元 1656 年後壠社北上攻打八里坌社之戰，中港社亦有參與。清治時期中港溪河口已形成小型貿易港口，漢人生理船會到此進行貿易活動。

哆囉滿社／Taroboan：台灣東北部平埔族群巴賽人（Basay）村社之一，位於現今花蓮縣立霧溪河口北岸崇德地區，是個令西班牙人、荷蘭人都亟欲探詢的黃金產地。後來受到太魯閣族人沿立霧溪拓展的影響，選擇搬離。

哆囉美遠社／Talebeouan：台灣東北部平埔族群巴賽人（Basay）村社之一，位於現今宜蘭縣壯圍鄉社頭一帶，為蘭陽平原中少數非噶瑪蘭村社。

岸裡社／岸里山番 Tarranoggan／Lahodoboo：台灣中部平埔族群巴宰人（Pazeh）的村社之一，17世紀舊社址為現今台中市后里區墩仔腳一帶，荷治時期稱為 Tarranoggan。18世紀歸化後往南搬遷跨越大甲溪，在現今台中市神岡區大社一帶建立新社，並透過官方和通事統合巴宰各社，形成岸裡大社 /Lahodoboo。

馬芝遴社 Taurinap：台灣中部平埔族群巴布薩人（Babuza）的村社之一，位於現今彰化縣鹿港鎮、福興鄉及埔鹽鄉。因位於台灣西部沿海早期即已發展的鹿仔港（現今鹿港），清康熙年間起，鹿港施家即已進入大舉開發，清雍正年間土地已大量流失至漢人手中。

北投社 Tausa Bata：台灣中部平埔族群阿里坤人（Arikun）村社之一，位於現今南投縣草屯鎮平原地帶。與南投社 /Tausa Mato 關係相當密切，常被並稱「南北投社」，並以同一名通事管理兩社，例如北投社葛買奕的漢人養子三甲，成年後即成為南北投社總通事。

南投社 Tausa Mato：台灣中部平埔族群阿里坤人（Arikun）村社之一，位於現今南投縣南投市平原地帶。與北投社 /Tausa Bata 關係相當密切，常被並稱「南北投社」，並以同一名通事管理兩社，例如北投社葛買奕的漢人養子三甲，成年後即成為南北投社總通事。

麻豆社 Toukapta：台灣南部最靠近府城的平埔族群四大村社之一，從荷蘭時期開始就跟外來統治者互動密切，位於現今台南市麻豆區。

水沙連社／邵族 Thao：居住在現今南投縣日月潭一帶的原住民，自清雍正年間開始與官方發生衝突。

道卡斯 Taokas：位於台灣西北部海岸狹窄平原及河谷地，南至現今台中市大甲溪、北至新竹縣市，分布範圍廣泛的平埔村社，包含大甲西社、大甲東社、南日社（後分

為南日南社、南日北社）、貓盂社、苑裡社、房裡社、雙寮社、吞霄社、後壠社、新港社、貓裏社、嘉志閣社、中港社、竹塹社和眩眩社，「Taokas」是道卡斯村社居民自稱為「人」的意思。

達悟族 Tao：為台灣現今居住在台東縣蘭嶼鄉的原住民，與菲律賓北部原住民的語言、文化皆有交流。

他加祿語 Tagalog：原為菲律賓呂宋島中部的原住民語，之後隨著西班牙殖民政府設置在馬尼拉，逐漸成為菲律賓全境使用人口（僅次於官方語言）最多的通用語。

淡馬錫 Temasek ／新加坡 Singa pura：大航海時代 Jawa（爪哇語）稱呼的 Temasek（音譯淡馬錫，海邊城鎮之意）和 Malay（馬來語）稱呼的 Singa pura（singa 為獅子之意，pura 則是來自印度梵文的城市之意），指的都是現今的新加坡。當時的新加坡處於柔佛蘇丹國 /Johor Sultanate 的統治下，尚未成為重要貿易港口。

tutu：拍瀑拉村社特有的風味食物，用糯米搗成，類似麻糬。

tina：巴賽語「媽媽」之意。

tama：巴賽語「爸爸」之意。

V

荷蘭東印度公司 VOC：正式名稱為「聯合東印度公司」，荷蘭語原文為 Vereenigde Oostindische Compagnie，縮寫即為 VOC。西元 1602 年成立，獲得荷蘭國家議會授權的貿易壟斷權，除了國際商務外亦挾帶傳教、武力以開拓貿易，為大航海時代鼎盛一時的國際性股份有限公司。1624 年至 1662 年台灣亦曾在 VOC 治下，成為公司內獲利率第二高的商業據點。

vavui：巴賽語 /Basay 豬肉之意。特別的是，噶瑪蘭語 /Kavalan、馬來語 /Malay、爪哇語 /Jawa……等許多南島語中，對豬肉的稱呼都相當接近，可能來自南島語族的共通語源。

表 1、大清帝國綠營水師、陸師武官軍階編制表

職稱	提督	總兵	副將	參將	遊擊	都司
品級	從一品	正二品	從二品	正三品	從三品	正四品
補服	麒麟	獅子	獅子	豹	豹	虎
駐防區	標	標	協	營	營	營
職稱	守備	千總	把總	外委千總	外委把總	額外外委
品級	正五品	從六品	正七品	正八品	正九品	從九品
補服	熊	彪	犀牛	犀牛	海馬	海馬
駐防區	營	汛	汛	汛	汛	汛

資料來源：李其霖《清代前期沿海的水師與戰船》（暨南大學歷史研究所博士論文，2009）

表 2、大清帝國地方文官（附監察御史）職位品級表

職稱	總督	巡撫	布政使	道員	知府
品級	正二品	從二品	從二品	正四品	從四品
範例	閩浙總督	福建巡撫	福建布政使	臺灣廈門兵備道道員	臺灣府知府
轄區	福建浙江	福建省	福建省	台灣廈門	台灣府
職稱	同知	監察御史	知縣、縣令	縣丞	巡檢
品級	正五品	從五品	正七品	正八品	從九品
範例	淡水同知	巡臺御史	彰化縣知縣	南投縣丞	貓霧捒巡檢
轄區	淡水廳	臺灣府	清雍正年間彰化縣	清道光年間南投地區街庄社鄉	清雍正年間貓霧捒地區街庄社鄉

註 1：臺灣廈門兵備道因有加「兵備」職銜，故雖只有正四品，職權上仍可以節制正二品武官臺灣鎮總兵。

註 2：巡臺御史雖只有從五品，但作為中央派出之監察官，擁有皇帝授予直接審判臺灣道以下所有地方官員之權力。

表 3、小說內史實事件及台灣中部大事記年代對照表

西元年	紀年	歲次	歷史事件
1670	永曆 24 年	庚戌	東寧王國劉國軒屯田半線社，屠沙轆社。
1686	康熙 25 年	丙寅	四月二十日辰時，地大震。
1699	康熙 38 年	己卯	二月，吞霄社起事。 五月，冰冷起事。 七月，冰冷事件平。 八月，吞霄社事件平。
1709	康熙 48 年	己丑	官方核准陳賴章墾號，「民番無礙、矇矓給照」成為熟番土地流失的管道。
1710	康熙 49 年	庚寅	海盜鄭盡心淡水稱王。 安平水師協副將張國深入貓霧捒社領域，建立張鎮庄。
1711	康熙 50 年	辛卯	張達京來台。 秋九月乙酉，地大震。 瘟疫爆發，張達京治癒眾人。
1712	康熙 51 年	壬辰	通事賴科鳩眾建干豆門天妃廟。
1713	康熙 52 年	癸巳	陳和議墾號。
1714	康熙 53 年	甲午	
1715	康熙 54 年	乙未	岸裡社歸化，阿莫為首任土官。 干豆門天妃廟重建，易茅以瓦，諸羅縣令周鍾瑄另賜名「靈山」。
1716	康熙 55 年	丙申	諸羅縣令賜土給岸裡社。
1717	康熙 56 年	丁酉	《諸羅縣志》成書。
1718	康熙 57 年	戊戌	大肚溪大淹水。
1719	康熙 58 年	己亥	荷蘭東印度公司（VOC）捲入馬打蘭蘇丹國第二次王位繼承戰爭（至 1723 年結束）。 九月，番人出草張鎮庄佃民 9 人，事後閩浙總督覺羅滿保下令廢庄遣民。
1720	康熙 59 年	庚子	英國南海泡沫炒股事件。

1721	康熙 60 年	辛丑	三月，杜君英、朱一貴起事。 五月，杜、朱聯軍攻入府城，建國號大明，年號永和。 閏六月，朱一貴被擒。 七月，大風，（沙轆社）糯黍歉收。 九月，杜君英被擒。 閩浙總督覺羅滿保遷民劃界。
1722	康熙 61 年	壬寅	六月，首任巡臺御史黃叔璥就任，北巡最遠到沙轆社，給予迴馬社之名。雍正元年後著《臺海使槎錄》。
1723	雍正元年	癸卯	新設置彰化縣及淡水廳，縣治及廳治都設於彰化縣城內。 淡水社船增為 6 艘。 張達京就任岸裡社首任通事，成立張振萬墾號。
1724	雍正 2 年	甲辰	淡水廳首長淡水捕盜同知上任。 藍張興墾號通過，藍廷珍建立藍張興庄。
1725	雍正 3 年	乙巳	8 月起生番出草不斷，至雍正 4 年 11 月。
1726	雍正 4 年	丙午	12 月，岸裡社隨官軍出征，水沙連事件平。
1727	雍正 5 年	丁未	犁頭店萬和宮（媽祖廟）雍正 4 年始建，雍正 5 年完工。 開始實施「首報陞科」制度，意外成為熟番土地流失的另一管道。
1728	雍正 6 年	戊申	雍正 5 年、6 年藍廷珍自請藍張興庄部分土地充公。
1729	雍正 7 年	己酉	龜崙嶺道路開通。
1730	雍正 8 年	庚戌	開始「番業戶」制度，民番一例；熟番土地流失管道再加一條。 巡臺御史高山就任（雍正 11 年離任）。
1731	雍正 9 年	辛亥	正式劃分大甲溪以北為淡水廳轄域，淡水捕盜同知改為淡水撫民同知，廳治設於竹塹社，實際衙署卻建於沙轆社。 十二月，大甲西社起事。

1732	雍正 10 年	壬子	三月，吳福生起事。 新任福建總督郝玉麟四月上任。 四月，大甲西社就撫，首次反抗事件平。 五月，龜崙社起事。 潤五月，以牛罵社、沙轆社、大肚南社為首多社起事，圍攻彰化縣城。 十一月，反抗事件皆平。 貓霧捒巡檢署落成。 攜眷渡臺禁令試行開放（至乾隆 5 年止）。
1733	雍正 11 年	癸丑	因戰功，張達京被任命為岸裡諸社總通事，敦仔被任命為岸裡諸社總土官。 中部平埔各社反抗事件結束後，大甲西社被改名為德化社，牛罵社被改名為感恩社，沙轆社被改名為遷善社，貓盂社被改名為興隆社，寮望山被改名為定軍山。 張達京等漢人集團與岸裡社正式簽訂「割地換水」合約，請廖朝孔等水利專家協助開鑿葫蘆墩圳灌溉水系。 感恩社（原牛罵社）開鑿五福圳。 林秀俊擔任德化社（原大甲西社）通事，致力開鑿大甲、苑裡地區水圳。 淡水廳廳治正式遷入竹塹城，竹塹社被迫搬遷至北門外。
1745	乾隆 10 年	乙丑	福建布政使高山上疏提出「生番在內、漢民在外、熟番間隔其中」的三層族群分布制。
1758	乾隆 23 年	戊寅	張達京被官方驅逐回廣東大埔，岸裡諸社總通事改由敦仔接任。
1760	乾隆 25 年	庚辰	「土牛界線」確立，開始實行「隘番制」，官方整理出「界外平埔」歸熟番自墾或招佃。
1768	乾隆 33 年	戊子	熟番地免稅、禁止「番業戶」轉賣等政策陸續落實，「番大租」終獲制度性保障。
1788	乾隆 53 年	戊申	乾隆 51 年底林爽文起事，福康安率軍渡海平亂，四千熟番隨官軍征討，至乾隆 53 年初林爽文被捕。

1790	乾隆 55 年	庚戌	官方清查界外私墾地，劃歸「屯餉」；另建立「養膳埔地」，開始實行「屯番制」。
1804	嘉慶 9 年	甲子	在潘賢文帶領下，以阿里史社為主的中部平埔多社千餘人長途跋涉至蘭陽平原拓墾。
1823	道光 3 年	癸未	中部平埔諸社開始大舉遷移進入埔里盆地。
1845	道光 25 年	乙巳	三月，彰化縣地震，內揀東保、貓羅保被震最重，大肚保、燕霧保、南北投保、半線保次之。貓霧揀巡檢署、南投縣丞衙署坍倒，震塌民房四千二百餘戶，壓斃大小男婦三百六十八名。六月，六七水災，三千餘人亡，後形成「口湖牽水 [車藏]」祭儀。
1848	道光 28 年	戊申	十一月，彰化縣地震，大肚上中下保、大武郡東西保、燕霧上下保、南北投保及鹿港廳馬芝遴保、半線保受災最重，嘉義縣次之。倒坍瓦房一萬餘間，草房七千餘間，壓斃民人一千餘丁口。
1868	同治 7 年	戊辰	英商畢麒麟（William A. Pickering）於五汊港收購樟腦，遭到清官方扣押，於年底引發樟腦戰爭。
1888	光緒 14 年	戊子	劉銘傳推動清理、重新丈量土地田賦的「減四留六」政策，「番大租」嚴重減額。
1898	明治 31 年	戊戌	總督府以買銷方式徹底廢除「大租」制度，「番大租」從此消失。
1935	昭和 10 年	乙亥	新竹一台中大地震，墩仔腳斷層錯動，為台灣有史以來傷亡最慘重之震災。3276 人死亡，一萬餘人受傷，住宅毀損五萬餘戶。當時的台中州清水街（現清水區）、神岡庄（現神岡區）、內埔庄（現后里區）皆損失慘重。深藏在岸裡大社總通事宅邸內的《岸裡大社文書》，意外因此次大地震而重見天日。

國家圖書館出版品預行編目資料

敦仔腳下大肚山夕暮／徐毅振著；初版.
-- 臺中市：晨星，
2022.12
面；公分. --（晨星文學館；064）

ISBN 978-626-320-330-3（平裝）

863.57   111019437

晨星文學館064

敦仔腳下大肚山夕暮

作　　者	徐毅振
地圖授權	中央研究院歷史語言研究所藏品
主　　編	徐惠雅
視覺設計	初雨有限公司（ivy_design）

創辦人	陳銘民
發行所	晨星出版有限公司
	407臺中市西屯區工業區三十路1號1樓
	TEL：04-23595820　FAX：04-23550581
	行政院新聞局版台業字第2500號
法律顧問	陳思成律師
初　版	西元2022年12月31日

讀者專線	TEL：02-23672044／04-23595818#212
	FAX：02-23635741／04-23595493
	E-mail: service@morningstar.com.tw
網路書店	http://www.morningstar.com.tw
郵政劃撥	15060393（知己圖書股份有限公司）
印　　刷	上好印刷股份有限公司

定價　400　元

ISBN 978-626-320-330-3（平裝）
Published by Morning Star Publishing Inc.
Printed in Taiwan

線上回函

沙歷巴來積山

校栗林山

離內山生番約五十餘里

外新庄臨

阿史里

離內山約四五里

荒埔

阿猛

大坑唇

沙歷巴積東

離生番約五十餘里

東勢山

大坑旱溝

坎栗林座

東栗林

車路

荒埔

新內

阿里社庄

番庄

葡里

外新庄

半庄洗唇

三分庄

離內山十餘里

三張犁

大墩庄

貓霧捒汛

唇履 棋

蘆竹

馬岡庄

陳平庄

賴唇左

何唇庄

唇頭莘

貓霧捒巡司署

八張犁庄

橫山仔庄

惠來唇

新庄

水堀頭庄

橫山仔庄

乙張犁庄

智高庄

沙轆南社

沙鹿北社

沙轆塘

牛罵塘

牛罵社即感恩社

沙轆南社即遷善南社沙轆北社即遷善北社